Ann-Katrin Zellner

Eisiger Verdacht

Schwabenkrimi

Viel Spaß beim Lesen

Ann-Katrin

Eisiger Verdacht

Schwabenkrimi

Ann-Katrin Zellner

epubli

Impressum

Text: Ann-Katrin Zellner
Covergestaltung: Laura Newman
design.lauranewman.de
Unter Verwendung von Stockdaten:
elements.envato.com, freepik.com
Lektorat: Patricia Bartz

Herausgeber: Ann-Katrin Zellner
Memelweg 4
70825 Korntal-Münchingen
akzellner@web.de
geschichtenvonabisz.de
Druck: epubli ein Service der
neopubli GmbH, Berlin

1.Auflage November 2021

Printed in Germany

Bibliografische Information der Deutschen Nationalbibliothek

Die Deutsche Nationalbibliothek verzeichnet diese Publikation in der Deutschen Nationalbibliografie; detaillierte bibliografische Daten sind im Internet über http://dnb.d-nb.de abrufbar

Alle handelnden Personen sind frei erfunden.

Jegliche Ähnlichkeit ist nicht beabsichtigt.

Landkarte

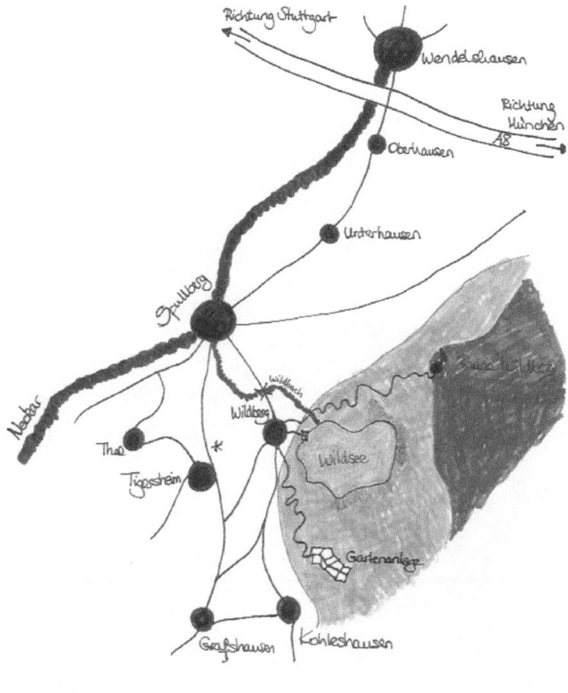

* Biogasanlage

TRIGGERWARNUNG

In „Eisiger Verdacht“ kommen einige Themen vor, die triggern könnten. Da die Auflistung der Themen **große Spoiler** enthalten (die sich an dieser Stelle nicht vermeiden lassen), habe ich die Liste an das Ende des Buches gepackt. Sie ist auf **Seite 283** zu finden. Jeder soll und kann selbst entscheiden, ob er sie vorab lesen möchte.

1. DEZEMBER

FREITAG

Die Kälte kroch langsam in alle Ecken und Löcher seiner Klamotten. Sein Kopf schmerzte höllisch. Doch er erinnerte sich nicht, wo er ihn angeschlagen hatte. Er wollte sich mit der Hand an die Stelle fassen. Aber die Kälte lähmte, ließ ihn unbeweglich liegen. Seine Muskeln fingen an zu zittern. Er konnte es nicht unterdrücken. Vorsichtig öffnete er seine Augen, alles war weiß. Gedanken tauchten auf und er dachte an seine Freundin, an seine Mutter und an seine Katze Mio. Daran, wie er die kaputte Vase gefunden hatte. Deutlich sah er sie vor sich, ihren unschuldigen Blick, wie sie auf dem Boden saß. Es war zu goldig. Er streckte die Hand nach ihr aus, doch das holte ihn nur in die kalte, harte Realität zurück. Seine Zehen und Finger schmerzten, sein Körper zitterte. Ihm fiel ein, dass er mit seiner Freundin ein Date erleben wollte. Sie hatte von einem neuen Restaurant erzählt. Der Gedanke ließ ihm Tränen in die Augen schießen. Langsam wurden die Schmerzen weniger, doch Bewegen war nicht möglich. Der Schnee fiel dichter, die Kälte nahm zu. Still wurde es, die Geräusche des Waldes hörte er kaum. Nach ein paar Minuten verweigerte sein Herz zu schlagen …

2. DEZEMBER

SAMSTAG

„Lucy!“

Die Stimme des Mannes hallte durch den Wald. Laut knirschten seine Stiefel im frisch gefallenen Schnee. Es war klirrend kalt. Martin sank bei jedem Schritt ein paar Zentimeter ein. Um sieben Uhr morgens war niemand zu sehen. Seine Hündin lief normalerweise mit seiner Frau, doch sie lag mit Grippe im Bett. Widerwillig hatte er das warme Bett verlassen. Fluchend stampfte er durch den Schnee. Er stolperte über eine Wurzel. Warum habe ich Lucys Leine gelöst?, schimpfte er sich.

„Jetzt muss ich ihre Spuren im Schnee finden!“

Die Hündin war nicht viel höher als die Schneedecke. Sie hüpfte immer weiter und ließ sich nicht abhalten. Selbst die Kälte schien ihr nichts auszumachen. Martin sah sich um. Der Weg kam ihm nicht bekannt vor. Bis Wildberg war es nicht mehr weit. Die ersten Lichter der Häuser waren zu sehen. Er blieb stehen und schaute sich um. Schnee, Bäume und seine Spuren waren das Einzige, das er sah. An der Kreuzung zum Wildsee war er schon vorbei. Der Wind hallte und ließ die Bäume knarzen. Dann wurde es so seltsam still. Seine Härchen stellten sich auf, er drehte sich um.

„Lucy“, flüsterte Martin und schaute sich aufmerksam um. Ein leises Winseln lenkte seinen Blick in Richtung der kleinen Lichtung. Seine Hündin war dort. Vorsichtig stapfte er durch den Schnee. Laut knirschte es, als er näher trat. Lucy war kaum zu sehen. Sie versuchte, etwas auszugraben. Der Schnee flog nur so in die Luft. Ihr Winseln wurde lauter. Er seufzte und eilte auf sie zu.

„Lucy, komm! Lass gut sein! Es ist kalt und ich will wieder ..."

Mitten in seinem Satz stoppte Martin. Er griff nach der Hündin durch den Schnee, als er sah, was sie gefunden hatte. Unbeweglich starrte er auf den jungen Mann, der da vor ihm im Schnee lag. Er lag längs, die Arme von sich gestreckt, den Kopf zur Seite gedreht. Die Augen waren geschlossen. Blut hatte den Schnee verfärbt, es war aus einer großen Wunde an seinem Kopf geflossen. Lucy wehrte sich in seinen Armen. Das holte ihn aus seinem starren Zustand heraus.

„Hör auf, Lucy!", schimpfte Martin und leinte sie am Halsband an. Sie sollte nicht weglaufen. Er ließ sie in den Schnee fallen. Kaum griff er nach der Leine, zog sie. Sie wollte zu dem eingeschneiten jungen Mann. Martin zog sie weg. Winselnd lief sie im Kreis und setzte sich neben ihn. Ohne einen Blick auf die Leiche zu werfen, zog er sein Handy aus der Tasche und rief die Polizei an.

William saß an seinem Schreibtisch. Die Tasse Kaffee neben ihm war mittlerweile kalt. Er war in seine Akten vertieft, die er in den letzten Tagen vor sich herschob. Aber bis Ende der Woche mussten sie durchgesehen werden. Deshalb nahm er sich heute die Zeit dafür.

Er atmete tief durch. Sein Körper war warm, schon morgens war er mit einer halb verstopften Nase aufgewacht. Der erste Kaffee half nur bedingt gegen die Halsschmerzen. Auch das Koffein wirkte kaum. Immer wieder las er die Absätze neu und verstand doch nur die Hälfte. Frustriert schob er die Akte über einen häuslichen Streit von sich weg. In den letzten Minuten konnte er kaum lesen. Alles verschwamm. Mit ausgestreckten Armen hielt er die Akte von sich weg. Jetzt war die Schrift kleiner und unleserlicher.

„Das ist wie verhext!", murmelte William. Er rieb sich über die Augen. Seine Frau Monika riet ihm, endlich zum Augenoptiker zu gehen. Langsam war es nicht mehr ohne Lesebrille möglich, auch wenn er sich das nicht eingestehen wollte. So konnte er nicht arbeiten. Er zog die Akte wieder zu sich her. Besser war es mit der kleinen Pause nicht geworden. Die Buchstaben waren doppelt. Er schüttelte den Kopf.
Die Tür wurde unsanft aufgerissen und William erschreckte sich. Lars stand mitten im Raum, starrte auf den Boden.

„Ich habe das Anklopfen vergessen", sagte Lars leise. William verdrehte die Augen.

„Passiert. Beim nächsten Mal denkst du einfach dran. Was willst du?"

Man sah deutlich, dass Lars ein Stein vom Herzen fiel. Er lachte verlegen und sagte dann: „Ein Spaziergänger hat die Leiche eines jungen Mannes gefunden. Er lag in einer Senke, dort wo der Weg Richtung Wildsee führt. Der Schneesturm heute Nacht hat ihn fast vergraben, aber seine Hündin war neugierig. Herrn Est habe ich eben informiert. Er sagt, er wartet am Fundort auf Sie."

„Puh. Danke. Ich werde hinfahren. Hast du mehr Informationen?“

„Bisher nicht. Ich werde Ihnen Bescheid geben, wenn es etwas Neues gibt.“

William nickte, nahm sein Handy und Schlüssel vom Tisch.

„Ach, Herrn Wagner habe ich eben angerufen, aber er hat nicht reagiert.“

„Danke. Ich rufe ihn an. Wir haben einen Tatort und ich brauche ihn vor Ort!“

Lars nickte, lief vor ihm aus dem Büro. William wählte die Nummer von Klaus Wagner. Der Pathologe war sein Jugendfreund. Vor vielen Jahren hatten beide entschieden, Verbrecher zu jagen. Klaus hegte seit damals eine Faszination für den Tod.

„Hallo“, brummte es am anderen Ende der Leitung. Es hatte lange geklingelt. William saß bereits in seinem Auto und wollte losfahren.

„Hey, du Brummbär, wir haben einen toten jungen Mann gefunden. Wo bist du?“

„Ich bin in meinem Büro. Hier ist es warm und nicht eisig kalt!“

„Moment mal, du arbeitest in der Rechtsmedizin!“

„Aber da haut mir der Wind nicht ständig Schneeflocken um die Nase!“

„Es ist Winter, da schneit es! Außerdem kannst du eine Mütze anziehen!“

Ein lautes Lachen im Hintergrund lenkte William ab.

„Ben, sei ruhig! Das ist nicht lustig!“, schimpfte Klaus und hielt das Telefon von sich weg. Dadurch konnte William Ben's Antwort besser verstehen.

„Das hab ich dir schon die ganze Zeit gesagt. Zieh dich einfach warm an und dann ist alles gut!“

„Warst du schon mal im Winter an einem Tatort?“, schnauzte Klaus. „Da ist es kalt. Man sieht, wer Spuren verwischt hat. Außerdem sind deine Finger so kalt, dass du glaubst, sie brechen, wenn du sie bewegst. Der Schnee lässt dich langsam fahren und man kann nicht überall vernünftig parken!“

„Fahr mit dem Schlitten!“ Ben war sich der Gefahr offenbar nicht bewusst. Sein Satz ließ Klaus mit den Zähnen knirschen. Doch bevor er etwas sagen konnte, griff William ein: „Kommt ihr jetzt oder wollt ihr euch weiterhin wie zwei kleine Kinder um den Lolli streiten?“

„Wir kommen. Wo wurde die Leiche gefunden?“

„Beeilt euch. Sie wurde beim Wanderweg gefunden, dort wo er zum Wildsee führt.“

Klaus lenkte sofort ein. „Bis gleich“, sagte er und legte auf. William warf sein Handy auf den Beifahrersitz. Er hatte einen Parkplatz unter dem Dach erwischt, so ließ sich die Scheibe schnell freikratzen und er fuhr los. Am Rand von Wildberg parkte er hinter einem Streifenwagen. Er stieg aus. Die Kälte ließ ihn frösteln und er zog seinen

Schal enger. Sein Mantel war weich gefüttert und wärmte ihn. Kurz grüßte er die Kollegen.

Lars hatte den Wanderweg abgesperrt. Das gelbe Band wedelte im Wind. Die Sonne war aufgegangen. Ihre Strahlen ließen den Schnee glitzern. Tanzten auf den kahlen Bäumen, in der eisigen Kälte. Es sah toll aus. Der Sturm in der letzten Nacht hatte den Schnee um zwanzig Zentimeter wachsen lassen. Der Himmel war strahlend blau. Im Radio sprachen sie von einem herrlichen Tag. Viel Sonne und minus sieben Grad am Tag. In drei Wochen war schon Weihnachten. Die Zeit verging schnell. Er erreichte den Wald, mehrere Beamte standen im Kreis. Hinter ihnen leuchtete das gelbe Absperrband. William schaute zur kleinen Lichtung. Neben einer Tanne lag die Leiche des Mannes.

„Ist das Spurensicherungsteam da?“, fragte William in die Runde. Die Beamten schüttelten alle den Kopf. Das hatte William schon vermutet. Nicht überall war geräumt, es war zu früh.
Heute Morgen auf der Fahrt zum Revier hatte der Streudienst nur die Hauptstraße geräumt. Es war rutschig gewesen. Von weitem hörte er Klaus über den Schnee stampfen. Ebenso wie sein Gebrumme. Deutlich verstand man seinen Hass auf die Kälte.

„Was gefällt dir am Winter nicht?“, fragte er zur Begrüßung. Klaus starrte ihn an und ließ seine Tasche auf den Boden fallen.

„Ernsthaft?“, sagte Klaus und schüttelte den Kopf. „Wann hast du das letzte Mal einen Tatort im Winter begutachtet?!“

„Ist schon 'ne Weile her", gab William zu. Klaus schenkte ihm nur einen verächtlichen Blick. Ben zuckte nur mit den Achseln und schlängelte sich an ihnen vorbei. Er zog seine Mütze bis fast zu den Augen hinunter und seinen Schal über die Nase. Ihm war kalt. Er duckte sich unter der Absperrung durch und steuerte direkt auf die Leiche zu.

William schaute sich um. Weit war es nicht bis zu den ersten Häusern von Wildberg. Etwa 160 Meter schätzte er. In der anderen Richtung führte der Weg zum Wildsee. Der Weg würde abzweigen und hoch bis zur Kleingarten-anlage gehen. An den Einsatz, der ihn dort hingeführt hat-te, wollte er nicht denken.

„Woher denkst du, ist er gekommen?", warf William seine Frage in die Lichtung.

„Das ist doch mir egal", brummte Klaus und kniete sich vor dem Toten nieder. Er hatte sich Gummihandschuhe übergezogen und stupste mit einem Finger den jungen Mann an. Die Haut bewegte sich nicht.

„Er ist nur mit einem T-Shirt und Hose bekleidet. Idiotisch für diese Jahreszeit. Soweit ich sehe, hat er eine große Wunde am Kopf. Viel Blut, siehst du den dunklen Fleck im Schnee?"

Klaus deutete neben den Mann. William sah, was er mein-te. Im Schnee hatte sich Blut gesammelt, obwohl Neu-schnee gefallen war. Nachdenklich schaute er ihnen zu. Die Haut des Toten war bläulich, die Augen geschlossen. Blut klebte an seinem Kopf. Die Delle sah er erst, als Ben ihn anhob.

„Vorläufige Todesursache ist ein Schlag auf den Schädel. Mehr kann ich dir erst sagen, wenn ich ihn untersucht habe."

„Danke", sagte William zerstreut. Mehr war nicht zu erwarten. „Wann ist er gestorben?"

„Keine Ahnung." Klaus drehte sich nicht um, sondern gab Ben Anweisungen. Sie hievten die Leiche auf eine Trage. Vorher mussten sie ihn mit einer Hacke aus dem Schnee und Eis befreien. Dabei fanden sie eine Bierflasche, die der Tote festgehalten hatte. Klaus gab sie einem Beamten, der sie gleich in eine Tüte packte und beschriftete.

„Ich kann dir nicht sagen, ob die Starre vom Eis oder von der eintretenden Leichenstarre kommt", sagte Klaus, bevor er die Leiche in seinen Wagen schob. William schaute den Weg entlang, sein Blick wanderte zum Felsen. Er ragte über den Wald heraus, darüber thronte die Ruine Wildberg. Die Sonne ließ sie aufleuchten. Er fragte sich, aus welcher Richtung der Verstorbene gekommen war.

3. DEZEMBER

SONNTAG

Er wachte schweißgebadet auf und erkannte das Zimmer nicht. Sein Blick streifte in alle Ecken. Die Decke, unter welcher er lag, kam ihm nicht bekannt vor. Mit schwitzenden Händen zog er sie von sich weg. Zitternd setzte er sich aufrecht hin. Er hatte seine Hose an und die Socken. Langsam erinnerte er sich.

Er hatte das Football-Spiel zwischen den Miami Dolphins und den Seattle Seahawks angeschaut. Der Start war wegen des Regens um eine halbe Stunde nach hinten verschoben worden. Die Seahawks warfen zwei Touchdowns. Beim zweiten hatte er vor Wut seine Bierflasche vom Tisch geworfen. Die Scherben lagen nicht mehr auf dem Boden. Er erinnerte sich nicht, sie weggeräumt zu haben.

Ein Bild tauchte vor seinem Inneren auf, wie er sich neben seine Frau ins Bett gelegt hatte. An den Gute-Nacht-Kuss, an das Kuscheln und daran, wie sie in seinen Armen eingeschlafen war. Und jetzt war er hier aufgewacht. Er erkannte das Sofa, den Tisch, den Fernseher und die DVDs im Schrank. Das Zimmer drehte sich vor seinen Augen, er fuhr sich mit den Händen über das Gesicht. Etwas Klebriges war an seinen Fingern.
Er starrte auf seine Hände. Sie waren voller Blut. Rot und halb getrocknet. Der metallische Geruch hing schwer in der Luft, tief in seiner Nase. Hektisch überprüfte er seine Arme und Beine. Zog an seinem hellgrauen Pullover, der

Flecken hatte. Er realisierte, dass es nicht aus einer Wunde an seinem Körper kam und warf den Pulli von sich weg, direkt auf die Lampe. Schlagartig war es dunkel im Raum und das ließ ihn zucken.

„Was habe ich getan?“, fragte er sich und starrte seine Hände an. Er erhob sich, schwankte und fiel fast wieder zurück auf das Sofa. Er stellte seine Füße fest auf den Boden, blieb stehen. Mit kleinen Schritten lief er zum Gästeklo neben der Haustür. Das kalte Wasser, mit dem er sich das Blut von den Händen und den Armen wusch, machte ihn wacher. Sein blasses Gesicht im Spiegel fand er unerträglich. Er schaute schnell wieder auf seine Hände. Die waren vom Schrubben mit der Seife rot und kalt. Er drehte den Wasserhahn zu und konzentrierte sich auf seinen Atem. Er atmete ein und aus, sein Herz raste, beruhigte sich nur langsam. Es musste wieder passiert sein. Anders konnte er es sich nicht erklären. Er schloss die Augen.

Nicht schon wieder. Ihm fehlten ein paar Stunden seines Lebens, an die er sich nicht erinnern konnte. Nichts, von dem, was er dann tat, war ihm geblieben. Der Arzt hatte gesagt, es würde nicht mehr passieren. Es gab nur eine Erklärung. Er schlafwandelte. Als Kind war er nachts durch das Haus seiner Eltern gelaufen, hatte Dinge umgestellt und Bilder gemalt. *Doch wo kam jetzt das Blut her?*

Das Knarzen der Treppe schreckte ihn aus seinen Gedanken hoch. Sein Herz klopfte wild. Er machte ein paar Schritte in diese Richtung und schaute um die Ecke. Sein kleiner Sohn stand in der Mitte, rieb sich verschlafen die Augen. Er hielt seinen hellbraunen Teddy in der Hand, ohne ihn schlief er nie.

„Hallo, Mario“, sagte er leise und ging vor ihm auf die Knie. Der kleine Blondschopf kam stolpernd zu ihm und schlang seine Ärmchen um seinen Hals. Er hielt ihn fest und atmete den Geruch seines Kindes ein. Sein Herz beruhigte sich langsam.

„Ich kann nicht schlafen“, flüsterte Mario. Er stand mit dem Kind im Arm auf, überlegte, ob er es in sein Zimmer hochbringen oder ob er zuerst den Pulli verstecken sollte. Da merkte er, dass es eingeschlafen war. Der Teddy rutschte ihm aus der Hand und fiel auf den Boden. Vorsichtig drehte er sich um und zog an dem Pulli, der noch über der Lampe hing. Sie wackelte hin und her, doch sie fing sich von selbst wieder. Er machte einen tiefen Atemzug.

Das war knapp. Laute Geräusche würden Mario wecken. Er hielt den Pulli unschlüssig in der Hand. Niemand sollte ihn finden. Nicht mit den Flecken. Sein Blick fiel auf die Kiste, die im untersten Regalbrett stand. Vorsichtig, um Mario nicht zu wecken, zog er sie mit der rechten Hand aus dem Regal und hob den Deckel hoch. Sie war leer. Er stopfe den Pullover hinein. Der Deckel schloss nicht sofort, er musste nochmal drücken. Zurück im Regal sah die Kiste normal aus.

Er hob den Teddy vom Boden auf und trug ihn mit dem schlafenden Mario nach oben. Seine Zimmertür stand einen Spalt offen. Drinnen war es dunkel, nicht mal das Nachtlicht leuchtete. Er machte kein Licht, schlich langsam Schritt für Schritt zum Bett hinüber und legte den Jungen hinein. Der rollte sich gleich zur Seite. Er setzte den Teddy zu ihm und schob seinen Arm darum. So würde er in ein paar Stunden aufwachen und sich freuen. Lächelnd sah er auf das schlafende Gesicht. Mario war ein Geschenk, sieben Jahre alt und konnte doch nicht

ohne seinen Teddy schlafen. Er löste sich von dem Anblick und schloss leise hinter sich die Tür.
Die große Uhr am Ende des Ganges zeigte ihm, dass es halb sechs in der Früh war. Der Schock saß tief, erst der blutverschmierte Pullover und dann Mario, der plötzlich vor ihm gestanden hatte. Er wollte sich nicht wieder ins Bett liegen, er war hellwach.

Im Wohnzimmer räumte er die Decke weg. Seine Frau musste nicht wissen, dass er dort geschlafen hatte. Auf dem Sofa waren keine Flecken zu sehen. Die Blutflecken auf dem Pullover waren schon trocken gewesen. Verwundert schüttelte er den Kopf und lief ins Gästeklo. Dort nahm er das Handtuch, an dem er seine Hände abgetrocknet hatte, und brachte es ins Wohnzimmer. Er sah sich in alle Richtungen um und zog die bunte Kiste wieder hervor. Das Handtuch passte erst rein, als er den Pullover anders hinschob. Entschlossen packte er den Deckel wieder drauf und stellte sie zurück ins Regal. In den nächsten Tagen, wenn seine Frau nicht da war, würde er beides entsorgen. In einem Mülleimer irgendwo in der Stadt.

Ja, das ist eine gute Idee. Er lief zufrieden in die Küche. Die Uhr zeigte zwanzig vor sechs. Seine Frau würde bald aufstehen, um zu duschen und das Frühstück für alle zu richten. Mario ging seit drei Monaten in die Schule und sie lief jeden Morgen mit ihm den ganzen Weg. Das war ihr schon in Fleisch und Blut übergegangen, sodass sie an den Sonntagen immer so früh aufstand. Sie las gerne in einem Buch oder räumte auf. Mario und er schliefen lieber länger, oft bis neun, zehn Uhr.

Im Kühlschrank fand er Eier und Speck. Der Orangensaft war schon offen, er stellte ihn auf den Tisch. Alle Gläser waren in der Spülmaschine. Er hatte vergessen, sie anzuschalten. Seufzend startete er die Maschine und nahm aus dem Schrank drei Tassen heraus und stellte sie zusammen mit Tellern und Besteck auf den Tisch. In zwei Pfannen briet er den Speck und die Eier an. Der Duft weckte seinen Appetit. Er drehte sich mit der Pfanne in der Hand um, um den Inhalt auf die Teller zu verteilen und ließ sie beinahe fallen. Seine Frau lehnte am Türrahmen und lächelte.

„Womit habe ich das verdient?“, fragte sie ihn. „Dass du vor mir aufstehst und sogar Frühstück machst?“

Er lachte und verteilte die Eier auf die drei Teller. „Ich konnte nicht schlafen und wollte dir eine Freude machen.“

Sie kam zu ihm und gab ihm einen Kuss auf die Wange. „Du bist so blass, ist alles okay?“

„Ja, ich habe nicht lange geschlafen“, wiegelte er ab. „Das wird wieder. Ich werde heute Abend früher ins Bett gehen und morgen später zur Arbeit fahren.“

„Wenn dein Chef das mitmacht“, sagte sie lächelnd und setzte sich an den Tisch. Er zuckte mit den Schultern. Eine Ausrede würde ihm schon einfallen. Sie aßen zusammen, sprachen kein Wort, genossen die Ruhe. Als er abspülen wollte, hielt ihn seine Frau ab. „Lass nur, ich mache das später, wenn Mario gegessen hat.“

Er zog sie an sich und küsste sie. Vor mehr als zehn Jahren war sie in sein Leben getreten und er konnte es sich nicht ohne sie vorstellen. Der Umzug nach Spullberg hatte sie fester zusammengeschweißt. Und dann kam Mario auf die Welt, sein kleiner blonder Engel. Er liebte Verstecken spielen, fand immer neue im Haus.

„Ich gehe nach der Wäsche gucken“, riss seine Frau ihn aus den Gedanken. Er nickte nur und schaute ihr nach. Sie stieg die Kellertreppe hinunter.
Sein Blick wanderte weiter und blieb an der Zeitung von gestern hängen. Die hatte er nicht gelesen. Er nahm sie und breitete sie im Wohnzimmer auf dem Tisch aus. Das Lesen entspannte ihn, das Geräusch vom Umblättern machte ihn schläfrig. Er rückte auf dem Sofa hin und her, bis er einschlief. Tief und traumlos, bis er die Kiste vergaß …

4. Dezember

Montag

William rutschte auf seinem Stuhl in und her. Er verdrehte seine Augen. Vor ihm stand Julius Winkler. Der Polizeipräsident sprach seit zwei Stunden. Es erschien ihm endlos. Hinter Winkler warf der Beamer Folien an die Wand. Das Projekt gefiel ihm überhaupt nicht.

„Das ist ein wichtiger Schritt für uns“, unterstrich Winkler. Er fuchtelte wild herum, lachte und zeigte die nächste Folie. „So sehen die Body-Cams aus. Klein und handlich. Sie werden an der Uniform befestigt und mit einem Klick gestartet.“

Er nahm eine vom Tisch und hielt sie hoch. Mit ihnen erhoffte sich der Polizeipräsident mehr Respekt von den Menschen. Doch William teilte diese Meinung nicht. Er fand die Kameras lästig. Nicht nur, weil er sie einschalten musste. Die Videos würden auf einem Server gespeichert. Ohne das sie nach einer Zeit gelöscht werden. Jeder mit Freigabe konnte sie sich anschauen. Er warf einen Blick auf Florian. Der Hüne saß neben ihm, hatte jedoch nichts gesagt. Er hörte zu und fixierte Winkler.

„Die Body-Cams sind ein Fortschritt! Der Pilotversuch in Hessen hat das gezeigt. Wir werden die Vorbilder für das ganze Land!“

„Was ist mit dem Datenschutz?“, warf ein Mann aus der ersten Reihe ein. „Immerhin filmen wir nicht nur uns oder einen Angreifer, sondern auch Zuschauer.“

William beugte sich vor. Der Mann sprach seinen Gedanken aus. Julius stoppte kurz, machte eine Bewegung: „Was soll damit sein? Wir bestellen sie und starten einen Probelauf. Läuft alles wie geplant, werden vier Wochen später für das ganze Revier die Body-Cams bestellt. Es geht hier um einen Versuch, die Zuschüsse vom Staat sind …“

Das Klingeln eines Handys unterbrach ihn. Sein Gesicht lief rot an. Jeder im Raum wusste, was jetzt kam.

„Wer hält sich nicht an die Regeln?!“, brüllte er wutentbrannt los. Es gab nur zwei Regeln, wenn der Polizeipräsident sprach. Alle Handys waren stumm und jeder hörte zu. Punkt. Wer sich nicht daran hielt, wurde aus dem Raum geworfen. Das Handy hörte auf zu klingeln. Winkler setzte zu seinem nächsten Satz an, als es wieder loslegte.

„Wer?“ In seiner Wut war er nicht in der Lage, einen vollständigen Satz zu formulieren. Florian stieß William an, nickte leicht mit dem Kopf. Der zuckte mit den Schultern und fragte sich, wann das Handy aufhörte. Wie ein Blitz durchfuhr es ihn. Der Klingelton kam ihm bekannt vor. Sein Gesicht lief vor Scham rot an, als er sein Handy aus der Hosentasche zog. Er stand auf, ohne zu Winkler zu schauen. Er eilte zur Tür, die ihm jemand öffnete. Draußen atmete er tief durch. Das Handy hörte auf zu klingeln. Er tippte darauf, um zu sehen, von wem die Anrufe gekommen waren. Klaus hatte ihn angerufen. *Was war denn so wichtig?,* fragte er sich, während er die Nummer wählte. Es klingelte, Klaus meldete sich sofort.

„Na endlich“, schimpfte er am anderen Ende. „Ich versuche seit einer halben Stunde, dich zu erreichen! Wo steckst du?“

„Mitten in dem Vortrag über die neuen Body-Cams. Der Winkler ist jetzt wegen mir auf 180“, gab William brummend zurück.

„Oh“, machte Klaus. „Sorry. Hast du dein Handy nicht ausgeschaltet? Du musst zur Ruine Wildberg kommen. Ich habe vorhin die Nachricht bekommen, dass eine zweite Leiche gefunden wurde. Sie liegt etwas abseits, am Rand. Vermutlich ein Unfall. Mehr weiß ich erst, wenn ich dort bin.“

„Ich hole Flo und komme nach“, sagte William und schloss die Augen.

„Und was ist mit dem Winkler?“

„Es geht um eine Mordermittlung, die hat Vorrang.“

„Na hoffentlich sieht der das auch so“, lachte Klaus. „Beeil dich, es soll bald schneien.“

„Ja, bis gleich.“ William legte auf. Eine zweite Leiche. Das war nicht gut. Im Stillen hoffte er, dass es nur ein Unfall war. Dass derjenige nur ausgerutscht war. Er atmete tief durch und öffnete die Tür.

„Was ist denn heute los mit Ihnen?“, schimpfte Winkler lauthals.

„Es wurde eine weitere Leiche gefunden“, antwortete William kurz. „Flo, kommst du bitte?“

Der schwarze Hüne stand auf, schritt durch den Raum, der Polizeipräsident sagte kein Wort. Hinter Florian fiel die Tür ins Schloss.

Eine halbe Stunde später stand William am Rand des Wildberges. Vor ihm ragten die Überreste der Ruine in den trüben Himmel hinauf. Es war kalt, der Wind wirbelte den lockeren Schnee auf und verteilte ihn neu. Der Ausblick war herrlich. Trotz des Wetters hatte er einen Blick über Spullberg bis nach Stuttgart. Alles war schneebedeckt, verschwamm fast in eine Fläche. Überall gab es kleine Dinge, die aus dem Schnee herausragten. Als ob sie sich gegen die Schneemassen wehrten.

„Guckst du dir mal die Leiche an oder hast du Besseres zu tun?“

William drehte sich um und fixierte Klaus, der neben dem Felsen kniete und vor sich hin schimpfte. Ein letzter Blick auf die Aussicht, dann stampfte er durch den Schnee. Heute Nacht waren wieder zehn Zentimeter gefallen. Der Schnee hatte sich noch nicht verfestigt, er sank etwas ein.

Lars hatte den Tatort abgesperrt. Flatterig hingen die gelben Bänder, der Wind zog sie ständig hin und her. Neben dem Weg, der von der Ruine hinunterführte, lagen zwei große Felsen. Heute saß dort eine Frau, angelehnt mit dem Rücken an den kalten Felsen. Es sah aus, als würde sie eine kurze Verschnaufpause machen. Nur die Tatsache, dass sie mitten im Winter mit T-Shirt und Hose bekleidet draußen war, störte das Bild. Sie trug keine Stiefel oder Socken. Die Füße waren blau verfärbt. Klaus stand auf und sah zu William, der an der Absperrung lehnte.

„Was denkst du?“, fragte Klaus. William schaute sich um und nach der Position der Leiche.

„Keine Ahnung. Wie lange ist sie tot?“

„Woher soll ich das wissen?! Das Mädchen ist gefroren! Sie kann hier schon tagelang sitzen oder nur ein paar Stunden!“

William brummte. Das hatte er vermutet. „Glaubst du, dass es einen Zusammenhang gibt?“

„Nein“, sagte Lars hinter ihm und erschreckte den Hauptkommissar. Der drehte sich um und Lars zuckte nur entschuldigend mit den Schultern. William schaute sich um und fragte sich, was hier geschehen war. Hatte das Mädchen sich verirrt und war hier in der Dunkelheit erfroren? Hatte jemand sie hierher geschleppt oder wurde sie bis hierher verfolgt? Er entdeckte eine Gestalt bei der Ruine.

„Lars, wer ist das?“, fragte er und zeigte vorsichtig hin.

„Das ist der Zeuge. Er hat die Leiche gefunden. Er hat hier den Sonnenaufgang fotografiert.“

„Und warum zum Henker läuft er am Tatort herum?“

„Wir haben uns umgeschaut. Da war nichts“, wehrte sich Lars. „Der Mann will fotografieren. Er schreibt einen Artikel über die Burgruine, wie sie im Winter aussieht. Das kann ich ihm ja nicht verbieten.“

William war verärgert. Wer wusste schon, was der Fotograf vor die Linse bekommen hatte. „Hat er etwas gesehen?“, fragte er.

„Nein“, antwortete Lars und schaute ihm direkt in die Augen. „Er kam hierher, um die Fotos zu machen und ist hin und her gelaufen. Dabei hat er die Leiche entdeckt. Er hat keines von ihr, ich habe seine Kamera kontrolliert. Ich habe seine Schuhabdrücke genommen, damit wir sie später ausschließen."

Lars' kurzer Bericht beruhigte ihn ein wenig. „Wo steckt Ben?", fragte William. Er hatte ihn heute noch nicht am Tatort gesehen. Klaus antwortete ihm nicht. Er war dabei, die Leiche vom Schnee zu befreien. Lars hustete hinter ihm. William war kalt. Er bewegte sich, damit die Kälte nicht durch seinen dicken Mantel drang. Florian war nicht zu sehen. Er schaute sich suchend nach dem Hünen um. *Komisch.* Seine große Gestalt war nicht zu übersehen. Da sah er Ben und Florian den steilen Weg zur Ruine hoch laufen. Der Hüne trug eine der gelben Bahren. Ben hatte seine Mütze tief in sein Gesicht heruntergezogen. William fragte sich, ob er den Weg sah. Lars gab den beiden den Weg vor, den sie gehen konnten. Ben duckte sich unter der Absperrung durch, der Hüne hielt ihm die Bahre hin.

„Du hast alles vermessen, Lars?", fragte Florian, bevor er losließ. Der nickte.

„Hilfst du uns mit der Leiche, Florian?", rief Klaus. „Du hast mehr Kraft!"

Florian lachte und duckte sich unter der Absperrung durch. Er stellte die Bahre ab. William beobachtete sie. Klaus gab Anweisungen, wie er mit der Leiche umgehen sollte. Ben und Klaus hielten die Bahre. Der Hüne hob die tote junge Frau hoch, als wäre sie eine Kiste. Er legte sie vorsichtig ab, da fiel etwas in den Schnee. Die drei schienen es nicht zu bemerken.

William öffnete seinen Mund, um zu rufen. Florian gab einen Laut von sich. Er hatte es doch gesehen. Klaus und

Ben stoppten in ihrer Bewegung. Der Hüne bückte sich, hob das Ding mit einem Ruck hoch. Er hielt es in die Luft.

„Ein Stern", kommentierte Ben. „Cool. Der passt wenigstens."

Klaus hob seine Faust und boxte dem Jungen in die Schulter. „Wir sind an einem Tatort! Benimm dich gefälligst!"

„Aua! Aber er passt zur Jahreszeit", murmelte Ben und rieb sich die Schulter. Offenbar hatte Klaus ihn trotz der dicken Jacke erwischt. Florian sagte nichts. Lars hielt ihm eine Beweismitteltüte hin und er ließ den Stern hineinplumpsen.

„Hast du genau gesehen, wo er lag? Das sind wichtige Beweise!", schimpfte William.

„Er ist aus ihrem Schoß herausgefallen." Der Hüne antwortete kurz und bündig. Er nahm die Bahre allein. Ben und Klaus folgten ihm. Auf sie wartete Arbeit. Lars kam zu William, der nachdenklich die Felsen anstarrte.

„Der Stern ist aus Holz, schauen Sie. Er wurde von Hand geschnitzt", sagte Lars und hielt ihm die Tüte hin. William nahm sie und schaute sich den Stern an. Er hatte recht. Der Stern war etwa drei Zentimeter groß. Abgerundete Kanten, kleine Unebenheiten fielen ihm sofort auf. Mittendrin waren ein Buchstabe eingeritzt, verschnörkelt, kaum zu entziffern. Es sah aus wie ein L.

„Das ist etwas Persönliches", sagte William mehr zu sich selbst. Seine Hand kribbelte, als ihm klar wurde, dass er hier ein Stück vom Mörder hielt. Er konnte es sich nicht erklären. Der Stern könnte der toten Frau gehören. Etwas in ihm sagte laut und deutlich, dass jemand die Frau ermordet hatte.

„Es tut mir leid, dass ich es übersehen habe“, sagte Lars leise.

„Das passiert. Nächstes Mal schaust du drei Mal hin, verstanden? Ich glaube, das ist unsere Spur!“

Lars nickte und folgte William schweigend zum Parkplatz. Ihm war kalt und es zog ihn zurück in sein warmes Büro. Ein Mörder lief frei herum und das behagte ihm nicht. Seine Hand zitterte, als er den Schlüssel aus seiner Tasche zog. Ob vor Kälte oder Angst, konnte er nicht sagen.

5. Dezember

Dienstag

Ich saß am Küchentisch und blätterte in der Zeitung. Das leise Ticken der Uhr erschien mir lauter als sonst. Erleichtert hörte ich Schlüssel an der Haustür klappern. Mit Mama kam ein kalter Schwall Luft herein. Sie grinste, als sie ihre Tasche auf dem Boden abstellte.

„Ich bin überrascht, du hast ja eine Zeitung in der Hand! Hast du was gefunden?“

„Jenny hat mir erzählt, dass gestern bei der Ruine oben eine junge Frau gefunden wurde. Sie ist tot. Papa ermittelt in ihrem Fall. Ich habe den Artikel gelesen.“

Mama hängte ihre Winterjacke mit dem Schal zusammen an die Garderobe, bevor sie die Tasche in die Küche brachte und sagte: „Woher weiß deine beste Freundin das? Nicht mal dein Vater hat etwas erzählt.“

Ich zuckte mit den Schultern. Papa erzählte nie von seinen Fällen. Nicht mal, wenn er die Akten nach Hause brachte, durfte sie jemand ansehen. Vor ein paar Wochen hatte er eine mitgebracht. Abends war er auf dem Sofa eingeschlafen. Das Bild der Studentin werde ich nie vergessen. Ich hatte die Akte gelesen, heimlich. Das durfte er nie erfahren.

„Da ist er.“ Den Artikel über die junge Frau fand ich erst auf den Lokalseiten.

„Liest du ihn mir vor?", fragte Mama. Sie räumte den Kühlschrank ein.

„Klar. Tote Frau bei Burgruine gefunden. Am Vormittag fand ein Mann die Leiche der jungen Frau. Sie war nur mit T-Shirt und Hose bekleidet und lehnte an dem Felsen neben dem Wanderweg. Die Ermittlungen dauern an. Wie ein Sprecher der Polizei bestätigte, könne weder ein Unfall noch ein Mord ausgeschlossen werden. Die Leiche werde obduziert. Wer die Frau in der Nacht des 4. Dezember gesehen hat, solle die nachfolgende Nummer anrufen."

„Ich denke, sie ist erfroren", sagte Mama und kam mit zwei Gläsern Wasser zum Tisch. Sie schob mir eines zu. „Wer bei dieser Jahreszeit so leicht bekleidet unterwegs ist … Außerdem hat es in der Nacht heftig geschneit."

„Aber warum läuft man ohne Jacke durch den Schnee?" Das war für mich unverständlich. Trotz des dicken Pullovers war mir kalt. Die Heizung lief, aber noch nicht lang. Mein Bruder war in der Schule, Mama hatte eine Freundin besucht. Papa war arbeiten. Daher hatte niemand die Heizung angemacht.

„Oder sie war auf einer Party und hat zu viel getrunken. Man hört ja häufiger, dass diese Menschen nicht frieren. Sie hat das kalte Wetter sicher unterschätzt."

„Stimmt. Da denkt man nicht mehr so viel nach", sagte ich grinsend. Mama huschte ein Lächeln über die Lippen.

„Wann kommt Max?", lenkte sie das Gespräch auf das anstehende Abendessen. Er kam zwei Mal während der Woche und blieb über Nacht. Seit dem Vorfall in der Klinik hatte sich das eingeschlichen. Er hatte Angst.

Obwohl Tobias im Gefängnis saß, wich er kaum von meiner Seite. Mein Ex hatte mich von der Straße abgedrängt. Ich lag ein paar Tage im Krankenhaus und der Bruch war immer noch nicht ausgeheilt. Papa sagte, Tobias käme nicht so schnell wieder frei. Ich war mir nicht sicher. Es machte mir Angst, dass es passieren könnte. Mit dem Auto war ich seitdem nicht mehr gefahren.

„Gegen sechs. Soll ich dir beim Kochen helfen?“, fragte ich, um mich abzulenken. Mama trank einen Schluck aus ihrem Glas, dann nickte sie. „Das wäre super. Ich mache Lasagne. Die haben wir schon lange nicht mehr gegessen.“

Ich grinste und nahm das Wasserglas. Dabei schwappten ein paar Tropfen über. Ich wischte sie eilig mit dem Ärmel weg. Mama nahm die Lasagneblätter aus dem Schrank. Ich erzählte von meinem Schultag. Die Lehrer planten ihre Klassenarbeiten alle am selben Tag zu schreiben.

„Das Leben ist nicht fair, das weißt du doch“, sagte Mama und gab das Hackfleisch in die Pfanne. Es spritzte und brutzelte und die ganze Küche roch nach Fleisch. Ich öffnete das Fenster, damit der Dampf abzog. Im Topf rührte ich die Béchamelsoße an. Nach ein paar Minuten kippte Mama die Tomatensoße zum Fleisch dazu. Nacheinander schichteten wir in der Schale die Lasagne auf.

„Wenn Max kommt, dauert es etwa eine halbe Stunde, bis das Essen fertig ist.“

Ich beschloss, weiter in der Zeitung zu lesen. Pünktlich um sechs stand mein Freund Max vor der Tür. Er grüßte meine Mutter und wechselte ein paar Worte mit ihr, bevor er den Nikolausstiefel vor mich auf den Tisch stellte. Mit einem Grinsen setze er sich zu mir und nahm mich in den Arm.

„Hallo, du“, flüsterte er in mein Ohr und gab mir einen Kuss. Ich kuschelte mich an ihn und stupste den Stiefel an. Der Schokoladennikolaus guckte mit einem Tannenzweig oben heraus. Daneben steckten ein paar Duplo.

„Ich dachte, du brauchst Süßkram für die nächsten Tage. Da ich nicht vorbeikommen kann, hast du jetzt Vorrat.“

„Danke schön“, sagte ich verlegen. Da öffnete sich die Haustür erneut und mein Vater kam herein. Er grüßte uns kurz, gab Mama einen Kuss und verschwand nach oben, um zu duschen.

„Helft ihr mir beim Tischdecken?“, fragte Mama und schob die Lasagne in den Ofen. Aus dem Schrank gegenüber nahm sie Teller. Ich stand auf, um sie ihr abzunehmen. Mit Max waren wir zu fünft. Vor ein paar Minuten hatte mir mein Bruder geschrieben, dass er auf dem Heimweg war. Die Teller standen keine Sekunde an ihren Plätzen, als sich die Haustür zum vierten Mal öffnete.

„Hallo, ich bin da!“

Jedes Mal rief mein Bruder diesen Satz, wenn er nach Hause kam – egal ob jemand zuhörte oder nicht. Er ließ seine Jacke auf den Boden fallen, direkt neben seine Schuhe. Bevor Mama etwas zu ihm sagte, hatte er sie umarmt und war die Treppe nach oben gelaufen. Max grinste nur. Wir sprachen über die nächsten Tage, bis sich die anderen zu uns setzten. Papas Haare waren nass, mein Bruder hatte sich umgezogen. Die Lasagne dampfte, als Mama sie auf den Tisch stellte.

„Papa, weißt du schon etwas über die tote Frau, die bei der Burgruine gefunden wurde?“

Die Frage rutschte mir raus, als ich eine zweite Portion aus der Schüssel nahm. Im gleichen Moment verfluchte ich mich selbst.

„Wir essen “, kam prompt die Rüge. „Da spricht man nicht über Leichen!“

Ich nickte und warf einen Blick zu Mama. Sie schüttelte nur leicht den Kopf, lenkte das Thema wieder auf Weihnachten. Max wollte zu seinen Eltern fahren und am zweiten Feiertag zu mir kommen. Oma und Opa waren eingeladen. Daher stellte Mama die Frage, ob uns ein kleines Essen reichen würde.

„Nein. Du kannst das Raclette nicht ausfallen lassen!“, protestierte mein Bruder. „Das hat Tradition!“

Papa und ich stimmten ihm zu. Nach ein paar Minuten gab sich Mama geschlagen.

„Wie wäre ein Deal: ihr bekommt an Weihnachten Raclette und ich darf mir für den nächsten Tag ein Essen aussuchen. Einverstanden?“

„Wer könnte dir etwas abschlagen?“, sagte Papa neckend. „Kinder, dafür müsst ihr beim Einkaufen helfen. Lasst uns auf den Deal anstoßen!“

Aus dem Regal hinter sich zog er eine Flasche Ramazzotti hervor. Mein Bruder stand auf und holte die kleinen Gläser. Papa schenkte ein, nur Max lehnte dankend ab. Er war mit dem Auto gekommen. Wir stießen an und kippten den Alkohol hinunter. Mir wurde warm, er brannte die

Kehle hinab. Später holte sich Papa ein Bier aus dem Kühlschrank. Er trank es schnell aus. Wir sprachen über die Klausuren.

„Zum Glück muss ich ab und zu nach Anna sehen, sonst käme ich vor lauter Lernen gar nicht mehr aus meinem Zimmer!“, sagte Max und zog mich an sich.

„Ja, ihr sollt nachts nicht draußen herumlaufen. Vor allem nicht allein. Da ist ein Mörder unterwegs!“ Papas Blick erstarrte, er hielt sich die Hand vor den Mund.

„Glaubst du, dass jemand die Frau ermordet hat?“, bohrte mein Bruder sofort nach. „Ich hab von dem Leichenfund an der Ruine gelesen. Und von dem jungen Mann, der am Samstag gefunden wurde. Die Presse schrieb, man könne bei beiden ein Verbrechen nicht ausschließen.“

Alle schauten Papa an. Er seufzte und drehte die Bierflasche hin und her.

„Ja. Wir wissen noch nichts. Beide Leichen werden jetzt obduziert. Mehr darf ich euch nicht erzählen!“

„Du hast ja nichts gesagt. Ich habe das in der Zeitung gelesen.“ Ich schob sie ihm zu. Der Artikel war noch aufgeschlagen. Papa warf nur einen kurzen Blick auf die Seite und verzog sein Gesicht.

„Mehr kann ich euch nicht sagen. Im Moment werden die gefundenen Beweise untersucht.“ Er nippte erneut an seinem Bier und stand auf. „Entschuldigt mich. Morgen finde ich heraus, wer die Toten im Schnee sind. Und was mit den beiden passiert ist.“

Er schwankte leicht, nahm die Zeitung an sich und setzte sich aufs Sofa. Demonstrativ blätterte er die Seiten um. Mein Bruder murmelte eine Entschuldigung und verschwand nach oben. Seufzend stand ich auf und nahm die Teller. Ich stellte sie auf die Ablage. Max brachte die kleinen Gläser und die leere Glasschüssel, in der kaum Reste waren. Gemeinsam räumten wir alles in die Spülmaschine.

„Danke euch“, rief Mama, die am Tisch sitzen geblieben war.

„Klar, gerne“, antwortete ich und machte die Spülmaschine zu. Max lief schon die Treppe hoch, ich umarmte Mama zum Abschied, bevor ich ihm nach oben folgte. Er lag auf meinem Bett und schaute mich an. Ich nahm die Bücher vom Tisch und packte sie in meine Tasche. Aus dem Schrank zog ich einen Pullover, suchte das Ladekabel für mein Tablet, doch ich fand es nicht.

„Gucken wir unsere Serie weiter?“

Die Frage überhörte ich und nickte nur, während ich den Pullover wieder in den Schrank legte und einen anderen herauszog. Mir war nach dem roten. Ich schloss die Tür. Aus dem Bad holte ich meine Pille, um sie gleich zu nehmen. Unter dem Kopfkissen fand ich mein Ladekabel. Wie es dahin kam, war mir ein Rätsel. Max zog mich an sich, um mich zu küssen. Ich schloss meine Augen und genoss den Augenblick.

„Jetzt gucken wir aber weiter!“, flüsterte er mir ins Ohr und löste die Umarmung. Ich zog den Laptop heran. Wir kuschelten, die Serie lief weiter. Nach ein paar Folgen, als ich schon kurz vor dem Einschlafen war, stellte ich die Frage, die mir seit dem Abendessen im Kopf herum spukte: „Glaubst du, wir haben einen Serienmörder hier in der Stadt?“

Max antwortete nicht sofort. „Nein. Es ist schrecklich, dass die beiden tot aufgefunden wurden. Ich denke aber, dass sie erfroren sind im Schnee. Sie waren ohne Jacke unterwegs.“

„Und wenn die Frau ermordet wurde?“

„Dann wird dein Papa den Mörder fassen.“

„Ich …“

„Du brauchst keine Angst haben“, sagte Max und gab mir einen Kuss auf die Stirn. „Ich hole dich von überall ab. Versprochen!“

Über mein Gesicht huschte ein Lächeln. „Danke.“

Später schlief Max tief und fest. Ich lag wach und dachte an die tote Frau. Ich fragte mich, wer sie war. Wie sie hieß, was sie gemacht hatte und warum sie nachts allein durch den Wald gelaufen war. Vor allem ohne Jacke. *Sie ist bestimmt erfroren.* Ich kuschelte mich an Max und lauschte seinem gleichmäßigen Atem, bis ich einschlief.

6. DEZEMBER

MITTWOCH

Er saß im Büro und sah die Aufträge für die nächste Woche durch. Alles war eingeteilt, niemand war vergessen. Der Chef hatte ihn gebeten, seine Vertretung zu übernehmen. Er hatte ein paar Tage Urlaub. Seit zehn Jahren arbeitete er für den Betrieb, er sorgte dafür, dass alles weiterlief.

„Passt alles?“, rief Ulrich quer durch den Raum. Seine Tür stand offen, doch er hörte es trotzdem kaum.

„Was? Komm her, wenn du mit mir reden willst“, rief er zurück. Die Baustelle, die nächste Woche anstand, war schwierig. Sie sollten ein Bad komplett neu bauen. Vor Weihnachten. Neue Fliesen und Leitungen. Die Badewanne wünscht sich der Besitzer des Hauses um 90 Grad anders. Ein Heizkörper im Bad. Die Steckdosen versetzt. Er sah auf.

„Brauchst du noch was für nächste Woche?“, wiederholte Ulrich seine Frage.

„Nein, ich glaube nicht. Ich schaue mir gleich den Plan nochmal an. Der Zeitplan ist straff. Es darf nichts schief gehen“, antwortete er auf die Frage seines Kollegen.

„Wenn wir das Bad in der Woche schaffen, haben wir einen Kunden gewonnen. Er ist bekannt in der Region. Der wird uns weiterempfehlen.“

Er lächelte. „Das schaffen wir. Sonst gibt es Überstunden.“

„Wir stehen alle bereit.“

„Super, danke dir.“ Er nickte Ulrich zu und zog den Plan des Hauses heraus. Der Besitzer hatte ihm diesen bei der Besichtigung vorgelegt. Gemeinsam hatten sie ihn bearbeitet. Seine rechte Stirnhälfte fing an zu pochen. Er schob die Zeichnung wieder in den Auftrag zurück. Ulrich war schon gegangen. Die Uhr zeigte nach halb fünf an. Irgendwie hatte er die Zeit vergessen. Schnell stapelte er die Akten, nahm seinen Schlüssel und seine Jacke. Er schloss das Büro sorgfältig ab und lief quer durch das große Büro. Es war still, keiner der Kollegen war da. Sein Auto stand unter dem Vordach. Er fuhr nach Hause, auf dem direkten Weg, ohne irgendwo anzuhalten, wie er es sonst gern tat. Kaum öffnete er die Tür, kam sein Sohn angelaufen. Er strahlte über beide Ohren.

„Hallo Mario“, sagte er und hob ihn hoch. Sein Lachen war so herrlich. Er drehte sich im Kreis mit ihm. Der Augenblick war wie ein Geschenk für ihn. Bevor er ihn absetzte, gab er ihm einen Kuss auf die Stirn. Der Kleine lachte und rannte wieder ins Wohnzimmer. Seine Frau stand am Türrahmen der Küche gelehnt und lächelte. Er ließ seine Tasche auf den Boden fallen und eilte auf sie zu. Er zog sie an sich und küsste sie. Langsam und intensiv.

„Was ist mit dir los?“, fragte sie. „Ist alles okay?“

„Ja, ich bin platt und der Weihnachtsmarkt fängt am Freitag endlich an. Ich liebe diese Stimmung. Fast so sehr wie dich.“

Er stupste ihre Nase mit seinem Zeigefinger an. Sie lachte und gab ihm einen Kuss auf die Wange.

„Ich mache das Essen und du spielst mit Mario, ja?“

„Klar, ich wasche nur schnell meine Hände.“

Er wartete nicht ab, sondern lief in das kleine Gästeklo, um sich dort mit kaltem Wasser die Hände zu waschen. Im Spiegel sah er die dunklen Ringe unter seinen Augen. Sie wurden immer tiefer. *Seltsam*. In den letzten Wochen war er früh ins Bett gegangen. Sein Wecker klingelte um sechs, das war genug Schlaf. Eigentlich. Ihm fiel etwas ein. Das dumpfe Gefühl, das ihn überfiel, hatte er lange nicht mehr gefühlt. Zu wissen, dass er nachts nicht schlief, sondern im Haus herumlief. In jungen Jahren war er schlafgewandelt. Seine Eltern fanden ihn häufig auf dem Sofa. Dort war er mit seinem Teddy in der Hand eingeschlafen.

„Papa, kommst du?“

Marios Stimme hörte er bis ins Gästeklo. Seufzend trocknete er seine Hände am Handtuch ab und schaltete das Licht aus. Er schob die Gedanken beiseite. Mario saß im Wohnzimmer und hatte seine Eisenbahn aufgebaut. Die Schienen führten einmal um den Tisch herum und auf der längsten Strecke war ein Hügel. Er setzte sich dazu und nahm die Fernsteuerung in die Hand. Mario hängte einen Waggon an die Eisenbahn.

„Ja, auf geht's! Tut, tut, der Zug kommt!“

Mario rief laut und hüpfte durch den Raum. Seit er sie hatte, stand die Eisenbahn fast jeden Tag im Wohnzimmer. Er war neulich mit nacktem Fuß auf eine Schiene getreten. Die Stelle hatte tagelang geschmerzt. Erst nach drei Tagen konnte er wieder auftreten. Der blaue Fleck war noch zu sehen. Er konnte nicht mit Mario schimpfen. Seine kindliche Freude löste jedes Mal ein Lächeln bei ihm aus. Fast lief eine Träne seine Wange hinab, er wischte sie schnell weg.

„Kommt ihr? Abendessen ist fertig!“, hörte er die Stimme seiner Frau aus der Küche.

„Na komm Mario, Mama sagt, es gibt Essen.“

„Tut tut, die Eisenbahn kommt!“

„Mario, komm jetzt!“

„Ich will aber mit der Eisenbahn spielen!“

Mario zog eine Schnute. Er setzte sich in seine umgeworfene Kiste und verschränkte seine Arme vor der Brust. Ohne es zu wollen, lachte er.

„Hast du keinen Hunger, Mario?“, versuchte er es nochmal.

„Nein.“

„Ich verrate dir etwas. Es gibt Pfannkuchen. Die liebst du doch.“

Der Duft der Pfannkuchen war ihm schon beim Heimkommen in die Nase gedrungen. Das Wort war wie ein Zauberspruch. Der Kleine liebte Pfannkuchen. Mario stand auf und lief los. Er folgte ihm und war doch mit den Gedanken plötzlich woanders. So, als wäre er durch die Tür an einem anderen Ort gelandet. Ein Déjà-vu. Etwas, das er nicht greifen konnte. Sein Herz raste, seine Finger wurden feucht. Ihm wurde schwindelig. Er stützte sich am Türrahmen ab und versuchte, langsam und tief zu atmen. Er schloss die Augen und konzentrierte sich auf die Atmung. Nach ein paar Zügen wurde es besser. Sein Herzschlag beruhigte sich. Er fuhr sich mit den Händen durch die Haare. Seine Frau bemerkte nichts. Er stocherte im Essen herum, beschwor das Gefühl wieder hoch. Er kam nicht darauf, wo der Ort war.

Später am Abend zog er sich zurück. Seine Frau brachte Mario nach oben, sie wollte ihn duschen und ihn ins Bett bringen. Draußen auf der Veranda stand er nur kurz. Sein Drang, etwas tun zu müssen, verstärkte sich. Er eilte in den Keller. Dort hatte er sich in dem kleineren Raum eine Werkstatt eingerichtet. Hier saß er oft und schnitzte seine Sachen.

Das Licht der Neonröhre flackerte auf. Niemand hatte den Raum betreten. Seiner Frau hatte er es verboten, es war sein Reich. Das Holz war vorgesägt, er griff nach einem Stück. Das Messer lag auf der Platte, es blitzte auf, als er es aufhob. In der Kiste unter dem Tisch lagen verschieden große Sterne. Sie waren nicht fertig. Er musste sie nacharbeiten. Das hatte er sich fürs Wochenende vorgenommen. Die Sterne wollte er auf dem Weihnachtsmarkt verkaufen.

Er beschloss, etwas für Mario zu schnitzen. Auf seinem Hocker sitzend zog er den Mülleimer zu sich her. Mit ihm sammelte er die fallenden Holzspäne auf. Das Geräusch, wenn das Messer über das Holz kratzte, beruhigte ihn. Das Holz nahm langsam Form an, während er gleichmäßig schnitzte. Seine Gedanken wanderten, sie sprangen hin und her, quer durch die Jahre. Die Träne, die über seine Wange lief, wischte er nicht weg. Sie suchte sich ihren Weg und fiel mit den Holzspänen in den Mülleimer.

Es geschah wieder. Es war nicht zu leugnen. Stunden, an welche er keine Erinnerungen hatte. Nichts. Eine große schwarze Dunkelheit. Er hatte Angst vor dem, was hinter ihr lag. Etwas böses, das ihn tiefer ziehen würde. Aus dem Holz schälte sich eine Lokomotive. Das Messer glitt schnell über die Oberfläche, es war leicht. Wie besessen musste er aussehen. Doch er konnte nicht aufhören. Bis er einen Krampf in seiner Hand bekam. Er ließ das Messer fallen, es landete im Mülleimer. Er starrte das Holzstück an. Sein Kopf wurde schwer, bevor er einschlafen würde, war es Zeit fürs Bett. Er ließ die Lokomotive fallen und stolperte aus der Werkstatt. Das Licht blieb an, er bemerkte es nicht mal.

Im Schlafzimmer zog er sich aus und legte sich ins Bett. Seine Frau schlief. Er kuschelte sich an sie und fiel in einen tiefen traumlosen Schlaf. Draußen wirbelte der Schnee herab und verbarg die Spuren.

7. DEZEMBER

DONNERSTAG

Klaus saß an seinem Tisch und sortierte die Akten neu. Der Pathologe hatte sie fallen lassen und die Blätter lagen verstreut auf dem Boden. *Wie gut, dass sie nummeriert sind!* Brummend bückte er sich und legte sie wieder in die Akten. Ben, sein Assistent, war auf dem Weg. Der junge Mann zeigte großes Interesse an der Arbeit in der Pathologie. Klaus konnte sich vorstellen, dass er eines Tages seinen Job übernehmen würde. Das Ticken der Uhr lenkte ihn ab. William hatte eine neue Besprechung angesetzt. Er nahm an, dass die Funde der Leichen nicht zusammenhingen. Klaus fand bei den Obduktionen nichts. Er sollte die Ergebnisse vortragen. Doch das hasste er. Er war lieber für sich und ließ seine Arbeit sprechen. Das Reden überließ er William.

Er schaute auf die Uhr. Ein paar Minuten hatte er noch Zeit. Er öffnete Inpol, die Datenbank der Polizei. Das Programm brauchte einen Moment, um zu laden. In die Maske gab er seine Ergebnisse ein. Beide waren erfroren. Lange war er unschlüssig gewesen, ob das stimmte. Der junge Mann hatte einen Schlag auf den Kopf erhalten, machte ihn aber nur bewusstlos. Das Mädchen hatte eine kleine Wunde an der Handfläche, sonst nichts.
Aus einer Laune heraus gab er den Stern ein, den sie bei der Toten gefunden hatten. Er ließ die Akte durch die Suche laufen. Das Ergebnis war Sekunden später da. Als er aufblickte, leuchtete das Licht rot auf. Verwundert klickte er auf die Liste.

Der älteste Fall war zehn Jahre her. Insgesamt fand man vier junge Frauen erfroren auf. Zwei hatten Kratzer an den Armen, vermutlich von Ästen. Was sie verband, war der geschnitzte Stern. Bei jeder lag einer neben der Leiche. Von eingeritzten Buchstaben stand nichts in den Akten. Die Frauen hatten eine hohe Menge Alkohol im Blut, waren nur mit Hose und Pulli bekleidet. Sie trugen keine Schuhe. Bei der dritten Toten hatte der Hausarzt etwas notiert. Er schrieb auf den Totenschein, es gäbe Hinweise darauf, dass sie gewürgt worden war. Niemand untersuchte das. Man nahm an, dass ihr Freund sie im Streit verprügelt hatte. Mehrfach hatte sie ihn angezeigt. Der Beamte notierte, es hätte einen Streit gegeben und sie wäre aus dem Haus gelaufen.

„Und was wäre, wenn es doch ein Serienmörder ist?“, fragte sich Klaus laut. Die Sterne waren ein Hinweis. Er beschloss, die Akten zu holen, um seinen Verdacht zu bestätigen. Im Archiv wollte man sie ihm heraussuchen. Seine Gedanken kreisten. Das Klopfen riss ihn heraus. Ein Mann überreichte ihm vier flache Akten. Mit einem kurzen Nicken bedankte er sich für die schnelle Lieferung. Am Tisch öffnete er sie. Der frühste Fall war mittlerweile fast zehn Jahre her, der zweite passierte zwei Wochen später. Fall drei war sieben Jahre her, der vierte erst zwei. Mehr als in der Liste stand nicht in den Akten.

Klaus lehnte sich zurück und verschränkte seine Arme. *Vielleicht irre ich mich*, schoss es ihm durch den Kopf. Er musste mit William sprechen. Ben war noch nicht da. Der Blick auf die Uhr sagte ihm, dass er sich langsam auf den Weg machen sollte. Er schnappte die Akten der alten und neuen Fälle. Das Licht lies er an, als die Tür hinter ihm zufiel. Er lief in das Hauptgebäude. Im Zimmer waren einige Beamte, sie sprachen miteinander. William war nicht zu sehen.

Mist, fluchte er in Gedanken. *Wie soll ich ihm von meinem Verdacht erzählen?* In dem Moment tauchte Ben mit zwei Kisten in den Händen auf.

„Wo ist William?“, fragte er Ben. Der stellte mit lautem Krach die Kisten auf den Tisch. Lars kam aus einer Ecke und packte Tüten aus der oberen. Er schob sie auf die linke Tischseite. Ben zuckte mit den Schultern. „Der kommt gleich.“

Die Antwort gefiel Klaus nicht. Er setzte sich an die Seite und beobachtete, wie Lars die zweite Kiste ausräumte und die Beweistüten auf die andere Tischhälfte schob. Ben hatte Recht. William betrat den Raum immer erst kurz vor Beginn einer Besprechung. Wie heute. Er sah ihn hereinkommen. Ohne Florian, den schwarzen Hünen. Sie nickten sich zu.
Lars leitete die Besprechung ein. Er zeigte Bilder von den Fundorten der Toten, wie sie im Schnee lagen. Bei jedem Beweis hielt er eine Tüte hoch. Der Stern faszinierte Klaus. Bisher hatte er nur Fotos gesehen. Nicht mal, als er in den Schnee gefallen war. William hatte ihn gleich eingetütet. Er beugte sich vor und hob die Hand. Lars reichte ihm die Tüte mit dem hölzernen Stern, während er weitersprach. Toll sah der Stern aus. Selbst durch die Folie der Tüte konnte er die Strukturen erkennen. Abgerundete Ecken, der Buchstabe L in der Mitte. Wie es im Bericht geschrieben stand.

„Herr Wagner stellt uns jetzt die Ergebnisse der Obduktionen der beiden Toten vor. Bitte schön.“

Klaus schreckte hoch, er hatte nicht aufgepasst. Er nickte, stand auf und legte die Beweistüte mit dem Stern zu den anderen zurück. Lars drückte ihm die Fernbedienung für den Beamer in die Hand. Ben stand neben ihm und drückte auf die Leertaste. Hinter ihm erschien die Präsentation mit seinen Bildern.

„Du musst nur auf den Pfeil drücken“, flüsterte Ben Klaus zu. Der brummte und schaute auf die Leinwand. Das erste Bild vom Kopf des jungen Mannes war zu sehen. Klaus räusperte sich und ließ seinen Blick über die zehn anwesenden Beamten schweifen.

„Ich habe beide Obduktionen erledigt. Der junge Mann hat, wie ihr hier seht, einen Schlag auf den Schädel erhalten.“ Klaus zeigte auf das Foto an die Stelle. „Er ist deshalb bewusstlos geworden. Letztlich ist er in der Nacht von Freitag auf Samstag erfroren. Das zeigt mir der vollständige Herzkreislaufkollaps. Er hatte ein T-Shirt und eine Hose an. Die Schuhe sowie Socken waren durchnässt. Ich nehme an, dass er so durch den Schnee gelaufen ist. Er hatte etwa 2,4 Promille intus.“ Er stoppte kurz, bevor er weitersprach.

„Bei dem Mädchen war es ähnlich. Sie ist ebenfalls erfroren und hat eine Wunde an der Hand. Sie trug nur T-Shirt und Hose, keine Socken oder Schuhe. Es gibt keine Anzeichen für sexuelle Gewalt. Ihr Alkoholspiegel lag bei 1,2 Promille. Sie starb in der Nacht von Sonntag auf Montag. Mehr kann ich Euch nicht berichten.“

Niemand sprach. Einige schienen das Ergebnis geahnt zu haben. Jetzt war es bestätigt. Erfroren im Winter, wie es ihn schon lange nicht mehr gegeben hatte.

„Ich habe einen Verdacht“, sprach Klaus leise aus, was ihm die ganze Zeit in der Seele gebrannt hatte. „Ich glaube, dass das Mädchen ermordet wurde. Es gibt keine Beweise. Aber ich fand vier weitere Fälle. In allen fand man junge blonde Frauen tot auf, erfroren. Und in der

Nähe fand man hölzerne Sterne, selbstgeschnitzt."

Klaus Worte hallten im Raum. Einige Köpfe drehten sich um, einer schüttelte ihn.

„Nur weil ein hölzerner Stern gefunden wurde, heißt das nicht, dass alle ermordet wurden", sagte ein älterer Herr. Seine schwarzen Haare waren ergraut, sein Vollbart wackelte beim Sprechen. Klaus kannte ihn vom Sehen, sein Name wollte ihm nicht einfallen.

„Ich denke, die beiden haben zu viel Alkohol getrunken. Dann sind sie ohne Jacke nach draußen in die Kälte gelaufen und eben erfroren. Fertig. Sie waren auf Partys, das ist ja logisch. Die Sterne gehören vermutlich einem Kind, das sie verloren hat."

Klaus hörte den verächtlichen Ton heraus. Er schaute zu William, der sich erst räusperte, bevor er aufstand und sich äußerte:

„Noch wissen wir gar nichts. Ein junger Mann wurde gefunden, er hat einen Schlag auf den Kopf bekommen. Es kann sein, dass er gestürzt ist und sich dabei angeschlagen hat. Er kann auch von hinten erschlagen worden sein. Keiner von beiden wurde als vermisst gemeldet. Zuerst müssen wir wissen, wer sie waren. Bei dem Mädchen halte ich einen Mord für möglich. Der Fundort muss nicht zwingend der Tatort sein. Wie gesagt, es gibt keine Hinweise."

William wirkte völlig ruhig, während der ältere Herr sich an seinem Bart kratzte. „Das mag sein", antwortete er. „Nach meiner Erfahrung sind das typische Fälle. Sie haben die Kälte unterschätzt. Das passiert, wenn man einen über den Durst trinkt!"

So einfach wollte Klaus nicht aufgeben. Der Mann hatte seine Meinung als gesetzt markiert. Sein Blick fiel auf die Liste der Anwesenden. Einen Namen hatte er in der letzten Stunde schon mal gelesen. Er streckte seinen Rücken durch und setzte zum Widerstand an.

„Es war Mord. Da bin ich mir sicher. Warum, kann ich euch nicht sagen."

„Ach, Sie spinnen sich da was zusammen, Herr Wagner! Wo bitte soll da ein Mord passiert sein? Es gibt keine Beweise!"

Klaus atmete tief durch. Der Mann wollte ihn auflaufen lassen. *Nicht mit mir!* Ohne darüber nachzudenken, stampfte er durch den Raum zu seinem Platz. Dort lagen die Akten der anderen Fälle. Er nahm sie und knallte sie auf den Tisch.

„Die anderen sind also auch nur erfroren?", schimpfte er los. „Na so ein Zufall! Wessen Name steht hier in den Akten? Das ist ja Ihrer! Sie haben die Fälle geleitet!"

Seine Vermutung schien zuzutreffen. Der Mann wurde bleich, er hustete und sagte kein Wort. William mischte sich ein. „Klaus! Bitte erkläre uns, was du meinst."

Das ließ er sich nicht zwei Mal sagen. Mit einem bösen Blick auf William baute er sich vor dem Ermittler auf. Der hatte sich gefangen und trank einen Schluck aus seiner Flasche.

„Ich glaube, wir haben es mit einem Serienmörder zu tun", sagte Klaus in die Stille in den Raum hinein. Er starrte den Mann direkt an, ohne seinem Blick auszuweichen. Die anderen sagten kein Wort, schauten die beiden nur an.

„Worauf stützt du deinen Verdacht?“

„Bei jedem Mädchen fand sich ein hölzerner Stern in der Nähe. Sie sind alle geschnitzt worden. Mir ist es aufgefallen, als ich den neuen Fall in die Datenbank eingab. Ich habe mir die Fotos von den Fundorten angeschaut. Seht selbst! Und sagt mir dann, ob da keine Ähnlichkeit besteht!“

„Die Fälle sind zehn, sieben und zwei Jahre her. Wäre uns das nicht früher aufgefallen? Die Mädchen sind erfroren und fertig!“ Der Herr ließ sich nicht beirren. Er war zu Klaus gekommen und blätterte die Akten durch. „Ich werde mich dazu nicht äußern.“

William sagte nichts und zog sich die erste Akte her. Er überflog die Blätter, hielt sich am Bild des Sternes auf. Klaus beobachtete ihn und den Mann. Der hatte sich wieder auf seinen Platz gesetzt, seine Arme verschränkt und starrte Klaus an. Der fühlte sich unwohl, vertraute aber auf sein Bauchgefühl. Mehr als deutlich sprach ihn hier die Signatur eines Serienmörders an. Jemand stupste ihn an der Schulter an. Ben. Er flüsterte ihm ins Ohr:

„Ich glaube, du hast recht. Die Sterne scheinen aus dem gleichen Holz geschnitzt zu sein.“

„Hört her“, unterbrach William die Gespräche der anderen. „Ich werde mir die Fälle in Ruhe anschauen. Komme ich zum selben Schluss wie Klaus, haben wir es mit einen Serienmörder zu tun. Der Gedanke gefällt mir nicht. Ich werde nicht zulassen, dass hier weitere Morde geschehen. Wenn ich nichts finde, legen wir die Akten als abgeschlossen zurück. Bitte kein Wort zur Presse, bis ich es geprüft habe! Verstanden?"

Williams Ansprache war klar und deutlich. Klaus nickte. Er hatte seinen Verdacht nicht abgetan, würde sich darum kümmern.

„Wenn Sie möchten, werfe ich einen Blick in die Akten. Ich kann Ihnen ein Profil des Mörders erstellen."

Die Stimme kam Klaus nicht bekannt vor. Sie gehörte einer schlanken Frau. Ihre schwarzen Haare waren länger und sie trug eine große runde Brille. Bis eben hatte sie still in der Ecke gesessen. Sie hielt ein Klemmbrett vor ihre Brust. „Ich heiße Christine Karp und bin Psychologin. Herr Winkler hat mich aus Stuttgart hergebeten. Es ist durchaus möglich, dass sich in den Akten Hinweise auf den Mörder finden lassen. Die Sterne zeigen mir, dass die Frauen ihm etwas bedeuten."

„Sie interpretieren doch nur irgendetwas hinein!", schimpfte der alte Mann. Er stand auf. „Ich höre mir das nicht länger an!"

Er stampfte durch den Raum, William hielt ihn nicht auf. Die Tür fiel hinter ihm krachend ins Schloss.

„Ist es möglich, dass ein Serienmörder am Werk ist, ohne dass wir es wissen?"

„Dafür gibt es zu wenig Beweise. Es ist nur eine Theorie", beantwortete Lars Williams Frage. Die meisten anderen stimmten ihm zu.

„Dann lasst uns die Theorie beweisen!"

„Oder sie widerlegen“, sagte Lars trocken.

„Bitte schicken Sie mir die Akten. Ich gehe sie durch und erarbeite ein Profil. Das kann ich nicht ignorieren. Sie retten im Zweifel Leben“, wiederholte Christine. Sie hatte sich vor William gestellt.

„Ich werde Ihnen die Akten zukommen lassen.“

Lars entschied, bevor William etwas sagte. Doch er nickte. Klaus zählte durch. Einzig Christine schien ihm zu glauben. Der Hauptkommissar äußerte sich nicht, ob etwas an der Theorie vom Serienmörder dran sei. Alle anderen waren skeptisch. Das konnte er deutlich sehen. Klaus war sich sicher. In Spullberg lief ein Mörder herum. Sie mussten ihn stoppen, bevor sie mehr Leichen fanden.

8. DEZEMBER

FREITAG

Ich saß am Esstisch, biss in mein Brötchen und beobachtete Papa. Obwohl er frei hatte, saß er punkt halb sieben mit mir am Frühstückstisch. Er las in der Zeitung, zumindest versuchte er es. Er hielt sie so weit weg, das konnte nicht mehr bequem sein.

„Lass uns später zum Augenoptiker gehen, das ist doch nicht mehr normal“, sagte ich laut. Der böse Blick, den ich erntete, sagte alles. Für Papa war das ein Zeichen, dass er alt wurde. Und das gefiel ihm nicht. Mama versuchte seit einem Jahr, ihn zu einer Lesebrille zu bewegen. Ohne Erfolg.

„Ich kann das lesen.“ Papa hielt die Zeitung eine Armlänge weg von sich und kniff ein wenig die Augen zusammen. Ich lachte los. Die Rückseite überlappte sich mit der Vorderseite, da war kaum etwas zu lesen. Die Buchstaben verschwammen und die Fotos waren dunkle Flecke auf dem Papier.

„Das Licht ist zu schlecht.“ Brummend warf er das Blatt zurück zu den anderen. „Ich muss was tun. Das geht so nicht weiter! Wie soll ich so arbeiten?“

„Keine Ahnung“, sagte ich frech. „Gar nicht.“

„Und wer sorgt dann dafür, dass Verbrechen aufgeklärt werden? Du etwa?“ Da war er wieder, sein Humor. „Ach was soll's, dann ist es halt so. Willst du mitkommen?“

„Ja, klar, gerne.“

„Okay, ich hole dich von der Schule ab. Mal gucken, was rauskommt.“

„Super.“

Ich nickte und schob mir den letzten Rest von meinem Brötchen in den Mund. Papa war immer noch brummig. Ich ließ ihn mit verschränkten Armen am Esstisch sitzen. In meinem Zimmer nahm ich die Schultasche. Sie war nicht gepackt, weil ich abends über dem Buch eingeschlafen war. Der Stundenplan las sich so langweilig, wie er später sein würde. Zwei Stunden Mathematik, eine Ethik und eine mit Englisch zum Schluss.
Das eine Buch lag auf dem Boden, das von Mathe unter dem Stapel aller möglichen Dokumente auf dem Schreibtisch. Ich stopfte sie in die Tasche und nahm meinen Block. Abends hatte ich versucht, die Hausaufgaben zu lösen. Algebra zählte nicht zu meinen Stärken. Nach einer halben Stunde hatte ich aufgegeben. Die Bücher passten gerade so in meine Tasche. Meinen Rucksack wollte ich erst waschen, da mir vor ein paar Tagen Saft ausgelaufen war. Ich stopfte zwei Schoko-Riegel mit hinein und lief nach unten. Meine Schlüssel hingen am Brett, Papa saß am Esstisch und hielt die Zeitung einen halben Meter von sich weg. Ich verließ lachend das Haus.

In der Schule ließ ich den Unterricht über mich ergehen, hörte kaum zu und kritzelte nur auf meinem Block herum. Nach der Pause nahm ihn mir die Lehrerin weg. Sie war der Meinung, eine Zeichnung von Micky Maus sei nicht zielführend. Heute besprach sie nur den Ablauf der Prüfung – zum dritten Mal. Wie viel Zeit wir für die Arbeit hatten, was wir mitbringen durften und was nicht, wie man sich verhalten sollte und so weiter. Frustriert klappte ich den Block zu und stützte meinen Kopf in den Händen ab. Zugehört hatte ich deswegen trotzdem nicht.

Als die Schulglocke die letzte Stunde beendete, seufzte ich erleichtert. Ich warf das Buch in die Tasche und verließ den Raum, ohne mich von den anderen zu verabschieden. Nicht mal von meiner besten Freundin Jenny. Draußen schien die Sonne und ließ den Schnee glitzern. Papa stand mit seinem Dienstwagen auf dem Parkplatz der Schule. Ich lief schnell zum Auto. Er hatte die Heizung angemacht. Extra für mich, weil ich immer so fror.

„Und, wie war die Schule?“

Die Frage beantwortete ich nicht sofort, verdrehte nur die Augen. „War okay.“

„Wow, das war so spannend, ich hatte das Gefühl, ich war dabei.“

„Es war langweilig und ich habe wieder nur gezeichnet. Und ab und zu mal zugehört.“

Sein ironischer Unterton war mir nicht entgangen. Er sagte nichts und fuhr los. Im Ortskern suchte er in der Straße vor sich nach einem freien Parkplatz. Ich sah seine Hand zu dem Schild zucken, auf dem *Polizei im Einsatz* stand. Am Ende war eine Lücke, in die sich Papa rein quetschte. Beim Aussteigen sah ich, dass etwa fünfzehn Zentimeter Luft zum anderen Auto waren. So viel

Vertrauen in mein Auto hatte ich nicht. Papa grinste und knuffte mich in die Schulter.

„Na komm, dann gucken wir mal ein paar Brillen an."

Überzeugt war er nicht, das sah ich ihm an. Mama hatte mir eine Nachricht geschickt. „Guckst bitte, dass er sich entscheidet. Egal für was. Ich habe keine Lust mehr auf dieses Theater, nur weil er nichts lesen kann."

Ich hatte nur eine kurze Antwort getippt. Wir liefen die kleine Gasse hoch, vorbei an einem Laden für Schuhe. Der Bäcker hatte trotz der kalten Temperaturen seine Tür offen. In vielen Fenstern hingen große Sterne. In einem sah ich einen kleinen Weihnachtsbaum. Rote Kugeln in allen möglichen Größen schmückten ihn. Unter ihm standen Geschenke. Als wir den Laden betraten, klingelte eine Glocke über uns. Ein junger Augenoptiker kam auf uns zu. Er trug eine schwarze Brille und seine Haare waren verwuschelt.

„Guten Tag, wie kann ich Ihnen behilflich sein?"

„Wir schauen uns erstmal um, vielen Dank."

„Er kann die Zeitung nicht mehr lesen", sagte ich und schaute Papa von der Seite an. Sein böser Blick war nicht zu übersehen.

„Ach, das ist doch nichts Schlimmes. Das passiert jedem Mal", sagte der Mann und lächelte. „Wussten Sie, dass die Linse im Auge sich einfach nicht mehr auf die Entfernungen einstellen kann? Das ist ein normaler Prozess. Mit einer Brille lesen Sie wieder entspannter."

„Interessant“, brummte Papa. Er war nicht erfreut, dass ich so direkt mit der Tür ins Haus gefallen war. Jetzt war es zu spät für einen Rückzieher.

„Wann fällt Ihnen das Lesen schwer?“

Der junge Mann bat uns an einen der Tische, während er die Frage stellte. Wir setzten uns vor ihn hin. Er zog einen kleinen Block heraus und nahm den Stift in die linke Hand. Fast schon erwartungsvoll schaute er uns an. Papa schaute sich ein wenig um, bevor er ihm eine Antwort gab.

„In letzter Zeit fast immer“, sagte er dann. „Besonders an Tagen, wenn ich Frühdienst und schlecht geschlafen habe. Ich muss die Akten weit weghalten. Am Bildschirm ist eine größere Schrift eingestellt, da ist es nicht weiter tragisch. Wenn es um kleinste Details an Tatorten geht, wird es schwieriger. Ich erkenne manchmal nichts, alles verschwimmt. Das geht nicht. Ich kann es nicht leiden. Als Hauptkommissar habe ich die Verantwortung.“

„Oh welch Ehre, Sie sind der Hauptkommissar? Damit hatte ich nicht gerechnet! Okay, ich verstehe. Was ist mit der Ferne? Haben Sie da irgendwelche Probleme?“

„Habe ich nichts gemerkt.“ Den ersten Satz ignorierte William.

„Arbeiten Sie viel am Bildschirm? Und wie ist der Abstand?“

„Puh, da fragen Sie was“, sagte Papa und schaute mich verwundert an. Ich zuckte nur mit den Schultern. *Woher soll ich das wissen?* Die Frage konnte er nur selbst beantworten.

„Ich würde schätzen, drei bis vier Stunden. Mehr ist es nicht. Ich lese Akten und schreibe Protokolle. Manchmal habe ich Besprechungen. Wenn der Beamer läuft, sind die Buchstaben echt klein an der Wand geworfen. Wenn ich vorn stehe und die Aufgaben verteile, kann ich die Namen nicht immer lesen."

Der junge Mann schien mit den Antworten zufrieden. „Okay. Dann würde ich ...", unterbrach er sich selbst. „Nadine, ist der Raum frei? Kannst du schnell schauen?"

„Ja, ist frei", rief eine blonde langhaarige Frau. Sie streckte nur kurz ihren Kopf heraus und zog sich sofort wieder zurück. Der Mann lächelte.

„Perfekt", sagte er und zeigte nach hinten. „Wir machen zunächst eine Messung, um zu schauen, was denn vorliegt, wie hoch die Stärken sind. So kann ich Sie besser beraten. Folgen Sie mir bitte."

Der Mann stand auf und eilte durch den Raum. Er verschwand hinter der linken Tür, bevor wir reagieren konnten. Ich zuckte mit den Schultern. Papa war verwirrt. Er wollte eine klare Ansage. So etwas konnte er nicht leiden. Sein Beruf hatte ihm schon zu viele Überraschungen beschert. Das hatte er mir vor ein paar Jahren abends erzählt, nachdem er eine Weinflasche allein geleert hatte. Sein Fall war tragisch. Er erzählte mir, das ein Kind verschwunden war. Sie hatten es tot aufgefunden. Es stellte sich heraus, dass es erstickt worden war von seiner Mutter. Sie hatte es in den Wald gebracht, weil sie Angst vor dem Gefängnis hatte. Im Wald lag das Kind auf einer Decke mit auffälligem Muster. Fasern von ihr fand man in ihrem Haus und im Auto. Als die Frau mit den Beweisen konfrontiert wurde, brach sie zusammen. Doch warum ihr Kind sterben musste, hatte Papa mir bis heute nicht gesagt. Komisch, dass mir diese Szene gerade jetzt in den Sinn kam, als ich dem jungen Mann in den kleinen Raum folgte. Papa setzte sich in den schwarzen Stuhl, er schob mir einen Hocker mit Rollen zu.

„Willst du zuschauen?“, fragte er. Ich nickte und zog mich mit dem Hocker zurück an die Wand. Meine Tasche stellte ich direkt daneben ab.

„Ich stelle Ihnen jetzt ein paar allgemeine Fragen, die wichtig sind für die Messung. Ist das in Ordnung für Sie?“

Papa zuckte mit den Schultern und schaute zu mir. Ich schaute zu dem jungen Mann und der lachte.

„Wenn keiner Einwände hat, starten wir direkt. Ich heiße Felix Müller. Wann waren Sie das letzte Mal beim Augenarzt?“

„Puh, das ist ein paar Jahre her. War mal zur Kontrolle wegen der Beförderung.“

„Okay, machen Sie ruhig einen Termin aus, damit sich der Arzt das Auge mal anschaut. Nehmen Sie Medikamente ein, wenn ja, welche wären das?“

„Warum fragen Sie das?“, war Papa skeptisch und fixierte ihn.

„Weil viele Medis das Sehen verändern können. Das wäre für eine Brille fatal. Deshalb frage ich immer danach.“

Das war einleuchtend. Papa nickte und sagte: „Ich nehme bei Kopfschmerzen Aspirin, sonst nichts.“

Felix nickte. Er nahm eine Brille aus der Schublade und setzte sie ihm auf. Dabei drehte er an den Rädchen. Sie sah seltsam aus.

„Sehen Sie die Buchstaben im Spiegel?“, fragte er und deutete hinter mich. Ich neigte meinen Kopf, um sie anzuschauen.

„H, R, M, O, X.“

„Richtig. Wird es so besser?“

Die Frage stellte der junge Mann mehrfach und setzte dabei schwarze und rote Gläser mit Strichen in die Brille. Papa schien sich zu entspannen. Bis er die Leseprobe von Felix in die Hand gedrückt bekam.

„Ich kann ja gar nichts mehr lesen!“, schimpfte Papa laut. Der Augenoptiker lachte.

„Das ist normal. Einen Moment. So, jetzt müsste die Welt der Buchstaben klar sein!“

„Sogar die Kleinsten sind lesbar“, staunte Papa. Felix war zufrieden und schrieb ein paar Zahlen auf ein Stück Papier. Er nahm ihm die Brille ab und sortierte die Gläser wieder in den Kasten, aus dem er sie genommen hatte.

„Sie haben minimale Plus-Werte in der Ferne. Fürs Lesen benötigen Sie 1,5 Dioptrien. Wir haben jetzt zwei Möglichkeiten: eine Lesebrille oder eine Gleitsichtbrille. Diese tragen Sie den ganzen Tag.“

„Lesebrille reicht“, brummte Papa. „Ich will nicht den ganzen Tag eine Brille auf der Nase haben!“

„Wie Sie wünschen. Ich würde Ihnen zur Gleitsichtbrille raten. Sie deckt alle Bereiche ab. Bei einer Lesebrille ist alles in Armlänge scharf, darüber hinaus nicht mehr. Falls Sie es stört, die Brille immer abzusetzen, sprechen wir über die andere."

Papa nickte. Felix stand auf, wir folgten ihm. Er blieb vor einer Wand voller schmaler Brillen stehen.

„Wenn Sie eine Lesebrille haben, müssen Sie bedenken, dass Sie nur zwischen 35 und 55 Zentimeter scharf sehen können. Darüber wird es unscharf", wiederholte er sich. „Sie müssten die Brille absetzen oder nach vorn auf die Nase schieben. Ich zeig es Ihnen."

Er nahm eine Brille aus der Wand und setzte sie sich vorn auf die Nase. Als ich das sah, lachte ich laut und Papa brummte nur. Er war nicht begeistert.

„Okay", sagte er schließlich. Der junge Mann nickte und hielt ihm zwei Brillen hin, eine schmale rechteckige und eine eher ovale. Papa nahm die erste Fassung. Sie war schwarz, matt und schlicht. Mit einem Mal wirkte Papa anders. Ich konnte nicht erklären, warum. Die Brille machte ihn älter. Sie passte zu ihm, je länger ich ihn anschaute.

„Die nehm ich", sagte Papa und drückte dem verdutzten Felix die Brille in die Hand. Der setzte schon zu einer Antwort an, Papa fiel ihm vorher ins Wort: „Nein, ich will keine weitere Brille anprobieren!"

Ich setzte mich an den Tisch, Felix war immer noch etwas sprachlos.

„Okay“, stammelte er und zog einen kleinen Ordner hervor. „Dann wird es diese Brille. Die Gläser sind aus Kunststoff, entspiegelt und gehärtet. Sie sind so leichter und zerkratzen nicht so schnell, wenn Sie die Brille mal fallen lassen oder am T-Shirt abputzen.“

„Was kostet mich die Brille?“, fragte Papa und nahm sie nochmal in die Hand. Er schaute sie an, klappte die Bügel auf und zu und legte sie vor sich hin. Der junge Mann schrieb ein paar Zahlen auf eine Karteikarte.

„Zusammen wären es 99 Euro für die Brille und die Gläser. Sie ist aus unserem Angebot und ist daher so günstig.“

„Passt. Wo muss ich unterschreiben?“

Papa zog einen Kuli aus seiner Hemdtasche. Felix schob ihm die Karteikarte hin und zeigte auf die Linie. Seine Unterschrift neigte sich nach links. Ich hatte vor ein paar Monaten versucht, sie zu fälschen. Unmöglich. Nur Papa schrieb so schief. Die einzelnen Buchstaben waren kaum erkennbar. Der Mann fragte nach der Adresse.

„Es dauert ein paar Tage, bis die Brille fertig ist. Ich würde Sie anrufen, wenn es so weit ist.“

„Hier ist meine Telefonnummer“, sagte Papa und drückte dem jungen Mann seine Visitenkarte in die Hand. Der nahm den Tacker aus der Schublade und machte sie an der Karteikarte fest.

„Vielen Dank. Sie zahlen erst bei der Abholung. Ich wünsche Ihnen einen schönen Tag!“

„Danke, Ihnen auch!“

Papa war schon aufgestanden und lief Richtung Tür. Ich hatte meine Tasche nicht mitgenommen, sie stand noch in dem Raum. Beim Rausgehen sah ich Papa auf der Straße. Ich winkte dem jungen Mann zu, der jetzt hinter der Kasse stand. Draußen kam die Sonne kurz durch die dunklen Wolken hervor. Schnee knirschte unter meinen Füßen, als ich zu Papa lief. Er lächelte und bot mir seinen Arm an. Wir schlenderten zurück zum Auto.

Spät am Abend stand er am geöffneten Fenster. Kalt wehte ihm der Wind Schneeflocken um die Nase, doch er bemerkte es kaum. Er war tief in seine Gedanken eingetaucht, ohne zu merken, dass sein Körper zitterte.

Ein lautes Geräusch erschreckte ihn, er zuckte zusammen. Sein Arm knallte gegen das Fensterbrett. Da erst fiel ihm auf, dass er nur T-Shirt, Hose und keine Socken trug. Schnell schlug er das Fenster zu und nahm die Decke vom Sessel. Er schlang sie sich um die Schultern und ging im Wohnzimmer auf und ab.
Irgendwann wurde ihm wärmer. Sein Hals war trocken, sein Körper lechzte förmlich nach Wasser und quälte ihn. Im Kühlschrank fand er eine angefangene Flasche. Er zog sie heraus, machte die Kühlschranktür wieder zu und setzte sie an. Halb leer war sie, als er absetzte. So viel hatte er getrunken. Sein Blick fiel auf die Zeitung, die aufgeschlagen auf dem Küchentisch lag. Seine Frau brachte sie manchmal von der Arbeit mit, um sie in Ruhe zu lesen. Warum sie die Zeitung so hatte liegen lassen, irritierte ihn. Sie lag sonst immer auf dem Stapel. Ein kleiner Artikel sprang ihm ins Auge. Beim Näherkommen las er:

„Eine Woche nach dem Fund zweier Leichen in Spullberg nimmt die Polizei an, dass es sich um Unfälle handle. Man gehe davon aus, dass beide Personen im Schnee erfroren sind. Keiner trug eine Jacke. Wie ein Sprecher der Polizei mitteilte, sei es möglich, dass sie von einer Party kamen. Beide wiesen mehr als eine Promille Alkohol im Blut auf. Leider habe es keine Hinweise, wer die beiden seien. Darum bitte man die Menschen um Hilfe. Wer hat am vergangenen Wochenende den Mann oder die Frau gesehen?“

Neben dem Artikel waren zwei Fotos abgebildet. Die Werbung nahm er nicht wahr. Das Mädchen lächelte, hatte lange blonde Haare. Plötzlich stieg ein Bild vor seinem Auge hoch, es überfiel ihn mit einer Wucht, dass es fast sein Herz zerriss. Die Trauer überwältigte ihn. Aus der Tiefe kam sie hoch, ließ ihn kaum atmen. Er sah ein kleines Mädchen mit blonden Haaren, das sich lächelnd umdrehte. Die Sonne strahlte hinter ihr, ließ die Haare golden leuchten. Sie trug ein blaues Kleid. Er liebte diese Erinnerung. Seine Tochter war die Schönste von allen. Ihr Lächeln machte ihn glücklich. Vernarrt nannte sein Vater ihn. Wie recht er hatte. Er konnte sich nie sattsehen. Sie war perfekt. Und doch so anders. Sein Herz klopfte wild. Bilder wirbelten durcheinander. Es schien, als verschmolz die Küche mit dem Bild seines Kindes. Angst kroch seine Nerven hoch, er streckte die Arme nach seiner Tochter aus. Er durfte sie nicht verlieren. Ihr Lachen klang hell, sie tänzelte in seine Arme. Er konnte sie nicht festhalten, sie verblasste. Tränen liefen seine Wange hinab.

Nein, geh nicht! Jede Faser seines Körpers weigerte sich, doch wie Asche verflog sie und wandte sich der Sonne entgegen. Ausgestreckte Arme und ein Klirren holten ihn zurück und er schaute sich in der dunklen Küche um. Sein Herz hielt die Trauer kaum aus, zu schmerzhaft war die

Erinnerung. Er konzentrierte sich auf die bunten Fliesen an der Wand und suchte Halt. Die Hände fest an die Tischkante gepresst, die Knöchel standen weiß hervor, es tat ihm weh, doch loslassen konnte er nicht. Langsam beruhigte sich sein Herz. Die Trauer zog sich zurück, ließ ihn mit einem leeren Gefühl stehen. Seine Hände schmerzten, er ließ die Tischkante los und starrte sie an. Rötlich verfärbt und man sah deutlich die Kante vom Tisch. Vorsichtig bewegte er seine Hände. Ein paar Gelenke knackten unter der Belastung. Er mochte das Geräusch nicht. Der Geruch von Bier zog in seine Nase. Er drehte sich um und fand eine zerbrochene Bierflasche auf dem Boden. Seufzend holte er die Schaufel und fegte die Scherben zusammen.

Wann habe ich denn ein Bier getrunken?, fragte er sich und warf die Scherben in den Mülleimer. Klirrend landeten sie auf dem Boden. Niemand wachte auf, er hörte nichts. Er stellte die Schaufel zurück. Da fiel ihm ein, dass er abends ein Bier getrunken hatte. Die Flasche hatte seine Frau stehen lassen, damit er sie selbst aufräumte. Sie hasste die Bierflaschen, wenn sie herumstanden. Im ganzen Zimmer röche es nach Bier, das sei unangenehm.

Tief durchatmen, befahl er sich. Es half ihm nicht. Seine Hände waren schwitzig, er wischte sie an der Hose ab. Er wollte eine Übung machen, doch alles lenkte ihn ab. Die bunten Fliesen an der Wand, der summende Kühlschrank und die Lichter der Autos. Irgendwo tickte eine Uhr laut. Vor ihm stand dreckiges Geschirr. Dazwischen eine Stille, so unheimlich, dass ihn die Angst beschlich.

Nur raus hier! Sein Herz klopfte wild. Er drehte sich im Kreis, sein Blick fiel auf die Uhr. Es war weit nach Mitternacht. An Schlaf war nicht zu denken. Kurz entschlossen schlupfte er mit den nackten Füßen in seine warmen

Winterschuhe und nahm seine Jacke. Sein Schlüssel hing am Haken, er schnappte ihn und warf die Haustür hinter sich zu. Es war ihm egal, ob jemand aufwachte.
Bei jedem Schritt knirschte der Schnee. Vor ein paar Stunden hatte es angefangen zu schneien. Große Flocken waren gefallen, kaum fünf Meter konnte man sehen. Er stemmte sich gegen den leichten Wind, der ihm kalt um die Ohren wehte. Seine Hände vergrub er tief in die Taschen. Dabei griff er in etwas Weiches. Verwundert zog er es hervor und freute sich, als er seine Mütze erkannte. Schnell zog er sie über den Kopf, seine Ohren wärmten sich auf. Spuren im Schnee zeigten ihm den Weg, große und kleine, ein paar Pfotenabdrücke. Vermutlich von einem Hund oder einem Fuchs. Er atmete die klare, kalte Luft ein, spürte, wie sie ihn beruhigte. Die Welt erschien ihm leichter, reiner, durch den Schnee, der alles bedeckte. Plötzlich wurde der Schneefall geringer, er sah die Häuser am Ende der Straße. Das Licht von der Laterne wies ihm den Weg. Er erkannte den Ort sofort, zu dem er gelaufen war. Der Ausblick war herrlich, das wusste er. Im Dunkeln sah man nichts davon. Er lief weiter, stapfte durch den Schnee. Die kalte Luft war fast beißend, seine Nase fing an zu laufen.
Ein Knirschen hinter ihm lenkte seine Aufmerksamkeit auf das Geräusch. Die Gestalt hatte die Jacke fest um sich geschlungen, die kleine Tasche rutschte bei jedem Schritt hin und her. Blonde lange Haare lugten unter der Kapuze hervor. Es war, als würde seine Tochter vor ihm stehen. Als sei sie von den Toten auferstanden.

Ich muss mit ihr sprechen!, schoss ihm durch den Kopf. Sie lief geradewegs auf ihn zu, er stellte sich mitten auf den Weg, der vom Schnee verborgen war. Ihr Blick richtete sich auf den Boden, um nicht auszurutschen. Manchmal verbarg sich Eis unter dem Schnee. Er vermisste seine Tochter, es überwältigte ihn. Tränen flossen.

Es war ein Déjà-vu, so hart und plötzlich kam es um die Ecke und überrannte ihn. Er hörte seine Tochter lachen und griff nach ihrem Arm. Ein Schrei ertönte, von weit weg und nicht real. Er wusste nicht, woher er kam, er drehte sich und zog dabei am Arm seiner Tochter. Der Schnee wehte ihm ins Gesicht, blieb an seinen Augen hängen. Er konnte kaum die Augen offen halten.

„Komm mit, wir müssen hier weg!", rief er gegen den Wind. Sie wehrte sich, wollte nicht mitkommen. Er sah die Bushaltestelle und eilte auf sie zu, zog das Mädchen mit sich mit. Sie schaffte es, sich von seiner Hand loszureißen. Erschrocken starrte er in seine leere Hand. Sie rannte los, quer über den Schnee. Knirschend brach er unter ihrem Gewicht. Er rannte hinter ihr her. Sie drehte sich um, sie hörte ihn, rannte weiter, drückte ihre Tasche vor die Brust. Weniger Schnee, nur noch wenige große Flocken fielen vom Himmel herab. Dennoch verbargen sie ihre Spuren. Niemand würde später sagen können, wer wo gelaufen war.

Er sah, wie sie während dem Laufen ausrutschte. Ihr rechter Fuß traf auf Eis, das im Licht der Laterne hell schimmerte. Sie schrie auf, ihr Bein rutschte zur Seite, sie verlor das Gleichgewicht und fiel in den Schnee, hörte das krachende Geräusch, als sie mit dem Körper auf dem Boden landete. Sein Herz hämmerte, eine Welle Panik schwappte über und ließ ihn zu ihr rennen. Kurz vor ihr stoppte er und starrte sie an. Sie lag da, wie schlafend und doch so lebendig.
Er beugte sich über sie und strich ihr die Haare aus dem Gesicht. Die Laterne warf ihr Licht schräg auf sie, es suchte sich seinen Weg durch die Schneeflocken. Ihre eisblauen Augen starrten ihn an, er sah die Angst darin. Er fand es surreal, es zerstörte seine Vorstellung. Seine Tochter hatte braune Augen. In der Hocke saß er und wurde

wütend. *Wie konnte sie nur so falsch sein?* Sie bewegte sich, bevor sie sich aufrappelte, packte er ihren Hals, drückte zu und ließ seiner Wut freien Lauf. *Falsch, alles gelogen! Das darf nicht sein!*

Tief atmend erstarrte er in der Stille des Waldes. Sie bewegte sich nicht. Er stupste sie an, nichts geschah. Der Schnee fiel dichter, kalt sammelte er sich in seinem Gesicht, verdeckte die Spuren. Es war kalt, der Wind pfiff. Langsam wurde ihm klar, was er getan hatte. Der Gedanke kam aus der Tiefe und wie bei einem Blitzschlag durchfuhr es ihn heiß. *Weg!* Er durfte sich nicht erwischen lassen, nicht mit dem toten Mädchen in seiner Nähe. Ihre Augen waren offen. Sein Blick wanderte über ihr Gesicht. Sie sah seiner Tochter so ähnlich. Er wischte die Tränen von seiner Wange. Zitternd stand er auf, seine Knie knacksten. Er stolperte rückwärts. Sie lag immer noch so da, wie sie gefallen war.

Er ging wieder in die Hocke und schob seine Arme unter ihren Körper. Vorsichtig hob er sie hoch, sie war leicht, fast wie eine Feder. Die Tasche fiel hinab in den Schnee. Er ließ sie liegen, sie war ihm nicht wichtig. Er schaute sich um, doch niemand war zu sehen. Bei dem Schneefall trauten sich die Leute selten raus. Ihr Geruch drang in seine Nase, so nah, wie er sie an sich gedrückt hielt. Es erinnerte ihn an eine alte Freundin, mit der er vor vielen Jahren mal etwas gehabt hatte. Seltsam, dass ihm diese Erinnerung jetzt bewusst wurde.

Wo soll ich dich hinbringen?, fragte er das Mädchen im Stillen. Es gab eine Stelle, die erschien ihm passend, daher machte er sich auf den Weg. Das leichte Rauschen des Wassers zeigte ihm den Weg. Er fand den Ort schnell, er war beleuchtet und eine Bank stand direkt daneben. Von hier gab es einen herrlichen Blick über den Neckar. Eine kleine Steinmauer schützte ihn. Im Sommer war er oft hier gewesen, er liebte den Anblick vom tosenden Wasser. Er schaute sich um und sah niemanden. Das Mädchen wurde schwer in seinen Armen und er setzte sie auf die Bank, die halb eingeschneit war. Der Schnee türmte sich, die Form war wie verzogen. Sie rutschte zur Seite, er fing sie auf. Er drückte den Schnee fest, sie lehnte mit der Hüfte am Griff, der Kopf hing nach links. Er hob ihn an, damit er sie anschauen konnte. Ihr Gesicht kam ihm bekannt vor, wieder erschien ein Bild seiner Tochter. Sie trug die Haare kürzer, ein T-Shirt mit Flecken darauf. Auch ihre Hose war von der Erde verfärbt. In einem Garten hüpfte sie auf und ab, es war so seltsam vertraut. Doch die Kälte ließ seine Hände zittern. Es holte ihn zurück. Er strich dem Mädchen über die Wange. Legte ein paar Strähnen zurecht. Er schüttelte den Kopf. So verrückt konnte er nicht sein. Sie war nicht seine Tochter.

Oder doch? Er schloss die Augen und atmete tief durch. Als er sie wieder öffnete, war er wieder in der Kälte. Allein im Schnee, im Dunkeln, mit dem toten Mädchen. Der Schnee fiel dicht, eine leichte weiße Schicht hatte sich schon über sie gelegt. Etwas störte ihn an diesem Bild. Er zog seine Jacke auf, griff in die Innentasche. Seine Ahnung war richtig. Ein hölzerner Stern, an dem er geschnitzt hatte. Die Ecken waren nicht abgerundet. Er war nicht perfekt. Es erschien ihm passend, ihn bei ihr zu lassen. Aus der Tasche zog er ein Messer, ritzte einen Buchstaben in die Mitte des Sterns. Ein A. Er legte ihr den Stern in die Hand. Er schaute sie an und konnte den Blick nicht von ihr wenden. Erst, als seine Finger schmerzten, merkte er, wie die Zeit verging. Schnell drehte er sich um und ließ das Mädchen allein zurück. Der Schnee wirbelte um ihn herum, verwischte seine Spuren. Er verschwand im dunklen Wald.

9. DEZEMBER

SAMSTAG

William stand vor der Leiche des Mädchens und starrte vor sich hin. Sein Mund verzerrt, die Brauen hochgezogen. Florian sagte kein Wort. Wie ein schwarzer Fels stand er da, inmitten vom Schnee, starr und still. Er hatte sich nicht geregt, als die Nachricht kam. Das Mädchen saß still auf der Bank, den Blick auf den Neckar gerichtet und doch sah es aus, als würde sie nur schlafen. In seinem Innern brodelte es.

Klaus war noch nicht da, er steckte im Schnee fest. Der Schneeräumdienst kam mit dem Räumen nicht hinterher. Jemand hatte das Mädchen gefunden. Der Notarzt hatte schnell festgestellt, dass er ihr nicht mehr helfen konnte. Sie war tot. Lars sperrte den Fundort ab und hielt zwei Reporter ab, einfach unter dem Band durchzuschlüpfen. Sie schimpften laut und hoben ihre Kameras hoch. Mehrfach klickte es. William sah die großen Objektive. Die Bilder waren später gut, das wusste er.
Er winkte einen jungen Kollegen zu sich und bat ihn, einen Sichtschutz zu holen. Niemand hatte das Recht, sie so abzulichten. William blendete das Gespräch aus, dass sich hinter ihm aufbaute. Er wollte sich den Ort anschauen. In aller Ruhe.

Vor drei Jahren wurde die Bank aufgebaut. Ein Projekt der Stadt, um die Aussicht genießen zu können. Sein Blick blieb an dem Ausblick über dem Neckar hängen. Auch im Winter war er herrlich. Der Schnee türmte sich auf, unter dem Eis floss das Wasser. Ein Teil war eingebrochen. Tosend krachte es über den Staudamm hinab. Unter seinen Schuhen knirschte der Schnee. Er blieb am Gitter stehen. Am anderen Ufer lag die Altstadt von Spullberg. Die Kirche überragte die Häuser. Eine steile Treppe führte hinauf in den Kern. Man konnte auch einmal um die Stadt herumlaufen.

William drehte sich um, nahm die Ruhe wahr, die der Ort ausstrahlte. Das Wasser rauschte, es beruhigte ihn. Schon häufiger hatte er den Satz gehört, dass es so sei. Er konnte das nur bestätigen.
Das Mädchen sah hier so fremd aus, als gehöre sie nicht hierher. In ihrer Hand hielt sie einen Stern. Sein Anblick hatte Williams Herz höher schlagen lassen. Klaus‘ Theorie gewann an Form. Ein Mörder lief hier frei herum. Ihn fröstelte, seine Hand zitterte. Er steckte sie schnell in seine Jackentasche. Der Gedanke ängstigte ihn. Keinem war es aufgefallen. Später würde er mit dem Kollegen sprechen. Er glaubte nicht, dass er nichts gesehen hatte. Einen Hinweis gab es immer. Aber das war jetzt nicht wichtig.

„Er hätte die Ähnlichkeit der Fälle sehen müssen“, hatte Florian gesagt, mehr nicht, als er ihn nach der Besprechung gefragt hatte. William war der gleichen Meinung. Er wollte nicht spekulieren, warum er das nicht hatte. Von weitem sah er Klaus und Ben an den Tatort zulaufen. Sie waren langsam. In der Zeit, bis sie da waren, hätte er eine Zigarette rauchen können. Ben rief ihm etwas zu, er hörte es kaum. Beim Umdrehen rutschte er auf einer kleinen Eisfläche aus. Er griff nach dem Gitter und konnte sich festhalten, ohne zu stürzen.

„Laufen ist nicht deine Stärke“, flachste Ben. Er ignorierte die Blicke der anderen. Er schien wieder in seiner eigenen Welt zu sein. Neugierig stand er vor dem Mädchen und schaute sie sich an. Sie trug eine schwarze Jacke und eine dunkelblaue Hose. Ihre langen blonden Haare waren wie vom Wind verweht und doch bewegten sie sich kein Stück. Sie waren festgefroren. Klaus zog den Reißverschluss ihrer Jacke auf, um zu schauen, ob sie eine Wunde hatte. Dabei schob er Ben zur Seite. Der assistierte ihm, hielt Klaus ein paar Beweistüten hin, die er nicht brauchte. William schaute kaum zu.

„Und wie sieht es aus?“, fragte er nach einer Weile, in der man nur das Knirschen des Schnees gehört hatte und den Streit zwischen Lars und den Reportern, die nicht gehen wollten. Klaus brummte nur. Ben zuckte mit den Schultern.

„Ich kann dir nur sagen, dass sie eiskalt ist. Trotz der Jacke. Mehr erst nach der Autopsie.“

„Denkst du, sie ist ein Opfer oder war es ein Unfall?“, fragte William, ohne auf die Antwort einzugehen. Die Frage brannte ihm auf der Seele, er konnte sie kaum aussprechen. Und doch sagte ihm sein Instinkt, dass da etwas war, das er nicht greifen konnte. Wie vor ein paar Wochen, als er Roman begegnet war. Der Krankenpfleger hatte seine Tochter gepflegt. Er war ihm sympathisch, hatte sich vor sie gestellt, als ihr Exfreund plötzlich aufgetaucht war. Seine Welt geriet aus den Fugen, als er Roman verhaftet hatte. Klaus fand heraus, dass er ein Todesengel war. Er hatte Menschen etwas gespritzt, um sie zu retten, um als Held dazustehen.

„Die Pose des Mädchens, die Tatsache, dass wieder ein geschnitzter Stern neben ihr liegt, sagt mir ganz deutlich: Sie ist ein Opfer!“

William hatte das nicht hören wollen. Er nickte nur. Frustriert trat er mit dem Fuß gegen das Gitter. Schnee fiel herab, sein großer Zeh schmerzte. Im Stillen fluchte er über sich. Ständig stieß er mit den Zehen an Möbel oder andere Kanten. Langsam begann er zu frieren.

„Braucht ihr mich noch?", fragte er Klaus. Der schüttelte den Kopf. Suchend schaute er sich nach Florian um. Der schwarze Hüne stand am Rand der Plattform hinter Lars. Die beiden Reporter waren still. Sie hatten sich umgedreht und schienen sich nicht bewegt zu haben. Mittlerweile hatte der Kollege eine zweite Wand aufgestellt. Florian drehte sich um. Er musste ihn gehört haben.

„Zurück?", fragte er mit seiner kurzen Art. William sagte nichts und drehte sich um. Er lief zum Wagen. Das Knirschen des Schnees hinter ihm verriet, dass Florian ihm folgte. Schweigend saßen sie im Wagen. Er fuhr nicht schnell, machte das Radio an, um die Stille zu unterbrechen. Der Moderator machte sich über Glühwein lustig. Genervt schaltete er es wieder aus.

Im Büro steuerte er direkt in die Küche. Mit der dampfenden Tasse Kaffee setzte er sich an seinen Tisch. Hier konnte er nachdenken. Sein Blick wanderte zu seiner Wand. Der Kork war leer. Vor ihm lagen Akten, Zettel und Fotos, die er aufhängen wollte. Sie zeigten die Frauen, wie sie lachten und wie er sie gefunden hatte. Details zu den Tatorten. Spuren und Beweise, die sie fanden. Die Sterne. Er seufzte. Eine sinnvolle Reihenfolge war nicht zu sehen.

Tief durchatmen!, befahl er sich in Gedanken, trank einen Schluck und stand auf. Er stellte sich vor die Wand und zog einen kleinen Tisch zu sich. Dort breitete er alles aus. Kein Zusammenhang. Er starrte die Bilder an, die Frauen

sahen sich so ähnlich. Sie hatten blonde Haare, mal schulterlang, mal länger. Vom Alter gab es kaum einen Unterschied. Sie waren zwischen 19 und 24 Jahre alt.
Etwas machte ihn stutzig. Es waren die Orte. Sie waren alle rund um Spullberg. Er setzte sich an den Computer und öffnete Google Maps. Mit einem Klick erstellte er einen Auszug aus der Karte rund um Spullberg. Nachdem er das Blatt aus dem Drucker gezogen hatte, hängte er die Landkarte in die Mitte der Korkwand.
Suchend drehte er sich nach den bunten Nadeln um. Er zog sie schließlich aus einer Schublade, die Florian gehörte. Die schwarzen stellten die Tatorte dar, er drückte sie fest in den Kork.
William machte ein paar Schritte zurück und betrachtete die Karte. Jetzt sah er deutlich, was er bisher nur vermutet hatte. Die Leichen waren bei der Ruine, auf dem Weg dorthin und in der Altstadt gefunden worden. Wie eine Linie kam es ihm vor. Als wenn jemand eine Strecke hin und her gelaufen wäre. Etwas fehlte ihm. Er nahm die Bilder der Frauen und hängte sie zu ihren Fundorten. Zufrieden nahm er seine Tasse vom Tisch und trank ein paar Schlucke. Er nahm einen Zettel und schrieb das Datum darauf, wann die Leichen gefunden wurden. Dabei fiel ihm wieder die Linie auf. Der Mörder schien auf einem Weg zu laufen. Ihm fiel kein bekannter Wanderweg ein. Und doch sah es so aus. Vom Bahnhof zur Ruine. Das ergab sogar Sinn.

Wie hängen die Fälle zusammen?, fragte er sich. *Und wie passt der junge Mann hinein? Bei ihm wurde nichts gefunden.*

Die Fotos brachten ihn nicht weiter. Er starrte sie nur an und hoffte, die Antwort in ihren Augen zu finden. Das war dämlich. Sein Blick fiel auf die Tatorte. Hier sollte er anfangen.

Die alten Fälle hatte er nur kurz angeschaut. In dem Moment war er von der Theorie nicht überzeugt. Aber Klaus hatte ins Schwarze getroffen. Das konnte er nicht leugnen. Sein Auge fing an zu zucken und wollte sich nicht mehr scharf auf die Korkwand einstellen. William schloss seine Augen. Bilder der Frauen tauchten auf, drehten sich wie ein Karussell. Mischten sich mit denen seiner Tochter. Er schüttelte den Kopf und schaute wieder auf die Wand. Hinter ihm schlug die Uhr vier. Langsam war es Zeit für den Feierabend.

„Interessant“, tönte eine Stimme hinter ihm. Er zuckte zusammen und fuhr herum. Schon am Klang hatte er Florian erkannt. Der schwarze Hüne stand mit verschränkten Armen an der Tür gelehnt und schaute sich nachdenklich die Korkwand an.

„Das lässt mich nicht los. Ich habe die Fälle angeschaut und sie visualisiert, um einen Überblick zu haben. Schau dir die Linie an, die sich an den Tatorten entlangzieht. Es sieht aus, als wäre der Täter von der Ruine zum Bahnhof gelaufen, oder umgekehrt.“

„Hm“, brummte Florian. William seufzte. Manchmal konnte man mit ihm nicht diskutieren. Heute war so ein Moment. Da gab er nur einsilbige Antworten und war mit den Gedanken woanders.

„Ich hole mir einen neuen Kaffee, willst du auch einen?“ Williams Frage verpuffte im Raum. Florian gab keine Antwort.

„Okay, dann nicht“, sagte er und zog die Schublade von seinem Schreibtisch auf. Dort lag ein Vorrat an 50-Cent-Stücken für den Automaten. Er nahm eines heraus.

„Schon wieder? Hast du heute nicht schon vier Tassen getrunken?“, schimpfte Florian laut. „Eines Tages wird dich das umbringen! Das Zeug geht auf deinen Blutdruck. Wehe du heulst herum, wenn die Werte wieder jenseits von Gut und Böse sind!“

William starrte ihn perplex an. Ihm fiel keine Antwort ein. Diese harten Worte passten nicht zu ihm. Sein Blick war verachtend.

„Sag mal, was ist denn mit dir los?“, setzte William an, als er sich wieder gefangen hatte. „Seit wann interessiert dich, wie viel Kaffee ich trinke? Es sind vier Tassen. Klar, sollte ich weniger nehmen, doch verrate mir eines: Wie soll ich wach bleiben?!“

Er war sauer. Was war in ihn gefahren? So kannte er seinen Partner nicht. Er hatte nichts Falsches gesagt, nur eine einfache Frage gestellt.

„Nichts.“ Das war nicht alles. Florian benahm sich nie so garstig.

„Na los, spuck es schon aus! Was geht in deinem Kopf vor?“

Ein Klopfen an der Tür lenkte die beiden ab und enthob Florian der Antwort. William streckte sich.

„Herein!“, rief er laut und trat ein paar Schritte zur Seite. Ein älterer Mann trat ein. Seine Haare waren grau und er trug eine kleine runde Brille. Er hielt eine dicke Tasche unter dem Arm.

„Guten Tag, mein Name ist Roland Fischer“, stellte er sich vor. „Ich bin ein Ermittler aus Österreich. Störe ich Sie?“

William schüttelte den Kopf. „Nein. Ich wollte eben einen Kaffe holen. Für Sie auch einen?“

Der Mann nickte mit dem Kopf. „Mehr als zwei sind aber nicht gut für mein Herz“, sagte er und zwinkerte William zu. Florian schnaufte wütend. In William kochte die Wut hoch.

„Zu viel Kaffee kann es nicht geben!“, sagte er daher mit einem bösen Blick auf Florian. Die beiden sagten nichts und William griff in seine Schublade. Er nahm zwei Münzen aus der Schublade und warf die Tür hinter sich zu. Auf dem Weg zum Automaten verrauchte seine Wut.

In der Küche war niemand, das war ihm recht. Der Kaffee plätscherte in die Tassen. Vor einem Monat hatte ein Kollege die Plastikbecher verbannt. Er setzte sich für den Schutz der Umwelt ein und führte lange Diskussionen mit allen. Er hatte dafür gesorgt, dass eine Spülmaschine in die Küche kam. Viele brachten Tassen mit, als Geschenk für alle. Mit Sprüchen oder Figuren, alte und neue oder ganz bunte. Es war jedes Mal spannend, welche im Schrank standen. Manche verschwanden ein paar Tage und tauchten plötzlich wieder auf.
Der Automat piepste, der zweite Kaffe war fertig. Er nahm die beiden dampfenden Tassen und lief zurück in sein Büro. Florian und Roland saßen schweigend auf dem Sofa. Der Ermittler hatte ein paar Akten vor sich gestapelt. Der Hüne hatte seine Arme verschränkt.

Kein gutes Zeichen. William stellte die Tassen auf den Tisch und setzte sich zu den beiden Männern.

„Was sind das für Akten?“, fragte er, um das Gespräch in Gang zu bringen. Beide schwiegen. Das Ticken der Uhr füllte die Stille im Raum. Er nahm einen großen Schluck aus seiner Tasse und bereute es sofort. Ohne Milch und Zucker war ihm der Kaffee viel zu bitter. Er stand auf und lief zum Regal, wo er den Zucker aufbewahrte, kippte zwei Löffel rein, etwas Milch und rührte um. Noch immer war es ruhig im Raum. Er setzte sich wieder auf seinen Platz. Schweigen konnte er auch. Er schaute zwischen den Männern hin und her. Dann platzte ihm der Kragen und er wurde laut: „Könnt ihr mir jetzt mal erklären, was hier los ist?“

William knallte die Tasse fest auf den Tisch auf. Florian nahm die Arme nach unten und seufzte. Der Ermittler aus Österreich war zusammengezuckt.

„Entschuldige“, sagte der Hüne mit seiner rauen Stimme. Er hatte sich eine leichte Erkältung zugezogen und er klang tiefer als sonst. Seine Nase lief, er zog ein Taschentuch heraus.

„Ich wusste, dass Roland sich auf den Weg zu uns gemacht hat. Er hat von den Fällen mit den geschnitzten Sternen gehört. Ich halte es für unnötig.“

Kurz und knapp wie immer. William verstand langsam, warum sein Partner schlecht gelaunt war. Doch der Grund für Rolands Besuch war ihm noch nicht klar.

„Warum sind Sie hier?“, wandte er sich an den Österreicher. Der antwortete ihm nicht sofort, sondern nahm erst einen Schluck vom Kaffee.

„Ich glaube, wir jagen denselben Mörder.“ Er machte eine kurze Pause. „Nicht nur hier in Spullberg, ich habe in meiner Heimat ähnliche Fälle. Nimmt man die Zeitlinie, sind es 14. Alle wurden im Winter, mit einem geschnitzten Stern gefunden. Sie ähneln sich. Jedes Jahr waren es ein oder zwei Frauen. Und vor zehn Jahren war es vorbei. Keine Sterne. Keine blonden Leichen. Und jetzt die beiden Leichen bei euch? Keiner kann mir erzählen, dass da nicht derselbe Mörder am Werk ist!"

„Sie glauben, dass der Mörder Ihrer Fälle beschlossen hat, zu uns nach Spullberg zu kommen? Warum sollte er das tun?"

„Das Warum kann ich Ihnen nicht sagen, nur die Fakten. Ich habe keine Beweise, nur eine Ahnung. Alle sind erfroren. Einige haben Kratzwunden. Eine hatte sich den Kopf gestoßen. Die Fälle wurden als Unfall eingestuft." Er atmete tief durch.

„Mein Gefühl sagt mir, es war jemand beteiligt. Seit fast zehn Jahren gab es keinen derartigen Fall bei mir. Und dann erzählt mir ein Kollege von den Sternen bei Ihnen. Ich war wie erstarrt. Der Pathologe hat mir auf meine Bitte hin ein Bild gemailt. Es sind dieselbe Art Sterne. Deshalb bin ich hier."

William schaute ihn nachdenklich an. Es gab Ähnlichkeiten. Das war nicht zu leugnen. Die Stille, die eintrat, unterbrach keiner. Sein Blick fiel auf die Korkwand, an welche er die Karte und die Bilder der Frauen gehängt hatte.

Hat Roland recht? Nehmen wir an, der Serienkiller hat bei ihm im Dorf 14 Frauen ermordet. Jedes Jahr, im Winter, wenn es kalt war und man erfrieren konnte. Vor zehn Jahren ist er dann von dort weg und kam hierher nach Spullberg. Etwas hatte ihn dazu getrieben, wieder zu morden.

Williams Gedanken kreisten. *Klaus soll nach weiteren Fällen suchen. Es könnte noch mehr geben. Nicht bei allen muss ein Stern gefunden worden sein. Der Winter ist der gemeinsame Nenner. Oder Weihnachten.* Ihm wurde bewusst, dass heute schon der neunte Dezember war. Er versuchte, seine Gedanken zu ordnen.

„Bisher habe ich nur sechs Akten gefunden. Und was löst das Töten aus? Der Schnee? Oder die Kälte? Müsste es nicht mehr Fälle geben?“

„Nicht unbedingt“, sagte Roland. „Wir finden ja nicht alle Tote. Sie sind wahrscheinlich unter Schnee und Eis vergraben, so tief, dass nur der Mörder selbst weiß, wo sie sind. Nicht bei allen wurden Sterne gefunden. Es kann sein, dass sie jemand gestohlen hat. Oder Tiere haben sie verschleppt. Sie wissen doch selbst, dass Menschen, die Leichen finden, ihnen oft Dinge stehlen.“

Roland schaute zu William. Das war nachvollziehbar. So konnten sie die Fälle nicht verbinden.

„Ich habe es im Gespür“, sagte Roland nach einer Weile leise, nachdem er einen Schluck aus der Kaffeetasse nahm. „Es ist derselbe Täter. Er muss etwas Schlimmes im Winter erlebt haben, das ihn zu solchen Taten antreibt.“

Florian brummte und drückte so seinen Unmut aus. Er schien nicht daran zu glauben.

„Es ist möglich“, gab William zu. „Ich kann es nicht sagen. Aber ich kann Ihnen anbieten, dass wir uns zusammen die Fälle anschauen. Wir haben eine junge Psychologin bei uns. Sie wird uns unterstützen und ihn finden. Das verspreche ich Ihnen."

Die Erleichterung in Rolands Gesicht war fast greifbar. „Genauso machen wir das", sagte er und lächelte. Florian gab keinen Laut von sich.

„Was denkst du, Flo?" William hatte die Nase voll von seinen seltsamem Getue. Der starrte finster vor sich hin. Heute war er unerträglich. Er beschloss, ihn links liegen zu lassen.

„Zeigen Sie mir Ihre Akten. Ich will wissen, wie Sie die Toten gefunden haben. Danach erzähle ich Ihnen, was wir haben", sagte William zu Roland. Der nickte und schob die Akten vor sich hin und her. Florian stand ruckartig auf, schüttelte verächtlich den Kopf und stampfte zur Tür hinaus. Krachend fiel sie hinter ihm ins Schloss. Roland ignorierte es und klappte die oberste Akte auf und legte sie vor William auf den Tisch. Der trank den letzten Schluck aus seiner Kaffeetasse, bevor er sich über das Bild der Frau beugte. Ihr Lächeln war ansteckend.

„Marlene war die erste." Roland öffnete die Akte und schob dem Kommissar ein Foto zu. „Im Unterholz, nahe der kleinen Kapelle. Abgelegt wie ein Stück Müll. Nur bekleidet mit T-Shirt und Hose, keine Socken. Sie war erfroren. Ihre Freundinnen erzählten mir, dass sie gern auf Partys ging. Man nahm an, dass sie sich verlaufen hatte. Sie hatte 2,8 Promille. Der Stern lag einen Meter von ihr entfernt. Er ist etwa drei Zentimeter groß. Ich nahm ihn damals mit, grundlos. Aber er scheint wichtig zu sein. Sie hatte Kratzer auf der Hand."

Er zeigte auf das Foto. William schaute die Bilder vom Tatort in Ruhe durch. Es gab nicht viele Details. Der Pathologe gab Erfrieren als Todesursache an. Etwas an der Szene kam ihm bekannt vor, er konnte es nicht einordnen. William schlug die nächste Akte auf. Sie las sich ähnlich wie die erste. Je länger die beiden Männer über den Akten saßen, desto deutlicher formte sich das Bild. William gefiel das nicht. Sie vergaßen die Zeit und merkten nicht, wie es draußen langsam dunkel wurde. Der Schnee fiel dichter und ließ alle Spuren verschwinden …

10. Dezember

Sonntag Nacht

Marie zog ihren Kragen vom Mantel nach oben. Es war kalt und dunkel.

Warum musste ich länger in der Bar bleiben?, schimpfte sie sich in Gedanken. Jetzt war der letzte Bus ohne sie abgefahren. Mit viel Glück hatte sie die allerletzte Bahn in Richtung Spullberg erwischt. Doch ohne den Bus musste sie den ganzen Weg durch die Stadt bis nach Hause laufen. Sie stapfte durch den frisch gefallenen Schnee. Das Knirschen kam ihr in der Stille laut vor. Langsame Schritte zu machen war nicht hilfreich, es verzögerte nur. Ihr Herz klopfte wie wild, sie atmete schneller. Sie schaute sich immer wieder um.

Warum ist es vom Bahnhof bis zum Haus nur so weit?

An der Kreuzung blieb sie stehen, die Ampel war rot. Weit und breit war kein Auto zu sehen. Die Laternen warfen ihr Licht durch den Schnee auf die Straße. Sie drehte sich um und sah einen langen Schatten. Er wanderte an der großen Mülltonne entlang. Niemand war zu sehen.

Ein mulmiges Gefühl stieg in ihrem Innern hoch. Sie beschloss, über die leere Straße zu laufen. Der Schnee war matschig und platt gefahren. Schmutz blieb an ihren Stiefeln hängen. Beinahe rutschte sie aus. Wasser hatte sich in einer Pfütze gesammelt und sie hatte es im Schnee übersehen. Sie fing sich mit der Hand ab, bevor sie auf den eisigen Boden knallte. Sie richtete sich wieder auf und wischte den Schnee von ihrer Jacke. Ihr Handgelenk tat weh. Beim Bewegen knackste es. Das war nicht gut.

Sie schaute hoch, um das Straßenschild zu lesen. Hinter ihr tauchte ein Schatten auf, der sich an der Wand immer weiter nach oben schob. Ihre Augen weiteten sich, sie fing an zu zittern und blieb stehen. Der Schatten kam näher. Sie rannte los, die Straße entlang. Kurz schaute sie sich um. Der Schatten verfolgte sie. Er war deutlich zwischen den Laternen zu sehen. An der nächsten Kreuzung blieb sie stehen, sie konnte kaum atmen. Hinter sich hörte sie Schritte. Als sie sich umdrehte, erkannte sie einen Mann, der sich die Mütze tief ins Gesicht gezogen hatte. Er kam schnell näher. Wie eine Säule erstarrte sie, sich zu bewegen war unmöglich.

„Bist du es, Alice?“

Den Namen kannte sie nur aus dem Film. Ein Mädchen fiel in ein tiefes Loch und sprach mit einem Hasen, der eine Uhr hielt. Beim Klang der Stimme zuckte sie zusammen. Sie war nicht darauf gefasst. Der Mann kam näher, sie konnte sein Gesicht kaum erkennen. Das Licht der Laterne, unter welcher sie stand, reichte nicht aus.

„Ich hätte schwören können, dass du es bist, Alice.“

Sie sagte nichts und wich ein paar Schritte zurück. Im Rücken spürte sie die harte Wand eines Hauses, kalt und wie ein Hindernis. Der Mann stand vor ihr, das Licht der Laterne ließ den Schnee auf seinem Mantel glitzern. Seine Hand schoss hervor, er hielt ihren Arm so fest, dass es wehtat.

„Lass mich los!“, schrie sie und versuchte krampfhaft, ihre Angst zu kontrollieren. Sie stolperte. Sie fiel. Sie sah den Boden auf sich zukommen und konnte nicht mehr reagieren. Er kam näher, sie sah sein Gesicht über ihrem. Und mit einem Schlag war alles dunkel …

11. DEZEMBER

MONTAG

Die Uhr neben William schlug zwölf. Laut und plötzlich, mitten in die Stille hinein. Er schob die Blätter, die vor ihm lagen, weg. Sein Herz raste. Ein Blatt flog auf den Boden, er konnte es nicht mehr greifen. Es rutschte fast unter den Schrank. William hob es wieder auf und legte es zurück auf die Akte.
Seine Gedanken drehten sich im Kreis. Roland war von seiner Theorie überzeugt. Sie hatten es mit einem Mörder zu tun, der durch zwei Länder zog. Niemand wollte ihnen glauben. William hatte ihm ein Büro am Ende des Flurs freiräumen lassen. Dort hatte er Wände aufgestellt. Es sah aus wie ein Totenschrein, weil er die alten Fälle aufgehängt hatte. Roland hatte seine eigene Struktur. Nach den Jahren hingen die Bilder der Frauen, der Fundorte und eine Landkarte an der Wand.

Wie hängt das alles zusammen? Die Frage hing im Raum wie eine schwarze Wolke, groß, schwer und so düster. *Können wir es schaffen, den Mörder zu stoppen, bevor weitere Morde geschehen?*

Die Frage beschäftigte ihn seit Stunden. Er las alle Akten nochmal, schob sie hin und her und stapelte sie vor sich hoch. Er starrte den Stapel an, bis ihm bewusst wurde, dass es nur eine Möglichkeit gab.

Wir müssen ihn stoppen! Gab es einen Serienmörder in der Stadt, musste er gefasst werden. So schnell wie möglich. Er wollte nicht wieder vor einer toten Frau stehen, sie im Schnee anstarren und Klaus anweisen, nach einem Stern zu suchen, und sich fragen, ob sie die Letzte war. William beschloss, sich etwas zu essen zu holen. Sein Magen knurrte, seit dem Frühstück hatte er nichts mehr gegessen. Und das war schon eine Weile her. Im gleichen Augenblick, in dem er aufstand, öffnete sich die Tür. Florian streckte seinen Kopf herein.

„Lass alles stehen, wir müssen los."

Er zog sich sofort zurück, William seufzte. Er nahm seinen Schlüssel und sein Handy und folgte ihm wortlos. Florian stand am Ende des Ganges, blieb jedoch stehen. „Ich warne dich vor", sagte er, als William ihn eingeholt hatte.

„Wieso? Was ist passiert?"

„Man hat wieder eine tote Frau gefunden."

William hielt in seiner Bewegung inne. „Nein! Nicht dein Ernst!"

Er stand da, konnte es nicht glauben. Der Mörder hatte zugeschlagen und er hatte es nicht verhindern können. Er wurde wütend, wollte etwas kaputtschlagen, doch er beherrschte sich.

„Klaus wartet schon. Wir sollten uns beeilen. Scheinbar ist schon die Presse vor Ort und will Fotos machen."

Selten hatte William den Drang schnell zu fahren, doch ausgerechnet heute war es so weit. Florian jedoch nicht. Er hielt sich an alle Regeln. Einmal rutschten sie fast auf der Straße im Schnee. Die Unruhe in seinem Innern ließ

seinen Blutdruck steigen. Er spürte ihn deutlich durch die Adern pochen. Sein Arzttermin stand schon lange an und er schob ihn nur zu gern vor sich her.
Er klopfte mit den Fingern auf seinem Bein. Florian brummte, er hasste dieses Geräusch. Er parkte den Wagen auf dem Weg, das kratzende Geräusch schien ihn nicht zu stören. Sein Gesicht war ernst.

Beim Aussteigen trat William in den Schnee, er war fast einen halben Meter tief. Er rutschte am Stiefel nach innen und durchnässte sofort seine Socken. Es war kalt und nass. Florian stapfte voran, an zwei Männern vorbei. Sie nickten ihnen zu. Das gelbe Band leuchtete und flatterte im Wind. Lars eilte auf sie zu, er rief dem Mann neben ihm was zu.

„Nein, hier darf niemand durch! Tom, geh da rüber und sag den Reportern, dass sie nicht näher kommen dürfen! Du, hilf mir bei den Spuren!"

„Stress?", fragte William Lars, der ihm nur einen bösen Blick zuwarf. Bis er erkannte, dass der Hauptkommissar vor ihm stand. Seine Augen weiteten sich, doch er winkte ab.

„Ein wenig", sagte Lars verlegen. William schaute sich um. Der kleine Brunnen lag abseits, eine kleine Mauer umgab ihn. Die Straße führte einen Berg hoch. Ein Gitter lag über dem Brunnen, verhinderte, dass jemand hineinfiel. Der Schnee füllte ihn fast aus. Wahrscheinlich hatte man den vom Weg hineingeworfen. William glaubte, dass er etwa zehn Meter tief war. Zwei Bänke standen an der Seite, einladend für ein Päuschen. Selbst im Winter war dieser kleine Ort ein Stück Natur, das Ruhe ausstrahlte.

Doch die tote Frau, welche auf der rechten Bank saß, schief geneigt, störte das Bild. Klaus kniete vor ihr und hatte versucht, das Thermometer in ihre Leber zu stoßen. Fluchend murrte er vor sich hin, William konnte die einzelnen Worte nicht verstehen.

„Sie ist erfroren, ich kann nicht mal das Thermometer eindrücken. Ich muss warten, bis ich sie bei mir habe."

„Hast du was gefunden?", fragte William und ließ seinen Blick schweifen. Die Frau trug einen weißen Pulli und eine schwarze Hose. Keine Schuhe. Ihre Füße waren bläulich, auch die Finger, selbst die Lippen waren blau. Die blonden Haare umrahmten ihr schmales Gesicht. Ihre Augen waren geschlossen. Es wirkte, als würde sie nur schlafen.

„Der Stern", sagte Klaus und machte eine Kopfbewegung. Die Tüte lag auf der Bank, ein geschnitzter Stern war darin. William beugte sich runter und hob sie auf. Schnee fiel herab und nässte seinen Pullover am Ärmel. Er wies dieselben Spuren auf wie die anderen. Ein Buchstabe war eingeritzt. Das I war schief. Er hielt ihn in der Hand, als wäre es ein böses Omen.

Was stellen die Sterne dar?, fragte er sich. *Warum sind dort Buchstaben eingeritzt? Sie sind anders. Sie bedeuten etwas.*

„Nichts. Kein Ausweis, keine Handtasche, nicht mal eine Kette oder einen Ring, mit dem man sie erkennen könnte. Hoffentlich vermisst sie jemand."

Klaus klang traurig. Sie war die vierte innerhalb von zwei Wochen, die sie tot fanden. Jede der Frauen hielt einen

Stern in der Hand. Ihm erschien die Theorie von einem Serienmörder immer plausibler.

William schaute sich um, lief den Weg entlang. Seine Finger wurden kalt, weil er immer wieder in den Schnee griff. Doch er fand nichts, das ihm weiterhelfen konnte. Er wollte unbedingt etwas finden. Ohne Erfolg. Seine Handschuhe waren nass und wurden steif. Ein Ruf ließ ihn aufschauen.

„William, der Herr Fischer ist da."

„Lass ihn bitte durch, Lars!", rief er zurück. Der Beamte nickte und hob das gelbe Absperrband hoch. Hinter ihm tauchte der Ermittler aus Österreich auf. Er hatte sich seine Mütze fast bis zur Nase heruntergezogen. William fragte sich unwillkürlich, ob der Mann sah, wohin er lief. Roland stapfte durch den Schnee und blieb an der Bank stehen. Sein Blick schien die Weite über Spullberg zu streifen, ehe er sich William zuwandte.

„Und?"

William nahm ihm die kurze Frage nicht übel. Ihm war kalt und er wollte zurück ins Büro.

„Sie ist tot. Mehr wissen wir nicht. Klaus hat einen Stern gefunden", antwortete er knapp. Er zeigte auf die Kiste mit den Beweisstücken, die neben ihm stand. Der Stern lag oben auf, wie ein böses Omen stach er hervor. Der Ermittler nickte und gemeinsam sahen sie zu, wie Klaus und Ben die Leiche des Mädchens auf eine Bahre legten. Blau hatte sich die Haut verfärbt, es sah unnatürlich aus, denn die Frau war hübsch.

Er wandte sich ab. Der Wind zog ihm um die Ohren und ließ William frösteln. Es war Zeit, dem Killer das Handwerk zu legen. Das versprach er sich und den Frauen. Der Himmel war dunkel, bald würde es wieder schneien und die Spuren verdecken.

12. Dezember

Dienstag

Roland eilte schnellen Schrittes den Gang entlang, ohne den Kopf zu heben. In seinem Büro warf er die Tür hinter sich zu. Streng genommen war es nicht sein Büro. Er war hier nur geduldet. Die Blicke der Männer, ihr Tuscheln waren ihm nicht entgangen. Sie hatten die Kisten aus dem Raum gebracht und ihm zwei Wände hingestellt. Sein Chef durfte von dem Fall nichts erfahren. Er hatte ihn um zwei Wochen Urlaub gebeten, um private Dinge zu regeln. Sollte er es herausfinden, brauchte er nicht zurückkehren.
Er legte die Akte auf den Tisch. Die Besprechung hatte ihn geschafft. Gestern fand ein Jogger eine tote Frau am Brunnen. Sie saß auf der Bank, ohne Jacke. Ihre Tasche fehlte. Sie hielt einen geschnitzten Stern in der Hand. Sie war die vierte Tote innerhalb von zwei Wochen. Wie es enden würde, ahnte er schon. Der Mörder würde weitermachen, bis sie ihn fassten. Der Gedanke fraß sich fest, ließ ihn frösteln. Die anderen Beamten glaubten ihm nicht. Er nahm es ihnen nicht übel. Eine solche Theorie wollte niemand hören. Sie schien so fern, stammte eher aus den USA als hierzulande. Er konnte sie nicht beweisen.

Noch nicht, korrigierte er sich in Gedanken. Er nahm das Bild der Frau aus der Akte und hielt inne. Ihr Lächeln war ansteckend. Sie strahlte, wie die Sonne. Sie hatte nicht verdient, so zu sterben. Doch es war geschehen. Er konnte nichts mehr für sie tun. Nur herausfinden, wer sie getötet hatte.

Er schob die Pinnwände näher zusammen. Auf einer hingen die vier neuen Fälle. Wie der junge Mann da reinpasste, war ihm ein Rätsel. Er schnitt aus einem Blatt schmale Streifen. Sie sollten den zeitlichen Rahmen stecken. Mit dem Edding schrieb er das Datum von gestern hin, pinnte das Bild der Frau darüber. Aus der Akte zog er zwei Tatortfotos heraus. Auch diese pinnte er an die Wand.
Er machte einen Schritt zurück, stieß dabei gegen den Tisch. Die Kaffeetasse wackelte. Er fing sie auf, etwas schwappte über und ließ ihn fluchen. Heiß hatte es seine Hand getroffen. Er wischte sie an der Hose ab. Sein Blick wanderte auf die linke Pinnwand. Dort hingen die Fotos der Frauen seiner alten Fälle.

Vierzehn waren es. Sie waren alle blond. Ihre Haare waren lang, sie waren alle zwischen 18 und 25 Jahre alt, als sie starben. Auch sie hatte er nach den Jahren geordnet aufgehängt. Ihm stach etwas ins Auge: Alle Frauen waren im Winter gestorben. Und sie fanden einen geschnitzten Stern in der Nähe. Sie waren kleiner als die Neuen. Er hielt die Sterne für einen Hinweis. Der Mörder hatte sie geschnitzt, ob schon vorher oder erst, nachdem er die Frauen getötet hatte, war unklar. Sein Instinkt sagte ihm, dass es eine Art von Reue darstellen könnte. Doch Reue oder nicht, jede tote Frau war eines zu viel. Und deshalb war er hier. Die Sterne hatte er in die Akten eingetragen, instinktiv. Im Stillen hoffte er auf neue Hinweise. Die Art, wie sie die Frauen fanden, kam sonst nicht vor. Eine Signatur. Zu auffällig, um nicht an einen Serienmörder zu denken.

Er trank einen Schluck von seinem lauwarmen Kaffee und setzte sich an den Tisch. William hatte ihm die alten und neuen Akten kopieren lassen. So konnte er sie in aller Ruhe lesen, sich selbst ein Bild machen. Manchmal brauchte es einen frischen Blick auf die Fälle. Viele Blätter hatten die Akten nicht. Niemand vermisste die Toten. Es war traurig.

Wie kann man sein Kind nicht vermissen? fragte sich Roland. Er las die Aussagen der Zeugen durch. Sie klangen alle ähnlich. Man sei gelaufen und habe zufällig die Leiche gefunden. Im Schnee fanden sich eine Menge Schuhabdrücke, keine nackten Füße. Der Täter hatte sie den Mädchen ausgezogen, nachdem er sie in Pose brachte. Blieb eine Frage: Wo waren die Schuhe? Hatte der Täter sie mitgenommen? War er ein Schuhfetischist? Oder gab es einen anderen Grund? Und wo waren die Taschen? Keine Frau verlies das Haus ohne ihre Tasche. Roland zog die Akte über die Frau vom Samstag heraus und legte die Fotos des Tatorts vor sich hin. Sie trug einen weißen Pullover, der im Schnee fast verschwand. Zu kalt für diese Jahreszeit. Auch von der Handtasche der Frau fehlte jede Spur. Er war sich sicher, dass der Mann sie mitgenommen hatte. Als Erinnerung oder um zu verschleiern, wer sie war. Er klappte die Akte zu, konnte das Lächeln auf dem Foto nicht länger ertragen.

Weg hier, schoss ihm durch den Kopf. Den Schluck Kaffee brachte er kaum herunter, er schmeckte kalt und abgestanden. *Widerlich*. Er stand auf. Mehr als zwei Kaffee durfte er nicht trinken. Das hatte ihm der Arzt gesagt. Sein Blutdruck war zu hoch. Er musste aufpassen. Die Tür knarrte, als er sie aufriss und hinter sich zuwarf. Böse Blicke trafen ihn, eine Beamtin lief gerade vorbei. Roland atmete durch. Auf dem Flur war es heller als in dem Kabuff. Nur eine nackte Glühbirne hatte mit ihrem matten Licht die Fotos erhellt. Draußen schien die Sonne, warf ihr Lichtspiel durch das Fenster. An der Treppe hielt er inne. Sein Blick fiel auf die Tafel, auf denen die Räume verzeichnet waren. *Gerichtsmedizin* las er. Der Pfeil zeigte zum anderen Haus.

Ihm wurde klar, mit wem er sprechen musste. Er hatte den Pathologen schon kennengelernt. Ein ruhiger Mann, der sich erst selbst den Tatort anschaute, bevor er sich äußerte. Möglich, dass er den Frauen schon ihren Namen geben konnte. Oder wusste, wie sie gestorben waren. Mit schnellen Schritten eilte er die Treppe hinunter. Am Empfang fragte er nach dem Weg zur Rechtsmedizin. Die Dame erklärte es ihm. Er bedankte sich und lief in die angegebene Richtung. Helle Neonröhren an der Decke, eine Stahltür, die er kaum auf bekam und dann stand er in der in der Eingangshalle. Leise Musik wies ihm den Weg. Er blieb vor einer Tür mit Fenster stehen. Im Innern des hell erleuchteten Raumes standen zwei Männer in weißen Kitteln. Der Jüngere beugte sich über die Leiche der Frau. Sie war gestern auf der Bank neben einem Brunnen gefunden worden. Ein Tuch war über ihren Körper gelegt, der Mann strich mit einem Kamm durch die Haare auf ein Stück Papier. Es raschelte. Der Ältere schrieb etwas auf ein Blatt. Roland beschloss, einfach zu klopfen.

„Komm ruhig herein!“, rief der ältere Mann und drehte sich in Richtung Tür. Sein Lächeln gefror, als er den Ermittler wahrnahm. „Oh, ich dachte, Sie wären William. Auf den warte ich!“

„Tut mir leid, der ist in einer Besprechung. Ich heiße Roland Fischer“, sagte er. „Ich komme aus Österreich. Ihre Fälle ähneln meinen alten. Deshalb bin ich hier.“

Der Mann nickte und strich sich durch den Bart. „Stimmt. Ich erinnere mich, Sie gestern am Tatort gesehen zu haben. Klaus Richter."

Beide schüttelten sich die Hände. „Mein Assistent, Benjamin Weißensee", sagte Klaus und stellte ihm den jungen Mann vor. Der schaute nur kurz auf und wandte sich wieder der toten Frau zu.

„Was macht er?", fragte Roland nachdenklich und schaute zu, wie Ben der Frau vorsichtig die Haare kämmte.

„In langen Haaren bleibt oft was hängen. Der Fundort ist nicht der Tatort. Keine Spuren, der Schnee war nicht platt getreten. Ich erhoffe mir ein paar Spuren. Der Schnee auf ihrem Körper ist geschmolzen. Vielleicht haben wir ja Glück. Ben schaut sich später den Sack an. Möglich, dass dort etwas drin liegt."

Roland nickte. Das hatte er vermutet. „Kennen Sie schon ihren Namen?"

„Nein", sagte Klaus und stieß einen tiefen Seufzer aus. „Ich verstehe das nicht. Vermisst sie denn niemand? Wir wissen aber, wer die beiden anderen sind. William hat mich eben angerufen. Er hat mit den Eltern gesprochen."

„Ach? Das ist ja super!" Roland war überrascht. So schnell hatte er nicht mit den Namen gerechnet.

„Die Eltern von Anja sind auf dem Weg. Das ist unsere erste Tote. Sie wollen ihre Tochter sehen. In drei Stunden sind sie da. Sie leben in der Nähe von Köln."

„Verkraften sie das?"

„Schwer zu sagen.“ Klaus starrte auf die Frau, die vor ihm auf dem Tisch lag. „Ich hoffe es. William sagte, sie seien am Telefon heulend zusammengebrochen, als er ihnen die Nachricht überbracht hat. Sie ist erst vor ein paar Tagen 18 geworden und wollte in Stuttgart studieren!“

„Und die zweite Frau?“, fragte Roland leise. Er ging zur Seite, als Ben sich an ihm vorbeischob.

„Sie heißt Leonie Van Heule und ist 23 Jahre alt. Ihre Eltern haben sie gestern als vermisst gemeldet. Sie kam nicht zum Essen, da haben sie sich Sorgen gemacht. Die Frau hat bei einer Bank gearbeitet.“

Ein Piepsen des Computers lenkte die beiden ab. Klaus eilte zum Schreibtisch und öffnete die Mail, die ihm angezeigt wurde. Roland machte kleine Schritte in die Richtung. Er war neugierig, wollte wissen, ob die Mail mit dem Fall zu tun hatte. Sein Blick fiel auf die Ergebnisse. Im Blut der Frau waren knapp zwei Promille Alkohol. Sie war wahrscheinlich auf einer Party, bevor sie tot am Brunnen saß. Der Mörder hatte sie auf ihrem Weg abgefangen.

„Wie ist die Frau gestorben?“, fragte Roland in die Stille hinein. Klaus drehte sich zu ihm um und schien mehr durch ihn hindurchzuschauen, als er antwortete: „Sie sind alle erfroren. Jede hatte Alkohol im Blut. Leichte Opfer, die die Kälte falsch eingeschätzt haben. Die Sterne sind das Rätsel, das William lösen muss. Sie sind nicht zufällig bei den Frauen aufgetaucht. Ich kann es nicht sagen. Es wirkt, als wären sie betrunken und ohne Jacke und Schuhe durch den Schnee gelaufen und erfroren.“

„Ich hatte mal einen Fall, da hat der Täter der Frau langsam, fast liebevoll, die Kehle zugedrückt und man konnte das später kaum nachweisen. Weil keine Flecken ...“

Roland konnte seinen Satz nicht beenden, Klaus machte ein Geräusch. Ben legte sein Werkzeug vorsichtig auf dem Tisch ab, als ahnte er, was jetzt kommen würde.

„Ja, klar! So muss es gewesen sein! Ben! Los, das müssen wir überprüfen!“

Klaus' Ruf donnerte durch den Raum, der ihn echoartig zurückwarf. Es klang wie in einem Horrorfilm. Ben wurde hastig, warf fast den Stuhl neben sich um. Die beiden eilten zur Leiche der Frau, die auf dem Tisch lag. Im hellen Licht wirkte sie blass, sie sah aus, als würde sie nur kurz schlafen. Doch das würde sie nie wieder tun. Klaus zog das Tuch herunter, damit sie den Hals komplett sehen konnten. Der Rechtsmediziner beugte sich nah an die Leiche heran und schob seine Brille ein Stück nach oben.

„Gib mir mal die Lupe, Ben!“, sagte Klaus aufgeregt und fuchtelte mit der Hand herum. „Ich glaube, ich habe etwas gefunden!“

Der junge Mann sprang zu einer Schublade und kehrte schnell mit einer kleinen Lupe zurück. Er gab sie Klaus, der sie ihm ungeduldig aus der Hand riss. Der Rechtsmediziner beugte sich mit ihr wieder über den Hals der Frau. Roland und Ben schwiegen, schauten ihm still zu. Klaus machte ruppige Bewegungen. Ben sprang zur Seite.

„Haben Sie etwas gefunden?“, fragte Roland leise, als er ungeduldig wurde. Klaus ließ nur ein Brummen hören und winkte Ben zu sich.

„Mach das Licht aus und bring mir die UV-Lampe!“, befahl er, ohne die Frage zu beantworten. Mit einem Klick erlosch das große Licht, einzig eine schmale Röhre war rund um den Raum an geblieben. Ihm wurde mulmig, leichte Panik stieg in Roland auf. Er konnte kaum etwas sehen. Seine Augen gewöhnten sich nur langsam an den dunklen Raum. Ben erging es ähnlich, er stolperte über den Stuhl, der mitten im Raum stand. Das Licht der UV-Lampe leuchtete lila auf. Klaus hielt sie über den Hals der Frau. Ohne ein Wort zu sagen, winkte Klaus Ben zu sich. Der stellte sich an das Kopfende des Tisches und drehte den Kopf der Frau ein Stück zur Seite. Gemeinsam starrten sie auf eine Stelle am Hals.

„Kommen Sie zu mir rüber“, sagte Klaus und wirkte aufgeregt. Roland lief um den Tisch herum. Er schaute sich an, worauf er mit der anderen Hand deutete. Durch das UV-Licht konnte er einen dunklen Fleck an ihrem Hals sehen.

„Ist das eine Hand?“, fragte er den Rechtsmediziner. Der seufzte und nickte. „Ben, holst du die Kamera? Wir machen Fotos und schicken sie sofort ins Labor.“

„Ja, ich hole sie!“ Ben hielt die Kamera schon in der Hand und schob Klaus sanft zur Seite. Es klickte ein paar Mal. Er lief zum Schreibtisch und schloss sie am Laptop an. Urplötzlich flammte das Licht wieder auf. Roland fluchte laut.

„Muss das immer sein? Könnt ihr mich nicht mal vorwarnen, wenn ihr mit dem Licht spielt?“

„Nein. Hier muss der Ermittler mitdenken. Ist schließlich seine Aufgabe!“ Klaus zuckte mit den Schultern. Ben drehte sich lachend auf dem Stuhl im Kreis.

„Lass den Quatsch!“, fuhr Klaus ihn an. „Öffne die Fotos, ich will meinen Verdacht überprüfen!“

Ben brummte und öffnete das erste Bild. Es war nur Minuten her, als sie unter dem UV-Licht die Entdeckung gemacht hatten. Deutlich sahen sie eine Hand an ihrem Hals.

„Verdammt“, rutschte es Klaus heraus. „Es ist wahr! Der Mörder hat das Mädchen mit bloßen Händen erwürgt! Nicht zu fassen, dass ich es übersehen habe!“

„Sie waren gefroren. Du konntest die Flecken nicht sehen, weil sie sich nicht bilden konnten.“ Ben stand auf. „Lasst uns bei den beiden anderen schauen, ob sie auch erwürgt wurden.“

Klaus stürmte, ohne ein Wort zu sagen, durch die schmale Tür auf der anderen Seite des Raumes. Es klirrte und fluchte und dann kehrte Klaus mit einer Bahre zurück. Darauf lag, unter dem Tuch verborgen, die Leiche von Leonie, der Toten von Samstag. Ben eilte an Klaus vorbei und verschwand.

„Ich mache jetzt das Licht aus“, verkündete Ben, als er mit Anjas Leiche zurückkehrte. Roland lachte. Er trat beiseite und blieb neben dem Tisch stehen. Klaus nahm die Lampe. Langsam gewöhnten sich Rolands Augen an das lila Licht. Er störte die beiden nicht.

„Hmpf!“, brummte Klaus, als er die UV-Lampe an den Hals von Leonie hielt. Ben machte Fotos, dann das Licht an. Grell flackerten die Neonröhren auf. Diesmal schimpfte Klaus.

„Ben! Verdammt! Sag, was du tust! Schreib dir das endlich hinter die Ohren!“

Roland hielt sich schützend die Hand vor die Augen. Nach ein paar Sekunden machte er sie wieder auf. Ben schaute verlegen auf den Boden. Klaus hatte sein Gesicht verzogen. Grimmig starrte er erst Ben an, dann Roland und stampfte wortlos zum Schreibtisch. Er zog die Fotos auf den großen Bildschirm. Keiner sprach. Die Bilder umso mehr. Auf jedem sahen die Männer eine Hand auf dem Hals der drei Frauen. In groß wirkte das unheimlicher als der Gedanke.

„Es ist wahr“, sagte Roland langsam. „Jemand hat die Frauen erwürgt. Und wer erklärt das jetzt William?“

13. DEZEMBER

MITTWOCH

Als er den Kopf hob und sein Gesicht im Spiegel sah, erschrak er. Tiefe Schatten bildeten sich unter seinen Augen. Seit Tagen schlief er nicht, er war unruhig. Er schaute sich ständig um. Der fehlende Schlaf brachte ihm Kopfschmerzen. Sie setzten sich fest und gingen trotz Tabletten nicht weg. Das kalte Wasser machte ihn wacher. Sein Bart wuchs in alle Richtungen, er sollte ihn dringend rasieren.

In der Küche lag die Zeitung aufgeschlagen auf dem Tisch. Seine Frau war zur Frühschicht aufgebrochen und hatte sie zur Hälfte gelesen. Er lief um den Tisch herum. Fast stolperte er über ein Auto. Mario hatte es nicht mit in sein Zimmer genommen. Er stellte es auf den Tisch und holte den löslichen Kaffee aus dem obersten Regalfach. Wasser kochte schnell, dampfend stand die Tasse Kaffee ein paar Minuten später vor ihm. Aus dem Kühlschrank holte er die Milch und schenkte sich großzügig ein. Der erste Schluck war heiß, aber köstlich. Sein Kopf nahm die Wirkung des Koffeins augenblicklich wahr. Er drehte sich mit der Tasse in der Hand um und starrte auf das Foto in der Zeitung. Blonde lange Haare rahmten das schmale Gesicht der Frau ein. Sein Lächeln ließ es strahlen. Sie war so jung. Ein Bild tauchte auf, von einem kleinen Mädchen. Auch ihr Lächeln war wunderschön. Sie hüpfte auf der Wiese hin und her, ihr helles Lachen tönte in seinem Kopf, wurde lauter und schriller. Ein Schrei, tief und verzweifelt, mischte sich mit dem Lachen. Haltlos wankte er hin und her, hielt sich die Ohren zu und wünschte sich, es würde aufhören.

Das laute Klirren ließ ihn stutzen. Er öffnete die Augen, die er zugemacht hatte, schaute sich um. Seine Tasse lag zerbrochen auf dem Boden. Der Kaffee floss zwischen den Scherben. Er starrte auf den Haufen und konnte sich nicht bewegen. Die Erinnerungen an das kleine Mädchen waren so real, trafen ihn mehr, als ihm bewusst war. *Tief ein- und ausatmen.* Er sog den Duft des Kaffees ein. Langsam beruhigte sich sein klopfendes Herz wieder.

Vorsichtig machte er einen Schritt zurück. Aus dem Schrank unter der Spüle holte er Besen und Schaufel. Er schob die Scherben zusammen und hinterließ eine Spur bis zum Mülleimer. Mit dem Küchenhandtuch wischte er die Reste des Kaffees vom Boden auf. Er hängte es am Griff des Herdes auf. Die Flecken sahen vertraut aus. Sie erinnerten ihn an ein Mädchen mit blonden Haaren. Ein Bild wie aus einem Film. Ihre Augen waren voller Angst. Er sah, wie er sich zu ihr hinunter beugte. Er kannte die schwarzen Handschuhe nicht, die er trug. Der Fleck neben dem Kopf des Mädchens wurde größer, färbte den Schnee rot. Er schlug mit der Faust auf den Tisch.

Träume, nichts weiter! Reiß dich zusammen!, schimpfte er sich in Gedanken. Suchend schaute er sich in der Küche um, alles war ihm bekannt. Er öffnete den Schrank und nahm eine neue Kaffeetasse heraus. In Wasserkocher war noch genug für eine zweite Tasse Kaffee drin. Er schien es geahnt zu haben. So viel Kaffee machte er für sich allein nie. Er schenkte sich die Tasse voll und griff zur Milch. Mit dem Löffel verrührte er sie. Seine Hand zitterte, als er einen Schluck trinken wollte. Er schloss die Augen und atmete tief durch. Sein Blick fiel auf die Zeitung. Er musste wissen, wer die Frau war. Mit der Tasse setzte er sich an den Tisch und las den Artikel.

Im Schnee erfroren. Vor einer Woche fand man die Leiche der jungen Studentin Anja. Die Polizei geht von einem Unfall aus. Sie hatte 1,2 Promille im Blut. Man gehe davon aus, dass sie durch den Alkohol ohne Jacke hinausgelaufen war und im Schnee erfror. Ihre Freunde, mit denen sie auf einer Party war, hatten ihr Verschwinden nicht bemerkt.

Er lehnte sich zurück, trank einen weiteren Schluck aus seiner Tasse und starrte das Bild der Frau an. Es war so vertraut. Wieder tauchte eine Erinnerung auf. Dasselbe Gesicht, die Augen seltsam starr. Es machte ihm Angst. Sie ließ seine Muskeln krampfen und hielt ihn fest. Im nächsten Augenblick sah er eine andere Frau. Sie saß auf einer Bank, schief, der Kopf rutschte langsam zur Seite. Die blonden Haare flogen im Wind, ihre Augen waren geschlossen. Es wirkte surreal, als hätte sie sich im Schneefall auf die Bank gesetzt und war eingeschlafen. Ohne ihren Mantel. Den hielt er in der Hand. Sein Herz klopfte wie wild, als er sich in dem Traum abwandte und durch den Schnee stapfte. Er sah, wie er den Mantel nach ein paar Metern in einen Mülleimer warf. Er eilte weiter, unter seinen Schuhen knirschte der frisch fallende Schnee. Mit dem Knirschen landete er wieder in seiner Küche. Seine Zähne schmerzten. Er musste fest zugebissen haben. Der Kaffee in der neuen Tasse war abgekühlt. Er nahm trotzdem einen großen Schluck und bereute es sofort. Nichts hasste er mehr als kalten Kaffee.

Er stand auf und kippte den Rest in das Spülbecken. Sein Blick fiel auf die große Wanduhr über der Küchentür. Es war kurz vor acht, längst sollte er auf dem Weg zur Arbeit sein. Die Tasse stellte er mitten auf die Arbeitsplatte. Viel

Kaffee hatte er nicht getrunken, er war todmüde. Er stampfte die Treppe hoch ins Schlafzimmer, um sich umzuziehen. Für einen Moment schloss er die Augen, wünschte, dass er sich wieder ins Bett legen durfte. Doch er hatte einen Job, die Männer warteten auf ihn. Sein Handy klingelte.

„Ja?“, meldete er sich kurz.

„Wo bleibst du? Alles ist eingeladen. Wir fahren los, bevor es nochmal schneit.“

„Ich bin auf dem Weg. Wir treffen uns direkt an der Baustelle.“

„Okay. Bis später“, sagte sein Kollege Robert. Er legte auf und zog den erstbesten Pulli aus dem Schrank, den er zu fassen bekam. Schwarz mit einem kleinen Emblem auf der linken Brustseite. Die Hose hing über dem Stuhl, er zog sie schnell an. Der Schlüssel lag auf der Kommode im Flur. Er fluchte, als er den vielen Schnee auf seinem Auto sah. Mit dem Besen schob er das weiße Zeug hinab. Die Straße war frei. Dunkel erinnerte er sich an das orangene Licht. Er hatte es morgens gesehen. Mit dem Navi fuhr er zur Baustelle im Nachbarort. Robert war schon da. Der Sprinter stand halb auf dem Gehweg. Er parkte sein Auto dahinter. In das Haus sollte eine neue Küche eingebaut werden. Er und sein Partner kümmerten sich um die Rohre. Gestern wurden die Schränke geliefert und montiert. Der Kollege summte ein Lied vor sich hin und stellte sein kleines tragbares Radio auf. Als er es einschaltete, erklang „Last Christmas“.

„Boah, schalt das aus! Ich kann es nicht mehr hören!“, brummte er. Robert lachte nur und ging vor der Küchenzeile in die Knie.

„Niemals! Jetzt erst recht!“, antwortete Robert vergnügt. Er lachte. Sie arbeiteten, das Radio dudelte vor sich hin. Sie sprachen kaum. Als sie fertig waren, packten sie ihre Werkzeuge ein und fuhren wieder zur Firma zurück. In seinem Büro setzte er sich hin und schrieb die Arbeitszeit auf. Er schaute auf, als Robert seinen Kopf zur Tür hereinstreckte.

„Ich fahre zum Bäcker. Willst du auch etwas zu essen?“, fragte er ihn. Er nickte und legte das Blatt auf den Haufen neben sich.

„Bringst du mir ein belegtes Brötchen mit? Käse oder Salami, bitte.“

„Mache ich. Bis gleich.“

Still war es in der Firma, das Ticken der Uhr nervte ihn zunehmend. Doch er wurde müde, seine Augen fielen ihm fast zu, als er die Rechnung für das Ehepaar schrieb. Er schüttelte den Kopf. Stand auf und lief mehrmals um den Tisch herum. Dann setzte er sich wieder hin, lehnte sich zurück. Ohne es zu wollen, schlief er ein.

Seine Finger fühlten sich steif an. Der Schnee knarrte bei jedem Schritt unter seinen Füßen. Endlos erschien ihm der Weg, dunkel war es. Ohne Licht wusste er nicht, wohin er ging. In der Ferne sah er eine Laterne leuchten. Er fing an zu rennen, kam ihr aber kaum näher. Je mehr er sich anstrengte, desto weiter weg schien ihm die Laterne zu sein. Ein lauter Knall neben seinem Ohr ließ ihn hochschrecken.

„Wach auf!“, drang Roberts Stimme von weit weg in seinen Traum. Er öffnete die Augen und starrte ihn verwirrt an.

„Was ist los mit dir? Du bist eingeschlafen!“

Sein Kopf brummte, er nahm kaum wahr, was Robert sagte. Der hielt ihm eine Tasse unter die Nase. Kaffeeduft stieg auf. Er griff nach ihr. Mit großen Schlucken trank er den halben Kaffee aus. Sein Partner sah ihn mitleidig an.

„Geh nach Hause und schlaf dich aus. So kannst du nicht arbeiten. Wir reden morgen. Ich schicke dir die Adresse der Baustelle.“

„Okay. Danke für den Kaffee. Bekommst du das mit dem Boiler allein hin?“

„Na klar. Ab nach Hause mit dir! Und iss dein Salamibrötchen.“

Robert nickte ihm aufmunternd zu und drückte ihm eine Tüte in die Hand. Er schob die Papiere vor sich hin und her, ließ sie dann liegen. Seufzend stand er auf und nahm seine Jacke vom Stuhl. Mit dem Schlüssel in der Hand verließen die Männer das Büro. Er schloss hinter sich ab und fuhr direkt nach Hause. Im Wohnzimmer griff er nach der Decke und schaltete den Fernseher an. Er setzte sich auf das Sofa. Schon nach ein paar Minuten fielen ihm langsam die Augen zu.

Bis er die Decke zurückwarf und aufstand. Es fühlte sich so ungelenk an. Als hätte er vergessen, wie man richtig geht. Er schaute nach unten. Seine Füße waren eiskalt. Im Schnee erkannte er seine bunten Socken. Ohne Schuhe. Zeit, sich darüber zu wundern gab es nicht. Er stapfte weiter, die kalten Füße fingen an zu schmerzen. Bei jedem Schritt fragte er sich, was er da machte. Unter dem Licht einer Straßenlaterne blieb er stehen. Eine Jacke trug er auch nicht. Da sah er eine junge blonde Frau. Sie lief mit gesenktem Kopf an ihm vorbei. Er starrte ihr nach, wusste, es konnte nicht sein. Und doch sah er sie vor sich. Er musste sie ansprechen. Ohne auf die Schmerzen in seinen Füßen zu achten eilte er ihr nach. Er holte sie ein, packte ihren Arm. Sie wirbelte herum, Angst loderte in ihren Augen auf.

„Alice! Lauf nicht weg vor mir!“

„Ich … ich bin nicht Alice!“

Die hohe Stimme klang nicht nach seiner Tochter. Er packte die Frau und schüttelte sie. Sie schrie laut, durchdringend. Es zerstörte sein Bild, ließ es in Scherben zerfallen wie ein Glas, das auf dem Boden zersprang. Falsch war es, so falsch. Das durfte nicht sein. Er starrte sie an, ihre braunen Augen nahmen ihm das letzte Stückchen, an das er sich geklammert hatte. Alice hatte blaue Augen. Ihr Schrei war unerträglich, still sollte sie sein.

„Lass mich los!“

Die Frau schrie und kratzte ihm quer über das Gesicht. Es brannte wie Feuer und machte ihn wütend. Seine Wut wuchs. Er packte sie am Hals, drückte zu und sah ihr dabei in die Augen. Ihre Angst wandelte sich in pures Entsetzen. Sie schlug um sich, kratzte ihn erneut und griff nach seinem Pulli. Ohne dass er es merkte, riss sie das Emblem ab. Sie würgte, hielt sich an seinen Armen fest. Er drückte zu, so fest er konnte. Ihre Augen verdrehten sich, ihre Hände rutschten ab. Schlaff hing sie da, sie wurde schwer. Er ließ abrupt los. Wie ein Sack fiel sie nach hinten und blieb liegen.

„Alice?“

Seine Frage verhallte in der Stille. Er fiel auf die Knie, vor die Frau. Ihre blonden Haare waren leicht verweht, Schnee blieb an ihnen hängen. Kurz blitzte ein Bild hervor, ein Mädchen, viel jünger, lag in ähnlicher Pose auf dem Boden. Trauer überwältigte ihn, er ließ ihr freien Lauf. Er schrie und heulte.

„Nein! Alice! Das darf nicht sein! Meine Alice! Sie ist doch noch ein Kind!“

Er war wie von Sinnen, schlug sich die Hände ins Gesicht und wischte die Tränen ab. Die Schneeflocken fielen nun dichter. Alles wirkte verschwommen, die Lichter unscharf. Er musste hier weg. Schnell. Sein Knie knackste, als er aufstand. Beim ersten Schritt schmerzten seine Füße. Kalt waren sie, doch er nahm es kaum noch wahr. Schwankend stapfte er weiter, in die Dunkelheit hinein.

Etwas flog herab, ließ ihn hochschrecken. Er öffnete die Augen, sah die Decke auf dem Boden liegen. Ihm war so kalt, er schlotterte. Seine Socken waren nass und es fühlte sich seltsam an. Er setzte sich auf und zog die Socken von den Füßen. Da fand er die Fernbedienung. Sie musste mit der Decke runtergefallen sein. Er fühlte sich leer, ausgebrannt. Als ob etwas Schlimmes passiert war. Sein Körper verlangte nach Wasser. Er stand auf und schwankte. Dann lief er in die Küche, nahm das Glas vom Tisch und hielt es unter den Wasserstrahl. Mit einem Zug trank er es leer. Er schaute auf seine Füße, die ihm seltsam blau vorkamen. Er stieg die Treppe nach oben. Im Schlafzimmer zog er den Pulli aus und ließ ihn fallen. Aus der Schublade zog er neue Socken. Unten hörte er Geräusche, ein Schlüssel klapperte. Mario sang ein Lied. Seine Frau lachte und stimmte mit ein. Er liebte dieses Lachen. Er lief wieder hinunter und schon kam ihm Mario entgegen. Der kleine Knirps hielt eine Zuckerstange in der Hand.

„Guck mal, Papa, das ist eine Schlange! Die schmeckt süß!“

„Das ist keine Schlange, Mario, sondern eine Zuckerstange.“

Der kleine Blondschopf schüttelte den Kopf. „Schlange!“ Und biss ein großes Stück ab. Seine Freude hielt nicht lange, dann rannte er an ihm vorbei ins Wohnzimmer. Er sah auf und sah seine Frau am Türrahmen gelehnt.

„Wann hast du das letzte Mal richtig geschlafen? Du siehst schrecklich aus.“

„Ich habe eben ein wenig geschlafen.“

„Soll ich dir die Schlaftabletten holen?“

Wie aus dem Nichts schoss Wut durch seinen Körper. Der Schlafmangel machte ihn aggressiv. Manchmal reichte eine Kleinigkeit und er ging durch die Decke.

„Ich weiß auch nicht, woran das liegt! Wie sollen mir da irgendwelche dummen Pillen helfen?“

„Schrei mich nicht an!“, wies ihn seine Frau zurecht. „Dr. Kohler hat dir schon vor zwei Wochen die Pillen verschrieben. Wenn du sie nicht nimmst, kann ich dir nicht helfen!“

„Ach, lass mich doch in Ruhe!“

„Wie du willst! Ich nehme Mario und bleibe die Nacht bei meinen Eltern. Dann kannst du hier in Ruhe vor dich hin toben!“

Er brummte nur noch. Seine Frau schritt an ihm vorbei, stieg die Treppen hoch und warf die Tür hinter sich zu. Mario summte im Wohnzimmer ein Lied vor sich hin. Er schien den Streit nicht gehört zu haben. Er stand im Flur und wusste nicht, wohin er wollte. Da fiel ihm ein, dass er vor ein paar Tagen Bier kaltgestellt hatte, welches er noch nicht getrunken hatte. Im Kühlschrank standen drei Flaschen. Er nahm eine heraus und öffnete sie mit dem Löffel, der auf dem Tisch lag. Mit einem Zug trank er die Hälfte aus. Er blieb in der Küche stehen, starrte aus dem Küchenfenster. Nicht mal, als seine Frau Mario rief und ihn anzog, reagierte er. Die Tür ließ sie hinter sich zufallen.

Erst, als die Lichter des Autos verschwanden, nahm er die Flasche und lief ins Wohnzimmer. Dort setzte er sich auf das Sofa, nur um wieder aufzuspringen. Er fing an zu heulen, sank auf die Knie. Als wäre ein Knoten geplatzt, nahm es ihm die Trauer und machte der Wut Platz. Mit einem Schrei fegte er alles vom Tisch. Das kleine Auto flog quer durch das Zimmer. Es prallte an der Wand ab und riss die Bilderrahmen mit herab. Sie zersprangen, als sie auf dem Boden trafen. Ein Bild rutschte auf dem Teppich in seine Richtung. Darauf waren ein Mann, eine Frau und ein Kind. Es zeigte die Familie im letzten Sommer. Sie waren an der Ostsee gewesen und bei Ebbe im Sand gelaufen. Am Abend hatten sie alle Sonnenbrand gehabt. Seine Frau hatte zum Glück eine Creme dabei.

Ein anderes Bild schob sich vor. Ein kleines Mädchen mit blonden Haaren. Ihr Lachen, als sie auf dem Trampolin herumsprang. Er würde es nie vergessen. Im Sommer blühte sie auf wie eine Blume, lachte und freute sich über alles, was sie auf ihrem Weg fand. Sie war seine Sonne, der glücklichste Vater auf der ganzen Welt.

Ein Schmerz ließ ihn aufwachen. Er hob das Bild seiner Familie auf und schnitt sich an einer Scherbe. Blut lief aus der Wunde über sein Handgelenk hinab. Er schleckte es mit der Zunge auf, um das Bild nicht zu besudeln, doch es hörte nicht auf. Er ließ es fallen und eilte in das kleine Gästebad. Wasser spülte das Blut schnell ab. Im Schränkchen fand er Pflaster, das er mit der anderen Hand öffnete. Er zog eines heraus, mit den Zähnen die Schutzseite ab und klebte es über die Wunde. Die Streifen ließ er ins Waschbecken fallen. Im Spiegel sah er sich an, die Kratzer auf seiner Wange. Er wusste nicht, woher sie stammten. Fuhr mit dem Finger darüber. Sie waren ein paar Stunden alt. Die hatte er bestimmt von der Baustelle, hatte sich bei den neuen Möbeln verletzt.

Ohne auf das Chaos zu achten, holte er seine Schuhe und seinen dicken Pulli und machte sich auf den Weg in seine Werkstatt. Das Licht schaltete er an, um nicht über etwas zu stolpern. Auf der Werkbank stand eine große Kiste. Darin waren geschnitzte Sterne. Er stellte sie auf den Boden und schob sie mit dem Fuß weg, unter die Tischplatte bis zur Wand. Mit dem Besen fegte er Reste vom Holz weg. Sie rieselten auf den Boden herab. Er nahm die Leiter und stellte sie vor das Regal. Hinter den kleinen Kisten hatte er eine Box versteckt. Sie hatte ein Schloss und war verstaubt. Er musste husten, als er sie herauszog. Dabei stand sie dort noch nicht lang.

Er lief zur Werkbank und zog seinen Schlüssel aus der Hosentasche. Dort hing der kleine Schlüssel für die Box. Er öffnete sie und sah die Bilder seiner Tochter Alice. Alt und doch so vertraut. Ihr liebster Stein, den sie in ihrem Regal liegen hatte. Das Armband, das sie im Sommer immer trug. Mehrere Bilder, die sie für ihren Papa gemalt hatte. Er wusste jedes Wort, das sie gesagt hatte, als sie ihm die Zeichnungen zeigte. Sogar ein paar Klamotten lagen ganz unten. Er hob sie hoch, roch an ihnen, doch es war sinnlos. Die Jahre hatten den Geruch verblassen lassen. Auf einem Foto lachte Alice in die Kamera, als könne ihr niemand etwas Böses tun. Es war kurz vor Halloween. Sie waren draußen. Alice rannte durch die Blätterhaufen, warf sie hoch und jauchzte dabei. Seine Frau hatte das Foto gemacht. Er hatte es mitgenommen, versteckt vor ihr, als sie ihnen genommen wurde. Ein Unfall, doch das hatte ihn nicht beruhigt. Getobt hatte er, konnte es nicht verstehen. Trauer überwältigte ihn. Er vermisste sie so sehr. Überall sah er ihr Gesicht. So nah und doch war es nie dasselbe. Wie konnte er nur weiterleben?

Sein Blick fiel auf das Foto seiner Familie. Er hatte es nur mit einem Nagel an der Wand befestigt. Jemand hatte es letztes Jahr aufgenommen. Alle sahen glücklich aus. Er, seine Frau und Mario. Sein Sohn hatte auch blonde Haare wie seine Tochter. Als würde sie in ihm weiterleben. Es nahm ihm den Atem. So bewusst wie heute hatte er das noch nie wahrgenommen. Er atmete tief durch und nahm das Bild von Alice. In einer Kiste lagen alte Bilderrahmen. Er nahm einen heraus und steckte es hinein. Mit den Fingern fuhr er über Alice' Gesicht. Die Wut war verflogen. Er stellte es unter das Familienbild. Hellwach war er, konnte nicht gehen und wollte doch nur schlafen. Er wusste, was ihn in dieser Situation beruhigte. Aus dem Fass nahm er ein Stück Holz. Vor Tagen hatte er sie vorgeschnitten, um kleine Dinge zu schnitzen. Aus dem Radio tönten Songs von ABBA. Ein Abend mit Oldies.

Wie passend. Über sein Gesicht huschte ein Lächeln. Er griff nach dem Messer, das auf der Platte lag. Er setzte sich in seinen Sessel und zog den Eimer zu sich her. Die Holzspäne flogen hinein, als er anfing zu schnitzen. Es gab ihm Ruhe. Schnell formte sich eine Figur heraus. Der Kopf und der Körper wiesen sie als Schneemann aus.

Irgendwann rutschte sein Kopf zur Seite. Dabei schlief er ein, das Messer fiel ihm aus der Hand und landete auf dem Boden - nur knapp neben seinem Fuß …

14. Dezember

Donnerstag

William schaute in seine Kaffeetasse. Ein letzter Schluck war noch darin. Das reichte nicht für die Besprechung. Er brauchte Nachschub. Seit Tagen konnte er nicht schlafen. Die toten Frauen ließen ihm keine Ruhe. Heute Nacht hatte er nur etwa zwei Stunden geschlafen.

Gegen vier Uhr hatte er wach im Bett gelegen. Um die anderen nicht zu wecken, war er ins Wohnzimmer geschlichen. Dort lag die Zeitung von gestern. Er las sie, jede Seite. Seine Gedanken schweiften ständig ab, er musste sich zwingen, auf den Text zu achten. Doch es klappte nicht. Gegen sechs Uhr war er ins Büro gefahren und hatte den ersten Kaffee getrunken. Um neun Uhr war Besprechung. Klaus wollte etwas mitteilen. Vorher schien er noch Beweise für seine Theorie zu suchen. William blätterte durch die Akten, seine Notizen. Es ergab keinen Sinn.

„Wo ist hier ein Serienkiller? Es gibt so gar keine Verbindung zwischen den Fällen!“, schimpfte er laut. Er drehte sich um und starrte auf die Pinnwand. Eine Karte hing in der Mitte, schwarze Pins markierten die Leichenfunde der drei jungen Frauen und des Mannes. Die Fotos hatte er mit Schnüren an die Pins gebunden. Zwei waren identifiziert. Leonie wurde von ihren Eltern als vermisst gemeldet. Ihre DNA war in der Datenbank. Klaus hatte die Meldung gefunden. Es war schwer, ihnen zu sagen, dass ihre Tochter tot war. Sie hielten ihre Hand und sprachen kein Wort, als sie vor ihrer Leiche standen.

„Du bist schon da?“ Florians Stimme donnerte durch den Raum. William erschrak. Er ließ fast seine Kaffeetasse fallen.

„Was soll das?“, fuhr er den Hünen an. Der stand im Türrahmen und runzelte die Augenbrauen.

„Habe ich dich etwa erschreckt?“

„Ja?! Was denkst du dir dabei?“

„Kann ich etwas dafür, dass du so in deine Gedanken vertieft bist und deine Umgebung nicht mehr wahrnimmst?“ Florian stieß sich vom Türrahmen ab. Wie ein Türsteher wirkte er, nur wütender.

„Schon gut. Ich habe nur das Gefühl, etwas übersehen zu haben. Diese alten Fälle. Wie hängt das zusammen?“

„Keine Ahnung. Das müssen wir herausfinden.“

„Ich brauche einen Kaffee!“, brummte William, ohne auf Florians Aussage einzugehen. Er nahm die Tasse und stand auf. Sein letzter Blick galt der Pinnwand, den Bildern der Frauen, bevor er sich an Florian vorbeiquetschte. Der bewegte sich nicht. Er lief durch den Gang, um sich einen Kaffee zu holen. Ein junger Beamter grüßte ihn und verließ die kleine Küche. Schnell stellte William seine Tasse unter die Maschine. Der Kaffee lief hinein, heiß und dampfend. Er warf zwei Stück Zucker dazu und rührte mit einem Löffel herum. Diesen ließ er einfach im Spülbecken liegen. Zurück im Büro war Florian nicht mehr da. William setzte sich auf die Couch und schaute von dort auf die Pinnwand hinter seinem Schreibtisch. Ein neuer Blickwinkel konnte nicht schaden. Langsam trank er seinen Kaffee, legte den Kopf schief. Nichts half. *Klong*! Der Knall erschreckte ihn. Er hatte die Kaffeetasse zu stark auf den Tisch gestellt. Sein Handy klingelte.

„Ja?“, meldete er sich knapp.

„Kommst du rüber? Ich habe jetzt den Beweis!“ Ohne Begrüßung sprudelte es aus Klaus heraus. William stand auf.

„Ich komme. Hole nur noch meine Akten.“

„Gut. Das wird dich freuen! Bis gleich!“

Verwundert hielt William das Handy in der Hand. Klaus hatte einfach aufgelegt. Es tutete nur. So etwas kannte er von ihm nicht. Er war ruhig und stützte sich gern auf Fakten, bevor er sich äußerte. Warum er so aufgedreht war, konnte er sich nicht erklären. Mit den Akten unter dem Arm lief er durch das Gebäude. Auf der Treppe fielen sie ihm fast herunter. Er konnte sie noch fangen.

„Herein!“

Den Ruf vernahm William keine Sekunde später, nachdem er geklopft hatte. Ben saß mit Klaus am runden Tisch. Vor ihm stand ein Laptop. Klaus rutschte unruhig auf seinem Stuhl hin und her. Die Akte vor ihm war aufgeschlagen, ein paar Blätter waren verrutscht.

„Hast du uns keinen Kaffee mitgebracht?“, fragte Klaus, bevor sich William setzte. Ben fing an zu lachen. Dafür handelte er sich böse Blicke ein.

„Du weißt schon, wo die Küche ist, oder?“

Ben murmelte ein paar unverständliche Worte und stand auf. Da öffnete sich die Tür hinter William. Erst sahen sie nur den Rücken, dann erkannten sie Roland.

„Ich hab euch Kaffee mitgebracht!“, sagte der Österreicher und hielt vier Tassen in der Hand. Er versuchte, sie im Gleichgewicht zu halten. Er stellte sie vor sich auf den Tisch ab, eine halb auf einer Akte, sodass ein paar Spritzer auf ihr landeten.

„Oh entschuldigt, das wollte ich nicht!“

„Schon gut. Ich wische es auf.“ William zog sein Taschentuch aus der Hosentasche und tupfte die Spritzer ab. Er stopfte es zurück.

„Ich wusste nicht, wie ihr den trinkt. Daher habe ich Zucker und Milch mitgebracht.“

Die drei nickten. Roland zog die Sachen aus seiner Jacke. Hinter William öffnete sich die Tür erneut. Florian trat ein und legte, ohne ein Wort zu verlieren, mehrere Blätter auf den Tisch.

„Was ist das?“

Florian setzte sich hin, verschränkte die Arme vor der Brust. „Kopien. Die Leichenschnüffler wissen es.“

„Wie hast du uns genannt?“, brauste Klaus auf.

„Ist doch wahr. Der Leichengeruch haftet häufig an euch!“

„Wollt ihr euch jetzt streiten?“ Florian saß ruhig da. Die anderen schauten sich an und mussten doch lachen. Roland hob zwei Tassen hoch und ging ein paar Schritte auf Ben und Klaus zu.

„Lasst uns endlich anfangen. Es gibt etwas, das ich euch zeigen muss!“

Klaus nahm ihm eine der Tassen ab. Er kippte ordentlich Zucker in seinen Kaffee, rührte mit dem Finger ein bisschen darin herum.

„Was hast du herausgefunden?“

„Etwas Wichtiges!“, antwortete Klaus auf Williams Frage. Er griff nach den Kopien, die Florian achtlos auf den Tisch geworfen hatte. „Ben, verteil sie bitte!“

Der nahm die Kopien und schob sie über den Tisch zu den Ermittlern. Florian warf nur einen flüchtigen Blick darauf. Roland nahm das Blatt und legte es vor sich hin, während William es aufhob. Er drehte es hin und her und wusste nicht, was er damit anstellen sollte.

„Du siehst aus, als fehle dir eine zündende Idee.“

William brummte nur. „Jetzt spuck es endlich aus, du machst mich wahnsinnig!“

Klaus atmete tief durch, schaute erst Ben an, dann William, bevor er verkündete: „Wir haben einen Serienmörder! Und das da ist der Beweis!“

Er deutete auf das Bild in Williams Händen. „Siehst du es nicht? Es ist eindeutig ein Handabdruck auf dem Hals der Frau!“

Florian beugte sich vor und drehte das Bild herum. William ahnte langsam, dass Klaus auf der richtigen Spur war. „Das sieht aus, als hätte jemand die Frau erwürgt."

„So ist es. Bei allen drei fand ich am Hals einen Handabdruck. Sie waren erst nach dem Auftauen sichtbar. Leider sind die Fingerabdrücke nicht komplett. Ben fand heraus, dass sie alle von der gleichen Hand stammen. Siehst du diese markante Linie? Die ist überall zu sehen."

„Tatsächlich", sagte William und hielt das Bild gegen das Licht. Die Linie hob sich deutlich ab, wie eine feine Spur. „Könnte von einer Narbe stammen."

Auf der einen Seite machte sich Erleichterung in William breit. Es stand fest, dass alle drei Frauen ermordet worden waren. Doch wie sollte er den Mörder fassen?

„Was ist mit den Sternen?", fragte er in die Runde. Ben drehte wie aufs Stichwort seinen Laptop so um, dass alle einen Blick darauf werfen konnten.

„Die Sterne sind aus demselben Holz geschnitzt. Dem Labor nach ist es Ahornholz. Mehr können sie nicht sagen."

„Ich denke, der Mörder ist ein Handwerker. Oder kann genauso gut arbeiten", mischte sich Roland ein. „Die Sterne stammen vom Täter. Ich habe sie mir angesehen, als das Labor fertig war. Sie sind handgefertigt. Die Arbeit ist präzise. So etwas habe ich selten gesehen."

„Die Sterne sind vom Täter, dafür lege ich meine Hand ins Feuer!" Williams Ansicht wurde von den anderen mit einem Nicken bestätigt. Florian räusperte sich.

„Ich habe noch etwas: Der junge Mann ist identifiziert. Ein Student aus Köln, der für eine Party hier war. Kollegen haben sich gemeldet. Die Eltern hatten ihn gesucht. Bei ihm gab es keinen Handabdruck."

Nach der kurzen Pause fuhr er fort: „Ein Unfall. Ich habe mit seinen Freunden an der Uni gesprochen. Er war betrunken und ist ohne Jacke nach draußen gegangen, um zu rauchen. Da er aber keine Zigaretten mehr hatte, wollte er scheinbar zur Tankstelle, um eine Packung zu kaufen. Da scheint er sich verlaufen zu haben."

Seinen Bericht trug Florian ruhig vor. Klaus nickte bestätigend. „So ist es. Er ist ausgerutscht. Ein Unfall."

„Warum hast du mich nicht informiert? Du kannst nicht einfach alleine losziehen! Wir sind Partner, verdammt!"

„Du hast dich in dein Büro eingeschlossen, schon vergessen? Ich hatte die Info und habe ermittelt. So wie man es eben macht."

William brummte vor sich hin und trank seinen mittlerweile lauwarmen Kaffee. Er schmeckte ihm nicht. Er musste heiß sein, so mochte er ihn am liebsten.

„Fassen wir zusammen", sagte William und schob die Tasse zur Seite. „Der Mann ist betrunken und im Schnee erfroren. Bei den Frauen fanden sich diese Handabdrücke. Das heißt, sie wurden erwürgt. Spricht für einen Mörder, der auf junge blonde Frauen steht. Habe ich was vergessen?"

„Die geschnitzten Sterne. Ich glaube, die sind als eine Art Reue zu verstehen."

„Reue? Warum erwürgt er sie dann? Alle sind ähnlich. Sie müssen ihn an jemand erinnert haben“, gab Roland leise zu bedenken. Klaus stimmte ihm sofort zu.

„Das glaube ich auch“, sagte Klaus und schob seine Akten zusammen. „Ich muss los, eine weitere Obduktion wartet auf mich. Ben, kommst du?“

Der nickte und klappte seinen Laptop zu. Bis beide den Raum verlassen hatten, sagten die Ermittler kein Wort. Krachend fiel die Tür hinter William ins Schloss. Das nahm er zum Anlass, die weiteren Schritte zu planen.

„Ich werde zu der Psychologin gehen. Sie hat mir ein Profil versprochen.“

„Gute Idee. Darf ich Sie begleiten?“, fragte Roland und trank aus seiner Kaffeetasse. Florian schien das zu gefallen.

„Ich spreche mit den Zeugen, die die Leichen gefunden haben. Und mit den Beamten, die als Erste an den Tatorten waren. Dann ergibt sich vielleicht etwas.“

„Ja, Roland, Sie können mitkommen. Flo, kannst du Lars die Fotos der anderen Frau geben? Er soll sie an die Presse geben. Ich muss wissen, wer sie sind. Nur so können wir weiter ermitteln.“

„Ja.“

Florians kurze Antwort genügte William. Er wusste, wenn der Hüne sich um eine Sache kümmerte, war alles geklärt. Sie standen auf und jeder nahm seine Akten und seine Kaffeetasse mit. Roland ging mit ihm zurück zu dessen Büro.

„Wo zum Henker habe ich die Visitenkarte hingelegt?“, fluchte William und schaute sich um. Er schob die Akten auf seinem Schreibtisch hin und her und fand sie nicht. Roland hatte auf dem Sofa Platz genommen. Sein Gesicht war schmerzverzerrt und er zog eine Dose mit Ibuprofen Tabletten heraus. Mit einem großen Schluck aus dem Wasserglas nahm er gleich zwei von ihnen. Ein Klopfen ließ beide aufschauen.

„Herein!“

„Guten Tag, die Herren.“

William war überrascht. Vor ihm stand eine schwarzhaarige Frau und hielt eine Akte in der Hand. Sie strich sich eine Strähne aus dem Gesicht.

„Ich erfuhr von Ihrer Theorie. Es gibt ein paar Dinge, die für Sie wichtig sein könnten.“

„Oh, das ist super. Ich wollte Sie eben anrufen“, sagte William. Er hatte Christine endlich erkannt und deutete auf das Sofa. „Das ist Roland Fischer. Er kommt aus Österreich und hilft uns bei den Ermittlungen.“

„Sehr erfreut! Ich heiße Christine Karp und bin Psychologin.“

Die beiden schüttelten sich die Hände. William schnappte sich einen Block und einen Kuli vom Tisch. Roland rutschte ein Stück zur Seite, so konnte er sich zu ihm auf das Sofa setzen. Die Psychologin nahm in dem kleinen Sessel Platz und schlug das linke Bein über das rechte. Sie klappte ihre Akte auf und zog ein Blatt heraus.

„Ich habe die alten Akten gelesen und die Orte besucht, wo man die Leichen gefunden hat. So sehe ich, was der Täter sah. Kann ihre Gedanken hören, wie sie starben. Es ist beängstigend. Der Mann hat sie präsentiert. Nicht versteckt."

„Ja, da haben Sie recht. Es ist beängstigend."

„Sind Sie sicher, dass es ein Mann war?", fragte William, bevor er Roland zustimmte. „Wir müssen ihn schnell fassen. Ich will keine weitere Leiche finden!"

„Absolut. Das zeigen mir die Spuren am Tatort. Wie die Frauen saßen bzw. lagen. Der große Handabdruck. Die geschnitzten Sterne. Wäre eine Frau die Mörderin, wäre der Tatort ordentlicher. Erzählen Sie mir bitte, was Sie denken", bat Christine ihn. Roland und William warfen sich einen Blick zu.

„Es fällt mir schwer. Ich glaube, es ist ein Mann. Er sieht jemanden in den Frauen. Sie sehen sich so ähnlich. Das muss etwas bedeuten", sagte William nachdenklich. „Entweder ist derjenige tot oder unerreichbar. Er erwürgt sie mit bloßen Händen. Dafür braucht es Kraft."

„Und ich denke, dass er viel Handwerkliches macht", wiederholte Roland, was er schon vor ein paar Tagen gesagt hatte. Christine machte sich Notizen auf ihrem Block. Sie hörte zu, wie William erzählte, was er beim letzten Ort gesehen hatte.

„Er zeigt Reue. So, wie er die Frau auf die Bank gesetzt hat. Als wollte er uns etwas damit zeigen. Ich bin mir sicher, dass er sie nicht dort umgebracht hat. Vielmehr hat er sie von der Straße an diesen Ort geführt. Sie ähneln sich. Alle haben blonde Haare. Sie stellen jemanden dar, dem der Täter nahe sein will. Doch etwas stört ihn, wenn er sie trifft und dann erwürgt er sie mit bloßen Händen. Nach der Tat bereut er alles und platziert die Frauen so, als würden sie nur schlafen, setzt sie aufrecht hin, nimmt ihre Jacke mit. Zumindest vermute ich das, da sie nicht gefunden wurden."

Christine nickte und schaute zu Roland. Der hatte sich geräuspert.

„Was ist mit den Sternen, die er bei den Frauen lässt? Sie sind eine Spur. Sie werden oft mit Licht assoziiert. Vor allem müsst ihr bedenken, dass sie vorher geschnitzt wurden. Das ist Vorsatz. Er hat sie ja nicht zufällig dabei."

„Ich gehe davon aus, dass der Täter die Sterne ständig schnitzt und sie daher immer dabei hat. Ich zum Beispiel habe ein Notizbuch dabei. So kann ich jederzeit etwas aufschreiben."

„Geht mir auch so. Doch wie sind die Buchstaben auf den Sternen zu erklären?"

William seufzte. Das war das Schwierigste. Aus der Akte zog er Kopien von den Fotos der Sterne. Ben hatte sie ihm gebracht. Die Buchstaben waren deutlich zu sehen. Er schob die Bilder in die Mitte des Tisches. Alle drei beugten sich näher heran.

„Ein L, ein A und ein I. Könnten das die ersten Buchstaben ihrer Namen sein?"

„Ist anzunehmen. Die erste Tote hieß Anja", sagte William leise.

„Was ist, wenn es nicht so ist?“, fragte die Psychologin und strich sich wieder eine Strähne ihres Haares aus dem Gesicht. „Könnten die Sterne nicht einen Namen ergeben? Wenn ihm diese Person wichtig ist, liegt es doch nahe, dass er ihr damit huldigt?“

„Abwegig ist es nicht“, sagte William und schaute zu Roland. Der nickte.

„Das würde ich auch eher vermuten.“

„Wir brauchen einen Namen. Er hat eine Bedeutung für den Täter. Aber da kann ich doch gleich die Nadel im Heuhaufen suchen! Es gibt so viele Namen mit diesen drei Buchstaben!“

„Da sprichst du ein wahres Wort. Ich weiß nicht, wie uns das helfen soll.“

„Die Sache mit dem Namen oder wie uns das zum Täter führt?“, fragte William. Roland schüttelte den Kopf.

„Und wenn wir die Liste haben, wie hilft Ihnen das, den Täter zu finden? Wollen Sie alle alten Fälle durchgehen? Es gibt Hunderte!“

William zog sein Handy aus der Tasche. Er wählte eine Nummer, ohne auf die Frage zu antworten. „Hallo Ben“, sagte er. „Kannst du mir eine Liste anfertigen? Ich brauche weibliche Vornamen. In ihnen müssen ein A, ein I und ein L vorkommen!“

„Sonst noch einen Wunsch?“, fragte Ben zurück und schniefte mit der Nase. William ärgerte sich über die Frage.

„Ja! Das Ganze hat morgen früh auf meinem Schreibtisch zu liegen! Ich brauche die Liste, weil ich glaube, dass dem Täter dieser Name wichtig ist! Und ich will verdammt sein, wenn das nicht stimmt!“

Wütend legte er auf, ohne sich zu verabschieden. Er legte das Handy auf den Tisch. Keiner der beiden sagte etwas, dafür war er dankbar. Bevor sie weitersprechen konnten, öffnete sich die Tür. Florian kam herein. Er sah grimmig aus. Das hieß nichts Gutes.

„Kommt mit. Man hat eine vierte weibliche Leiche gefunden!“

Die Worte reichten aus, um William erstarren zu lassen. Er hatte es geahnt, schon als er heute Morgen ins Büro gekommen war. Doch er wollte es nicht glauben.

Ein leises „Nein!“ drang über die Lippen der Psychologin. Sie griff nach den Kopien mit den Sternen. Roland trank seinen Kaffee und sagte kein Wort. Er sah traurig aus, nicht wütend, eher, als würde es ihn persönlich treffen. William nahm sich vor, später mit ihm zu sprechen. Jetzt mussten sie zu dem Tatort.

„Kommen Sie mit?“, fragte er die Psychologin. Sie kam ihm blasser vor als vor ein paar Minuten, doch sie nickte schnell und überspielte es mit einem Lächeln.

„Ich hole meine Jacke und treffe Sie unten im Eingangsbereich.“

Sie eilte an Florian vorbei und verschwand im Gang. Als nur noch ihre Schritte zu hören waren, räusperte sich Roland.

„Nehmen Sie mich mit? Ich will, nein, ich muss diesen Täter endlich fassen!“

„Ja, das müssen wir!“, stimmte William ihm wütend zu. „Sie können bei uns mitfahren. Holen Sie ihre Jacke!“

Roland bedankte sich und verließ ebenfalls den Raum. Florian nahm seinen Mantel vom Haken und wandte sich ab.

„Kannst du etwas zum Tatort sagen?“

Florian schüttelte den Kopf. „Nein, das sehen wir erst, wenn wir dort sind“, sagte er nur und eilte hinaus auf den Flur. Manchmal wünschte sich William, er würde mehr fragen. Doch das würde er nie erleben. Mit der Jacke in der Hand eilte er Florian hinterher. Er tippte die Nummer von Klaus in sein Handy ein. Unten stand Roland, hinter ihm tauchte Christine auf. Sie hielt eine Tasche in der Hand. Keiner von ihnen sprach. Auch nicht, als sie im Auto saßen, bis sie den Ort erreichten.

Lars erwartete sie bereits. William stand nur da und starrte finster auf das junge Frau. Er hatte gehofft, dass sie keine Leiche finden mussten, hatte es innerlich verdrängt. Ben wischte den Schnee von ihrem Gesicht. Sie lag in einer Seitenstraße, hinter einer Mülltonne. Der Schnee hatte sie verdeckt, bis ein Mann an dieser Ecke austreten wollte.

„Er hat sie abgeladen wie Dreck!“, schimpfte Roland lautstark in die Gasse hinein. Mit seiner Meinung stand er nicht allein da. Mehrere Beamten nickten zustimmend.

„Nicht nur das. Er hat sie versteckt, als schäme er sich für seine Tat“, sagte die Psychologin und schlang die Arme um ihren Körper. Schnell zog sie den Schal wieder hoch über die Nase. Es war kalt, obwohl die Sonne am wolkenlosen Himmel schien.

„Vielleicht war das nicht unser Täter!“, schimpfte William los. „Sie ist vielleicht nur erfroren!“

„Lasst mich meine Arbeit machen, dann könnt ihr eure Theorien ausschmücken“, ertönte hinter ihm eine Stimme. Er drehte sich herum und sah Klaus auf sich zukommen. Der Rechtsmediziner ging an den beiden vorbei und kniete sich neben Ben.

„Und?“

„Keine Tasche, Jacke oder Schuhe. Sie wurde hier abgelegt. Mehr habe ich noch nicht gefunden“, trug Ben die sichtbaren Fakten zusammen. „Sie ist steif, ich kann nicht sagen, seit wann sie hier liegt. Ob es von der Kälte oder der Leichenstarre kommt, sehen wir erst in der Halle.“

Klaus und Ben hoben die Leiche der jungen Frau aus dem Schnee, um keine Spuren zu verwischen. Ihre Haare waren blond gefärbt, William erkannte einen dunklen Haaransatz. Er schaute sich um, trat ein paar Schritte zur Seite. Mit den Füßen schob er den Schnee zur Seite. Da stieß er auf etwas. Er beugte sich hinunter und klaubte das Ding heraus. In seiner Hand lag ein Emblem. Es konnte von einer Jacke oder einem Pulli stammen.

„Lars, gibst du mir eine Tüte? Ich habe etwas gefunden!“

Der eilte sofort zu ihm. William ließ das Emblem in die Tüte fallen.

„Sieht cool aus“, sagte Lars und schaute es sich genauer an. „Schauen Sie, da sind Fäden dran. Könnte das von einer Jacke stammen?“

Lars deutete auf die Seite. Die nassen Fäden waren deutlich zu sehen. Ein Laut ließ ihn herumfahren. Ben zog etwas unter dem Körper der Frau hervor. Als er es in die Höhe hielt, war allen klar, was passiert sein musste.

„Es war unser Täter“, sprach Roland den Gedanken aller aus. Ben hielt einen geschnitzten Stern in der Hand. In der Mitte war ein E geritzt, tiefer als bei den anderen.

15. Dezember

Freitag

Ich zog meinen Lieblingspulli aus dem Schrank. Er verlor langsam seine Flauschigkeit, doch ich hing an ihm. Ich zog ihn über und nahm die Notenblätter vom Schreibtisch, bis mein Blick auf den Kalender fiel. Heute war keine Probe. Mein Akkordeon würde stehenbleiben. Die jährliche Feier stand an.

Gut, dass mir das jetzt einfällt, dachte ich und verdrehte die Augen. Ich hatte extra nochmal geübt in den letzten Tagen. Wenn ich nervös war, zitterten meine Finger. So sehr, dass ich die Tasten nicht mehr traf. Die schiefen Töne hörte Dirigent Ralph sofort heraus.

„Anna, kommst du? Wir müssen los!“, rief Mama von unten.

„Ja, ja, gleich!“, brüllte ich zurück und stopfte die Noten in die Tasche. Ein paar Blätter bekamen Knicke, aber es störte mich nicht. Als ich ohne mein Akkordeon die Treppe herunterkam, schaute mich Mama fragend an. Sie sah die kleine Tasche.

„Ist bei euch auch Weihnachtsfeier?“, fragte sie mich. Ich nickte und schnappte meine Jacke. Mama wollte mich zur Probe fahren, weil der Probenraum auf dem Weg zu ihrer Feier lag. Später würde ich einen anderen Spieler fragen, ob er mich mitnahm.

„Papa holt dich gegen elf ab“, sagte Mama, als wir im Auto saßen. „Ich habe ihm geschrieben, dass du auf der Feier und nicht in der Probe bist.“ Das freute mich. So musste ich mir keine Sorgen machen, wie ich wieder nach Hause kam.
Ich winkte Mama, als sie mich aussteigen ließ. Sie fuhr sofort weiter. Ich öffnete die Tür vom Restaurant Café Bauer, da schlug mir die Hitze und der Geruch nach Essen entgegen. Meine Brille beschlug sofort. Ich konnte laute Stimmen und Gelächter hören. Die Kellnerin schickte mich in den Raum ganz hinten. Dieser war für unsere Feier gebucht worden.

Die Stimmung war entspannt. Wir aßen und tranken und irgendwann setzte sich Walter zu mir. Der Vorstand erzählte mir von Schnitzereien aus Holz. Er hatte sie auf dem Weihnachtsmarkt gekauft und liebte sie. Sein Freund würde sie schnitzen. Bevor ich antworten konnte, piepste mein Handy. Papa wartete bereits auf mich. Ich trank mein Radler aus.

„Ich komme in fünf Minuten, muss noch bezahlen“, tippte ich schnell als Antwort. Doch sich zu verabschieden war nicht so einfach. Walter drückte mich kurz. Dann stand er auf und sagte laut, dass ich nun gehen würde. Es war mir peinlich. Meine Wange lief feuerrot an.

„Tschüss zusammen!“, rief ich in die große Runde. Viele winkten und riefen was zum Abschied. Ich nahm meine Jacke vom Stuhl und winkte allen zu. Die Tür fiel hinter mir zu, als ich aus dem Nebenraum ging. Vorn an der Theke bezahlte ich meine Rechnung. Die Kellnerin lächelte mir zu und ihr Gruß begleitete mich nach draußen. Die klirrende Kälte fühlte sich an, als wäre ich gegen eine Wand gelaufen. Es schneite leicht und verbarg langsam die Spuren auf der schneebedeckten Straße.

Papas Auto fand ich schnell, das Licht war an und der Motor lief. Ich öffnete die Tür und stieg ein.

„Hallo Anna“, sagte Papa und drehte das Radio leiser. „Last Christmas“, das hatte ich sofort erkannt. „Na, wie war die Weihnachtsfeier?“

„Lecker!“

Wir mussten beide lachen. Papa startete den Wagen und fuhr los. Er trug nur einen dunkelgrauen Pulli, keine Jacke.

„Ist dir nicht kalt?“, fragte ich ihn, doch er schüttelte nur den Kopf. Zuhause angekommen parkte er das Auto in der Garage. So sparte er sich das Kratzen, wenn er schnell losfahren musste. Ich hängte meine Jacke an die Garderobe, schob die Stiefel zur Seite. Papa stellte sie ordentlich hin.

„Trinkst du noch ein Gläschen mit mir?“, rief Papa, als ich die Treppe hochgehen wollte. Ich nickte ihm zu. „Ja, gerne.“

Meine Tasche hängte ich über den Stuhl im Esszimmer und setzte mich. Papa zog aus dem Schrank einen irischen Whiskey. Er schenkte ihn in zwei kleine Gläser und warf kunstvoll einen Eiswürfel in jedes. Mit ihnen setzte er sich zu mir und schob eines rüber.

„Ich habe heute meine Lesebrille abgeholt“, erzählte er und hob das Glas. Wir stießen an, dann trank ich den ersten Schluck. Der Whiskey schmeckte rauchig, brannte ein bisschen, als er meine Kehle hinabrann.

„Und kannst du jetzt besser lesen?“

Papa lachte und trank einen Schluck, bevor er sagte: „Das ist schon ein Unterschied. Die kleinen Schriften sind wieder klar zu lesen. Ohne dass ich die Akte einen halben Meter weit weg halte. Ich habe die Zeitung gelesen und es war entspannt. Keine Kopfschmerzen. Vorhin habe ich sie vergessen, als ich dich abgeholt habe. Da war das Tippen der Nachricht schwierig."

„Kann ich mir gar nicht vorstellen", sagte ich grinsend und nahm einen weiteren Schluck. Der Whiskey schmeckte mir. „Gehen wir auf den Weihnachtsmarkt am Wochenende?"

„Ich werde arbeiten. Wir haben eine vierte Tote gefunden. Klaus hat mir bestätigt, dass sie ermordet wurde. Ich muss herausfinden, wer sie ist und dann ihren Mörder fassen. Das bin ich ihr schuldig."

Papa wirkte müde. Man sah ihm die dunklen Ringe unter seinen Augen langsam an. Ich wusste, dass er nicht schlafen konnte. Mama machte sich Sorgen um ihn. Das hatte sie mir vor ein paar Tagen erzählt.

„Okay. Ich werde Jenny fragen, ob sie mitkommt. Walter hat mir von einem Freund erzählt. Der schnitzt Sachen aus Holz und hat einen Stand auf dem Weihnachtsmarkt. Ahornholz sieht so toll aus, wenn es geschnitzt ist. Er hat mir Fotos von seinen Sternen gezeigt, die sehen ..."

„Warte, kannst du das wiederholen?", unterbrach mich Papa. Er wirkte hellwach und setzte sich aufrecht hin. Ich kannte diese Reaktion. Ich hatte etwas Wichtiges erzählt. Daher tat ich ihm den Gefallen: „Ein Freund von Walter schnitzt Sachen aus Ahornholz. Er verkauft sie auf seinem Stand. Walter sagt, er ist der Beste, den er kennt. Er hat mir Bilder von Sternen gezeigt, die der Freund geschnitzt hat. Die sehen toll aus und ich will mir einen kaufen.“

Papa antwortete nicht, schien zu grübeln. Ich störte ihn nicht, nippte weiter an meinem Whiskey.

„Das muss ein Zufall sein“, murmelte Papa und ließ den Eiswürfel in seinem Glas kreisen. Er starrte ihn an. „Es kann nur so sein. Aber was wenn nicht? Das wäre unglaublich. Nein, es ist nur ein Zufall!“

Aus den kryptischen Wortfetzen wurde ich nicht schlau. Ich trank weiter und verschluckte mich fast. Mein Husten schreckte Papa aus seinen Gedanken. Er beugte sich vor und klopfte mir auf den Rücken.

„Warst du zu gierig?“, sagte er und war doch schon wieder abgetaucht. Er zog sein Handy heraus und wählte eine Nummer. Ich hörte das Freizeichen.

„Hallo Flo, sorry für die Störung. Ich habe eine Spur“, sagte er aufgeregt, als sich der Hüne meldete. Er wiederholte, was ich ihm erzählt hatte.

„Das kann unmöglich ein Zufall sein! Oder spinne ich? Was, wenn er es ist?“

„Ganz ruhig“, hörte ich die tiefe Stimme von Florian durch das Telefon. „Das ist in der Tat eine Spur. Lass uns auf den Weihnachtsmarkt gehen, in Zivil. Wir schauen uns in Ruhe um. Dann sehen wir weiter.“

Florian holte Papa wieder auf den Boden. „Okay. Wann treffen wir uns im Büro? Ich will was recherchieren.“

„Sei um acht da. Dann klären wir alles Weitere. Gute Nacht.“

Bevor Papa antwortete, legte Florian auf. Er schob das Handy weg und trank den Rest Whiskey aus dem Glas.

„Wenn sich diese Spur als heiß erweist, hast du etwas gut bei mir“, sagte Papa und stand auf. „Ich gehe schlafen. Morgen wird ein langer Tag!“

Ich wünschte ihm eine gute Nacht, dann lief Papa die Treppe hinauf. Oben hörte ich die Tür vom Schlafzimmer zufallen. Seine Art kam mir seltsam vor, doch ich dachte nicht weiter nach, trank gemütlich meinen Whiskey aus. Papa schien zu glauben, dass ich einen Tipp hatte, mit dem er den Mörder fassen wollte.

„Das ist absurd!“, sagte ich laut und lachte. Das Glas war leer. Müde ließ ich die Gläser stehen und schlich leise die Treppe hinauf in mein Zimmer. Dort zog ich mich um und kroch ins Bett. Ehe ich mich versah, schlief ich ein.

16. Dezember

Samstag

Klaus stand über den Tisch gebeugt und schielte mit einem Auge ins Mikroskop. Mit dem anderen versuchte er, seine Probe an die richtige Stelle zu schieben. Die Ruhe kam ihm gelegen. Nach einem Streit mit seiner Frau hatte er beschlossen, ins Labor zu fahren. Er wollte ein paar Stunden arbeiten. Man hatte ihm einen älteren Herrn gebracht. Seine Frau hatte ihn leblos auf dem Sofa gefunden, als sie nach Hause gekommen war. Der Notarzt stellte seinen Tod fest und hatte ihn hergebracht. Ben hatte alles vorbereitet. Doch in der Akte standen nur ein paar Notizen. Er wandte sich wieder seiner Probe zu. Die rötliche Substanz stammte vom Mund des Mannes. Er hatte sie sofort gesehen, als er ihn aus dem Regal gezogen hatte.

Schaumpilz, dachte Klaus und vergrößerte das Bild. Das Klingeln lenkte ihn ab. Er hob den Kopf. Bevor er das Handy fand, hörte es auf. William. Ein Anruf von ihm verhieß meist nur Arbeit. Er drückte auf Rückruf.

„Hallo Klaus, wo steckst du?“, meldete sich William nach dem ersten Klingeln. Er klang wütend, im Hintergrund hörte er deutlich das Knirschen im Schnee.

„In meinem Labor. Ich hab hier einen Mann liegen, der einfach umgekippt ist.“

„Lass alles stehen und komm in die Gartenstraße. Ich brauche dich am Tatort. So schnell wie möglich. Keiner hat etwas angerührt."

„War er es?"

Klaus hörte nur ein Grunzen, was er als Zustimmung nahm. Er seufzte und schaute auf den Mann, der auf dem kalten Stahltisch wartete.

„Gib mir eine halbe Stunde, dann bin ich da."

„Danke. Ich schicke Lars Kaffee holen. Es ist verdammt kalt. Zieh dir unbedingt eine Mütze an. Meine liegt im Büro!"

„Danke für den Tipp! Ich beeile mich."

William legte auf. Klaus nahm die Probe und versah sie mit einer Nummer, bevor er sie in den Kühlschrank legte. Den toten Mann schob er wieder zurück in sein Fach. Er musste warten. Er warf sich seine Jacke nur über, schnappte die Mütze und ließ die Tür hinter sich zufallen.

Am Fundort wartete William auf ihn. Er schritt hin und her, Klaus sah die Spuren im Schnee. Die Sonne schien. Eine schöne Abwechslung zu den letzten Tagen, an denen es nur geschneit hatte.

„Gut, dass du da bist. Mir ist kalt, ich bin wütend und dort liegt eine Leiche!"

William sah grimmig aus. Sie könnte das fünfte Opfer sein – in den letzten beiden Wochen. Kein gutes Zeichen.

„Dann zeige mir den Tatort."

Klaus bückte sich unter dem gelben Band durch, das den Tatort absperrte. Die Straße führte am Wohngebiet vorbei. Schnee lag auf den Autos und den Gärten. Hinter dem letzten Haus lag ein kleiner Spielplatz. Der Weg führte weiter. Zwei Männer standen vor dem Spielplatz. Einer rieb sich die Hände. Trotz der Sonne hatte es Minusgrade. Man sah den Atem als Nebel aufsteigen.

„Eine Mutter hat uns informiert, dass hier eine Leiche liegen würde. Sie wollte mit ihrer Tochter zu den Schaukeln, da hat sie die Tote auf einer gefunden. Wir waren nur ein paar Minuten später da.“

William blieb hinter Klaus stehen. Die Schaukel hatte insgesamt vier Sitze. Ein Haus zum Klettern schloss sich an, war aber unter dem Schnee kaum zu erkennen. An der Seite, die zu ihm gewandt war, erkannte er die Kletterwand. Auf der zweiten Schaukel von rechts saß eine Leiche. Sie hing da, als würde nur der Schubs zum Schaukeln fehlen. Ihr Kopf war zur Seite gerutscht, die blonden Haare verdeckten ihr Gesicht. Die Hände waren halb um die Kette geschlungen und lagen in ihrem Schoß. Mehrere Spuren im Schnee führten von der Schaukel weg.

„Habt ihr die Fußspuren gesichert?“

„Sie sind unbrauchbar. Viele sind übereinander, große und kleine. Ein Teil ist vom Neuschnee verdeckt.“

„Okay. Ich schaue mir die Leiche an. Wurde sie berührt?“

„Nein. Keiner war in ihrer Nähe.“

Klaus nickte und stapfte auf die Schaukel zu. Er bemühte sich, den Spuren im Schnee auszuweichen. Aus seinem Koffer zog er Handschuhe heraus. In der Kälte war es schwer, sie anzuziehen. Vor der Leiche kniete er nieder, fühlte nach dem Handgelenk. Kein Puls. Es war kalt. Mit einem Finger schob er ihre Haare zur Seite. Ihr Gesicht schien ihm eher zart, gar jugendlich. Sein Blick fiel auf die Hände der jungen Frau. Eine Spitze schaute zwischen ihren bleichen Fingern hervor. Vorsichtig schob er sie zur Seite. Sie hielt etwas fest.

„Will, ich hab etwas gefunden."

Der stand keine Sekunde später hinter ihm. Klaus nahm den Stern vom Schoß der Leiche. Auch er hatte Kratzer und eine ähnliche Größe wie die anderen. Er drehte ihn mehrmals um. Es war kein Buchstabe eingeritzt.

„Glaubst du, er war es?"

„Ich weiß es nicht. Vermutlich", gab William brummend zurück. Klaus nahm die Tüte, die er ihm hinhielt. Er ließ den Stern hineinfallen. Sein Knie schmerzte und wurde langsam kalt, er stand wieder auf.

„Hilfst du mir, die Leiche auf die Bahre zu heben? Mein Knie macht sich bemerkbar."

William nickte abwesend, er starrte auf den Stern. Hinter ihnen brachte einer der Beamten die Bahre und klappte sie auf. Er schob sie zu Klaus, der sie über den Schnee neben die Schaukel stellte. Der winkte William zu sich. Jeder nahm einen Arm der Leiche und sie bogen sie langsam zurück. Durch Kopfnicken sprachen sie sich zu, hoben die Frau hoch. Sie kam ihnen leicht vor. Zu leicht. Im selben Moment rutschte die Hose hinab. Beide starrten auf den Intimbereich der Leiche.

„Siehst du dasselbe wie ich?"

„Das ist kein Scherz, oder?“

Verblüfft starrten die beiden auf die herabgerutschte Hose. Etwas stimmte nicht. Es sah künstlich aus. Klaus hob die Hand und schob die Haare der Frau nochmal zur Seite.

„Das ist eine Sexpuppe!“, sprach er ihre Entdeckung aus. William schüttelte den Kopf.
„Wer setzt eine Sexpuppe auf einen Spielplatz?“

„Das musst du herausfinden. Ich nehme die Puppe mit ins Labor und sichere die Spuren.“

„Ich finde das überhaupt nicht lustig!“, schimpfte William los. „Wer kommt auf so eine Idee? Mich zum Narren zu halten?!“

„Hey, immer langsam! Vielleicht war es nur ein dummer Scherz.“

„Nur ein dummer Scherz? Na, hör mal, das ist unerhört! Wer immer das war, wird sein blaues Wunder erleben!“

Klaus zuckte mit den Schultern und hob die Puppe auf die Bahre. Ihr Gesicht wirkte starr. Jetzt hatte sich sein erster Gedanke bestätigt. Jemand hatte sich einen Scherz erlaubt und die Puppe drapiert. Sogar an den Stern hatte er gedacht. Nur das eine Detail wurde nicht an die Presse gegeben. Klaus tippte auf Jugendliche, die das lustig finden könnten.

„Ich fahre jetzt zurück ins Labor.“

„Okay. Gib mir Bescheid, wenn du etwas findest.“

William stand mit verschränkten Armen neben der Bahre und starrte auf die Puppe. Ein Beamter trat an die beiden heran.

„Entschuldigung“, sagte er und schaute nach unten. „Ich bin ein bisschen gelaufen, weil es so kalt ist. Hinten bei den Tonnen fand ich etwas. Ein paar Bierflaschen. Und Jugendliche, die wegliefen.“

„Das war gut“, sagte William erstaunt. „Aber warum trinken sie bei diesen Temperaturen draußen? Es ist viel zu kalt!“

„Sie waren auf dem Weg zu einer Party und haben vorgeglüht?“, bemerkte der Beamte.

„Packen Sie die Flaschen ein. Wir schauen, was die DNA bringt. Befragen Sie bitte auch die Anwohner in der Nachbarschaft. Vielleicht hat jemand gesehen, wie die Puppe abgelegt wurde!“

„Machen wir.“

Der Beamte nickte und eilte zu seinen Kollegen zurück. Klaus wandte sich wieder der Puppe zu. Er zog den Leichensack zu und sagte dann: „Ich fahre. Die Ergebnisse schicke ich dir.“

William antwortete ihm nicht. Er starrte jetzt auf die Schaukel, war in seine Gedanken versunken.

„Wir finden ihn“, sagte Klaus aufmunternd. Im Labor hängte er seinen Mantel an die Wand und zog den Kittel an. Er schob die Bahre mit der Puppe zum Tisch. Sie war schnell aus dem Leichensack auf den Tisch gehoben.

Unter dem hellen Licht sah man ihre kindlichen Züge deutlich. Er betrachtete sie eine Weile.

„Eine Sexpuppe!“ Klaus schüttelte den Kopf. Er musste grinsen. Den Reiz einer leblosen Frau hatte er nie verstanden. Er griff nach einem frischen Paar Handschuhe und zog der Puppe die Kleidung aus. Jedes Teil packte er in eine einzelne Beweistüte. Das Labor konnte sich die Proben selbst abnehmen. Er zog ein paar Stäbchen heraus und nahm Proben von der Puppe. Diese packte er einzeln ein und legte sie zu den Tüten mit der Kleidung. Er blieb am Tisch stehen und überlegte, was er mit der Puppe machen sollte. Sie in das Regal zu schieben, kam ihm seltsam vor. Besser war es, sie einzupacken und sie in das Lager zu schaffen. Dabei könnten Spuren verwischt werden. Immer noch unschlüssig, schob er die Puppe in die Kühlbox. Die Proben von ihr und die Kleidung packte er in eine Kiste. Das Labor lag auf dem Weg zum Büro. Er wollte mit William sprechen. Bisher hatte sich das nicht ergeben. Seit dem Fund der dritten Leiche schien er schweigsamer und brummender als sonst. Sie sprachen nur noch über aktuelle Fälle. Er hängte den Laborkittel an die Garderobe und nahm die Kiste. Mit ihr marschierte er zum Labor.

„Hallo Natascha. Ich hab Arbeit für euch!“

Schwungvoll stellte Klaus die Kiste auf den Tisch und schenkte der Assistentin ein strahlendes Lächeln.

„Das ist aber eine nette Begrüßung! Was haben Sie da Schönes mitgebracht?“, sagte Natascha lächelnd und nahm die erste Tüte heraus. Sie drehte sie herum.

„Jemand hat eine Sexpuppe auf eine Schaukel gesetzt. Dabei lag ein geschnitzter Stern. Wir dachten, sie sei ein weiteres Opfer, bis ich sie auf die Bahre legen wollte und ihre Hose heruntergerutscht ist. Da war mir klar, dass es sich um einen bösen Scherz handelt!"

Sie seufzte, als Klaus erzählte, dass er von der Puppe einige Proben genommen hatte. Sie nahm sie aus der Kiste heraus.

„Ich kümmere mich um die Analysen."

„Dass ich sie bis gestern brauche, versteht sich hoffentlich von selbst?"

„Gut, dass ich ein paar Überstunden brauche", sagte sie lachend. „Ich mache mich sofort an die Arbeit. Sobald die Ergebnisse da sind, rufe ich Sie an."

„Vielen Dank. Sie haben etwas gut!" Klaus schlug mit der Hand auf den Tisch und drehte sich zur Tür.

„Ein Kaffee wäre ein guter Anfang!", hörte er Natascha hinter sich rufen.

„Ist gebongt!", rief er zurück, bevor er aus dem Labor lief. Auf dem Weg in Williams Büro traf er fast niemanden. Ein Blick aus dem Fenster zeigte ihm den tiefblauen Himmel. Erst am Abend sollte es wieder schneien. Er klopfte an der Tür. Schwungvoll trat er ein, William fuhr herum.

„Herrgott nochmal! Musst du mich so erschrecken?!"

Klaus zuckte nur mit den Schultern und ließ sich in den Sessel nieder. Er schaute sich die Pinnwand hinter William an. Dort hing eine Karte. Schwarze Pins markierten die Stellen, an denen die Frauen gefunden wurden.

Das Lächeln auf den Fotos passte nicht zum trüben Wetter.

„Hast du was an der Puppe gefunden?", holte William Klaus aus seinen Gedanken.

„Nein. Es ist eine Sexpuppe, so viel kann ich dir sagen. Sie wirkte neu, ich habe dennoch an gewissen Körperstellen Proben genommen."

William huschte ein leichtes Lächeln über die Lippen. Doch es verschwand sofort wieder.

„Die Proben sind im Labor. Natascha macht die Analysen. Denkst du, dass er das mit der Puppe war?"

„Ich weiß es nicht. Ein blöder Scherz, den ich nicht lustig finde. Herr Winkler ist fast explodiert, als ich ihm Bericht erstattet habe. Er will später vor die Presse treten. Ohne Ergebnisse!"

Das Schnaufen verriet Klaus mehr, als das, was William gesagt hatte. Der lehnte am Fenster, die Schultern hingen runter. Vermutlich starrte er den Baum auf dem Hof an.

„Ich tippe auf ...", setzte Klaus zu einer Antwort an, das Klingeln des Telefons unterbrach ihn. William stieß sich vom Fenster ab und eilte zum Schreibtisch. Mit einem schnellen Griff nahm er das Telefon ab und meldete sich mit einem kurzen „Ja?". Den Anrufer schien diese Art nicht zu stören.

„Guten Tag, Herr Herle", tönte es aus dem Lautsprecher. William deutete Klaus, ruhig zu sein. Er nickte. Er hatte ihn absichtlich laut gestellt.

„Ich hörte, dass Sie eine weitere Leiche gefunden haben, die eigentlich keine ist. Gibt es schon Genaueres? Ist das ein Scherz oder hat der Mörder etwas damit zu tun?"

„Herr Kuhn, Sie kennen die Regeln! Keine Auskunft über laufende Fälle!"

Als der Name fiel, wusste Klaus, wer der Anrufer war. Tom Kuhn schrieb für die Stadtzeitung. Erst im Sommer wurde er Chefredakteur. Er war bekannt, sehr hartnäckig zu sein.

„Ihr Chef wird später vor der Presse sprechen. Sie wissen doch, dass er den Fragen gerne ausweicht. Wie wäre es mit einem kleinen Vorsprung für die lokale Presse? Es geht um die Sicherheit der Bürger hier in der Stadt! Also: Wurde wieder ein Stern bei der Leiche gefunden? Glauben Sie, dass ein Serienmörder frei herumläuft? Es sieht aus, als würde sich die Polizei nur im Kreis drehen. Sonst wäre der Mörder von den vier Frauen bereits gefasst! Ich will mich nicht aus dem Fenster lehnen, aber … suchen Sie ihn denn?!"

William kochte, seine Faust umschloss das Telefon. Klaus rutschte auf seinem Sessel weiter weg. Die Wut sprach aus seinen Augen, gleich würde er wie ein Luftballon platzen.

„Wie können Sie es wagen!", brüllte William los. „Ich versuche, einen Serienmörder zu fassen, bevor es weitere Tote gibt! Und Sie haben nichts Besseres zu tun, als die Leute mit Ihren Anrufen zu nerven?!"

„Ich habe also recht", unterbrach ihn Tom. „Versuchen klingt, als würden Sie nur herumsitzen und nichts tun. Was aber tun Sie?"

„Das werde ich mir nicht länger anhören! Ich zeige Sie an, wenn Sie mich noch einmal belästigen!“

William starrte das Telefon an, nachdem er aufgelegt hatte. Mit einem Schrei warf er es quer durch den Raum. Es prallte am Regal ab und fiel wie ein Stein auf den Boden. Er vergrub seinen Kopf in den Händen. Klaus stand auf und hob das Telefon auf. In der Mitte war es gerissen. Der Akku war unter das Sofa gerutscht.

„Ich glaube, du brauchst ein neues Telefon!“, sagte er aufmunternd und legte es vor den Hauptkommissar. Der gab nur ein Brummen von sich.

„Weißt du was, wir gehen jetzt etwas trinken. Du musst auf andere Gedanken kommen!“

„Da läuft ein Serienkiller herum und du willst essen gehen? Ich warte hier auf die Ergebnisse! Bis dahin lese ich alle Akten nochmal durch! Einen Hinweis muss es doch geben!“

Klaus verschränkte die Arme und wiederholte seinen Vorschlag: „Wir gehen jetzt etwas trinken. Nimm die Akten mit, wir lesen sie zusammen. Okay?“

Das stimmte William versöhnlicher. Er seufzte und nahm sein Handy. „Lars, ich brauche eine Pause. Sollte sich irgendetwas tun, rufst du mich sofort an! Ach und sag der IT, dass sie mir ein neues Telefon bringen müssen. Ja, es ist kaputt. Heruntergefallen. Gut, danke!“, sagte William, bis er Klaus ansah. „Was gibt es da zu grinsen?“

„Nichts. Komm jetzt. Wir suchen uns einen ruhigen Tisch und trinken erstmal ein kühles Bier. Danach fühlst du dich besser und wir sprechen über unsere Ermittlung.“

Eine halbe Stunde später stand vor den beiden Freunden ein Radler auf dem Tisch. Der Schlachthof lag quasi um die Ecke. Das Restaurant war über die Region hinaus bekannt. Der Wirt war bei ihrem Eintreten auf sie zugeeilt und hatte sie wie alte Freunde begrüßt. Er führte sie zu einem Tisch in der Ecke und nahm die Tischdekoration mit. So konnten sie die Akten besser ausbreiten. Nach dem ersten Radler wirkte William entspannter. Sie schlugen die Akten auf und lasen sie sich durch. Klaus war zufrieden. Abstand von der Arbeit nahm der viel zu selten. Manchmal war es wichtig, die Dinge auf sich wirken zu lassen, um sie in einem anderen Licht zu betrachten. Draußen lief ein Mörder herum. Klaus fröstelte, wenn er daran dachte. Sie mussten ihn fassen. So schnell wie möglich.

17. DEZEMBER

SONNTAG

William saß an seinem Schreibtisch im Büro. Die Nacht war kurz. Seine Frau hatte ihn morgens aus dem Bett geworfen, weil sie weiterschlafen wollte. Er schlich ins Bad und machte sich auf den Weg. Um sieben war er reingelaufen. Seine Notizen lagen oben auf den Akten. Mit Klaus hatte er gestern alles durchgesprochen. Jede Seite. Er hatte Fragen und wilde Theorien aufgestellt. Die wurden immer verrückter, je mehr Bier Klaus in sich reinschüttete. Sein Essen ließ er zur Hälfte auf dem Teller liegen. Er schien Gefallen daran zu finden. Erst als der Wirt sie auf die Schließung des Schlachthofes aufmerksam machte, hörten sie auf.

Heute wollte er sie nochmal lesen. In Ruhe. Er hatte das Gefühl, dass ihm etwas fehlte. Quasi das letzte Puzzlestück. Aus dem Stapel zog er seinen Notizblock. Dort hatte er alles aufgeschrieben, was Klaus von sich gegeben hatte.

„Hast du ein neues Telefon?“

„Ich wünsche dir auch einen guten Morgen“, sagte William und schaute nicht auf. Florian ließ sich auf seinen Stuhl fallen und gab seltsame Laute von sich. Er hörte erst damit auf, als William den Blick von seinen Notizen hob.

„Ich habe das Telefon gegen die Wand geworfen“, gab er brummend zu.

„Dachte ich mir. Klaus hat von Kuhns Anruf erzählt. Und was er sagte.“

„Schön. Es gibt nicht mehr zu sagen. Wir müssen den Mörder fassen!“

„Vorher steht ein Gespräch mit dem Chef an.“ Florian verzog sein Gesicht. „Hast du seine Rede vor der Presse gestern gesehen?“

William schüttelte den Kopf. Das hatte er verdrängt. Sein Gespräch mit Klaus hatte ihn die Zeit vergessen lassen.

„Schau es dir an!“, sagte Florian und drehte seinen Bildschirm um. Ein lokaler Sender hatte den Auftritt gefilmt und online gestellt. Julius Winkler stand wie ein Soldat vor den Reportern. Sein Kopf war hochrot. Kein gutes Zeichen.

„Es gibt keinen Grund zur Sorge. So bedauerlich diese Vorfälle sind, so handelt es sich um tragische Unfälle. Dieser Winter ist hart. Der Schnee liegt höher als in den letzten Jahren. Ich bitte Sie daher, vorsichtig zu sein und auf abendliche Spaziergänge zu verzichten.“

„Was sagen Sie zu den Gerüchten, dass es ein Serienmörder sein könnte?“, fragte eine Reporterin und hielt ihm sein Mikrofon unter die Nase.

„Woher haben Sie das?! Das ist eine Lüge!“ Das Gesicht des Chefs nahm ein dunkles Rot an. Vor Wut schlug er auf das Pult. „Ich dulde hier keine Gerüchte! Die Frauen sind erfroren, weil sie betrunken und ohne Jacke draußen unterwegs waren!“

„Und was ist mit der Sexpuppe? Hat sich da einer einen Scherz erlaubt? Finden Sie wenigstens diesen Verrückten?“

Könnten Blicke töten, wäre die Frau mit den roten Locken auf der Stelle umgefallen. Woher sie das wusste, war William ein Rätsel. Außer ihm, Klaus, Florian, dem Chef und den Beamten vor Ort hatte niemand etwas gewusst. Noch lagen keine Berichte vor. Ohne auf die Frage einzugehen, drehte sich der Chef um und verließ den Raum.

„Das ist ja gut gelaufen“, sagte William leise. Florian nickte nur und drehte den Bildschirm zurück. „Wann gehen wir zum Weihnachtsmarkt? Und was ist mit der Liste?“

William seufzte. „Heute ist Sonntag, ich erreiche niemanden, um an die Liste der Stände zu kommen.“

„Ich klingle die Leute auch aus dem Bett, wenn es sein muss.“

„Besser nicht. Ich warte auf Ben. Er soll mitkommen. Sein jugendlicher Charme könnte uns helfen. Er hat einen guten Blick für Details“, antwortete William und schob seine Notizen hin und her.

„Sagst du. Das mit dem Charme halte ich für ein Gerücht!“

Florians Lachen klang tief und gleichzeitig fremd. William hörte es selten, da der Hüne stets reserviert war. Das Klopfen ließ die beiden zusammenzucken.

„Ist offen!“

Ben trat ein. Seine Mütze war tief in sein Gesicht gezogen, Schnee fiel herab. Er grinste, schien sich zu freuen.

„Guten Morgen!“, sagte er fröhlich. Florian gab ein Brummen von sich. „Wie sieht es aus? Wann gehen wir auf den Weihnachtsmarkt?“

„Morgen“, antwortete William. „Ich wollte die Liste der Stände besorgen. Im Rathaus geht heute aber niemand ans Telefon. Lars sollte die Namen überprüfen. Er wird über Funk mit uns verbunden sein.“

„Oh. Warum hast du nichts gesagt?“ Ben war überrascht und griff nach seinem Rucksack. Er zog einige Blätter heraus und gab sie William. Der nahm sie und starrte auf die Liste mit den Namen. Jeder von ihnen hatte einen Stand auf dem Spullberger Weihnachtsmarkt angemeldet.

„Wie zum Henker hast du das geschafft?“, fragte William verblüfft. Ben grinste, beantwortete die Frage aber nicht. „Ich bin gleich wieder da, ich bringe die Liste zu Lars. Dann sprechen wir unseren Plan durch!“

William stand auf und lief mit der Liste in der Hand über den Flur. Im großen Büro saß Lars an seinem Schreibtisch und telefonierte. Er hielt den Finger an den Mund.

„Ja. Das ist gut. Bitte halten Sie sich bereit. Ich melde mich, wenn es losgeht.“ Lars legte auf und wandte sich William zu. „Es stehen zehn Beamte in Zivil unten, um später mit Ihnen und Flo auf den Weihnachtsmarkt zu gehen. Alle haben Funk und laufen über mich. Was haben Sie da?“

„Wow, Danke. Damit hätte ich nicht gerechnet. Ich habe die Liste mit den Namen. Alle haben einen Stand auf dem Markt. Kannst du die überprüfen, bis wir losgehen?“

„Klar. Ich gehe damit zu Daniel. Er ist aus der IT und kennt sich gut aus. Er wird mich später unterstützen, um alles im Blick zu haben. Herr Winkler hat uns die Body Cams gebracht. Er besteht darauf, dass alle im Einsatz eine solche tragen.“

William brummte. Das erschien ihm wie eine Folter. Bis eben hatte er gehofft, diesbezüglich davonzukommen, sie nicht tragen zu müssen. Heute wollte er nicht auffallen. Die meisten würden ihn so oder so erkennen. Sein Gesicht war bekannt.

„Na gut. Dann kann ich ihm wenigstens hinterher ehrlich sagen, dass ich die Body Cams sinnlos finde.“

„Würde ich nicht. Da explodiert er nur. Geben Sie mir die Liste, ich melde mich, wenn ich etwas ausgegraben habe!“

Er gab Lars die Liste, verließ das Büro und eilte in seines zurück. Ben hatte seinen Mantel ausgezogen und sich auf das Sofa gesetzt. Florian schien sich nicht bewegt zu haben. Im Raum herrschte ein Schweigen, eisig und fast greifbar. William setzte sich zu Ben.

„Lars prüft die Namen auf der Liste. Wenn er fertig ist, gibt er Bescheid. Hast du Ben schon den Plan erklärt?“

Florian schüttelte den Kopf. Er drehte sich auf seinem Schreibtischstuhl herum und nichts verriet, was er dachte. Ben rutschte unruhig hin und her. „Wie ist denn nun der Plan?“

„Zehn Kollegen werden mitkommen. Sie sind in Zivil und über Funk mit Lars in Kontakt. Flo wird allein schlendern. Ihn kennt man, er ist ja nicht zu übersehen. Herrn Fischer habe ich Samuel Thomas zugeteilt. Er soll ein Auge auf ihn haben. Du Ben, wirst mich begleiten. Ich brauche dich als Frischling."

„Wieso? Kann ich nicht dein Partner sein?"

„Von mir aus. Ich werde so tun, als wärst du ein Neuer, dem ich die Stadt zeige. Dich kennen die Leute nicht. Daher ist es unauffälliger."

„Das klingt schon besser!", sagte Ben und strahlte bis über beide Ohren. William schüttelte den Kopf. „Wir dürfen nicht auffallen! Herr Gott!"

„Ist mit der Laborratte nicht einfach", brummte Florian und grinste. Ben setzte schon zu einer Antwort an, als William ihn am Arm packte.

„Lass gut sein, Ben. Er meint es nicht böse. Also, wie gehen wir vor?"

„Wie alle anderen auch. Wir schlendern an den Ständen vorbei. Beobachten die Menschen. Wer etwas sieht, sagt Lars Bescheid. Mittags werden wir bei den Ständen essen. Getrennt. Einen Glühwein trinken. Der eine oder andere wird uns über den Weg laufen und mit uns sprechen wollen."

Florian hatte den Plan kurz und knapp vorgestellt. Besser hätte William das nicht ausdrücken können.

„Die ersten werden um elf auf den Markt gehen. Jede halbe Stunde kommt eine neue Gruppe. Um zehn macht er ja auf. Jede Gruppe wird nach zwei bis drei Stunden wieder abziehen."

„Gut", sagte der Hüne und stand auf. „Ich gehe frühstücken. Um halb elf bin ich auf dem Weihnachtsmarkt."

Er lief aus dem Büro. Ben saß fragend da. „Hat er nicht gesagt, es geht um elf los?"

„Ja. Flo will vorher die Umgebung prüfen. Er braucht das für sich. Und jetzt geh zu Lars und hilf ihm bei den Vorbereitungen. Ich will mir noch ein paar Gedanken machen. Wir treffen uns um kurz vor elf auf dem Weihnachtsmarkt. Ich will einen Überblick haben."

Ben brummte, fügte sich aber und nahm seinen Mantel. Er verließ ohne ein Wort zu sagen den Raum. William atmete tief durch und ging zum Fenster. Trotz des Wetters riss er es weit auf. Kalt wehte der Wind um die Nase. Die Sonne schien und ließ den Schnee glitzern. Er lag auf dem ganzen Hof hinter dem Revier. Erst, als er zitterte, machte er das Fenster wieder zu. Am Schreibtisch setzte er sich so hin, dass er die Pinnwand im Blick hatte. Er starrte die Fotos der Frauen an und dachte nach.

Den Geruch von Bratwurst nahm William wahr, als er die Tür des Autos öffnete. Obwohl er ein Stück weg geparkt hatte, wehte er herüber. Er roch auch Glühwein und Lebkuchen. Eine wilde Mischung. Seine Hand zitterte, er steckte sie in die Tasche seines Mantels. Ben erwartete ihn am Eingang zum Weihnachtsmarkt. Der junge Mann lehnte an der Säule, die aus Heuballen bestand. Sein schwarzer Mantel zog die einzelnen Halme an, als er sich abstieß. Einige blieben hängen. Er wirkte genervt, hatte seine Arme verschränkt.

„Lass uns loslegen!“

„Wir sind hier, um zu beobachten!“, zischte William leise. Ben zuckte mit den Schultern und machte den ersten Schritt Richtung Markt. Es war kurz nach elf. Die Menschen drängten sich um die Stände. Sie lachten und hielten Becher in der Hand. Für Spullberger Verhältnisse war viel los.

„Wir schlendern ein Mal über den Weihnachtsmarkt“, sagte er zu Ben. „Ich will wissen, wo welche Stände stehen und wer dort arbeitet. Gehen wir.“

Dass Ben neugierig war, hatte William geahnt. Dass er sich dabei wie ein kleines Kind aufführte und sich über alles freute, war ihm neu. Ben griff nach einer Schneekugel und schüttelte sie. Er stellte sie erst zurück, als William ihm gegen den Arm boxte.

„Aua! Ist ja recht. Oh, guck mal, diese tollen Ketten!“

Ben lief zum nächsten Stand. Hier gab es Ketten, Armbänder und Ringe. Er fuhr mit der Hand hindurch. Sie hatten geschnitzte Tiere aus bunten Mineralien als Anhänger. Dann drehte er sich um und schien wieder etwas gefunden zu haben. William wurde langsam wütend. Er hatte das Gefühl, mit einem Kind unterwegs zu sein. Er nickte einem Bekannten zu und stellte sich neben Ben.

„Du gehst mir auf die Nerven!“, sagte er leise und lächelte die Dame hinter dem Tisch zu. „Wir gehen jetzt weiter!“

„Okay.“

William trat ein paar Schritte zur Seite. Hinter dem nächsten Stand gabelte sich der Weg. Er ging mittig und überlegte, ob er nach links oder rechts gehen sollte. Ben stupste ihn an und zeigte nach rechts. Ganz hinten in der Ecke war ein Stand. Er war etwas kleiner als die anderen und hatte eine Sternschnuppe oben dran. Wie ein Schild sah es aus. Darin war *Sternschnitzereien* eingraviert. Ein Kribbeln lief durch seinen Körper. Von weitem erkannte William nicht, wer sich hinter dem Stand befand. Eine Mütze verdeckte das Gesicht. Ohne auf die Umgebung zu achten, lief er los, den Blick starr auf die große Sternschnuppe gerichtet. Jemand packte ihn am Arm. Er wurde herumgerissen, sein Kopf schoss auf die linke Seite.

„Guten Tag, welch ein Glück, dass ich Sie getroffen habe!"

William riss sich los. Der ältere Herr lachte ihn an. Er zog seinen Mantel glatt, bevor er losschimpfte: „Wer sind Sie? Und warum halten Sie mich fest?"

Er versuchte, den Blick auf dem Holzstand zu halten. Der Mann sah betreten zu Boden.

„Verzeihen Sie", stammelte er. „Ich dachte, Sie wären der Sohn meines Bruders. Wir treffen uns auf dem Weihnachtsmarkt. Eine schöne Tradition. Es tut mir leid. Ich bin sehr aufgeregt."

„Nächstes Mal schauen Sie genauer hin!"

Er wandte sich ab und eilte weiter auf den Stand zu. Die gemurmelte Entschuldigung ignorierte er. Der Geruch des Glühweins drang in seine Nase, rechts standen mehrere Männer im Kreis und prosteten sich mit den Weihnachtstassen zu. Ben trat neben ihn.

„Willst du einfach zu dem Stand gehen? Was willst du sagen?“

Der Kommissar blieb stehen. Ben hatte recht. Er hatte sich nicht überlegt, was er sagen könnte. Er war direkt auf den Stand zugelaufen. Ben zog William in Richtung dem Flammkuchenstand. Mit der Dame hinter dem Stand tauschte er ein Lächeln aus, bevor er William so hindrehte, dass der den Holzstand beobachten konnte. Ben stellte sich mit dem Rücken zu ihr.

„Also. Wie gehst du vor?“

William kam sich wie ein Kind vor, dass vor lauter Aufregung nicht loslaufen durfte. Etwas lief hier gerade schief.

„Ich gehe hin und schaue mir an, was sie so anbieten. Dann spreche ich mit dem Mann, der dort in beim Stand arbeitet, frage ihn ein bisschen aus. Woher er kommt. Welches Holz er da verwendet. Fertig.“

„Gut. So machst du das. Aber zuerst essen wir!“

„Sag mal, spinnst du? Wir gehen sofort zu diesem Holzstand! Essen kannst du später!“

„Nein. Schau dich um. Es ist Mittagszeit. Fast alle haben etwas zu essen in der Hand. Und außerdem bist du gerade nicht in der Lage, vernünftig zu denken! Ich will nur nicht, dass du einen Fehler machst. Der Mann ist gefährlich. Er hat schon vier Frauen ermordet! Und du bist zu aufgedreht!“

William atmete tief durch. Bens Worte waren hart, aber korrekt. Er wollte den Mann am liebsten sofort verhaften.

Doch er hatte keine Beweise, nur sein Bauchgefühl. Es gab die These von Klaus und die Abdrücke am Hals der Frauen. Roland war davon überzeugt. Sie jagten einen Serienmörder. Dennoch würde er später mit Ben schimpfen. Für diese Ansprache.

„Einverstanden. Wir essen und beobachten den Stand. Sind wir fertig, laufen wir rüber und sprechen den Mann an.“ Aus der Tasche seines Mantels zog er seinen Geldbeutel. Ben strahlte. Er griff nach der Karte und fuhr sie mit dem Finger ab. „Such dir was aus. Ich zahle. Bring mir einen vegetarischen Flammkuchen mit.“

Er drückte Ben einen Zwanziger in die Hand, drehte sich ein bisschen am Stehtisch hin und her. Sein Blick blieb auf den Holzstand gerichtet. Soweit er sah, war nur eine Person hinter dem Stand. Dann tippte er auf das Funkgerät in seinem Ohr.

„Flo, wo steckst du?“, sagte er. Ein Rauschen, ein Knacken und die dunkle Stimme des Hünen antwortete ihm: „Ich stehe ein paar Meter hinter dir. Ich trinke einen Glühwein. Samuel und Roland stehen nicht weit von mir. Wir beobachten den Holzstand seit einer halben Stunde. Eine Frau steht hinter der Theke. Nichts Auffälliges. Du?“

William schluckte. Er war enttäuscht. Er hatte angenommen, dass ein Mann bei dem Stand arbeitete. Der Serienkiller. Von ihm eingekreist wie die Beute eines Adlers. Er wollte zuschlagen, jetzt. Mit brüchiger Stimme antwortete er: „Bin mit Ben am Flammkuchenstand. Wir essen, dann gehen wir zum Holzstand. Ich sehe von hier aus, dass vorne Sterne stehen, in unterschiedlichen Größen. Der Rest scheinen Holzbrettchen und verschiedene Figuren zu sein.“

„Stimmt. Die Sterne stehen rechts. Kaufst du einen?“
„Ja. Das Labor soll uns bestätigen, dass es dasselbe Holz ist.“

„Vorsicht heiß!“ Ben kam wieder und erschreckte ihn. Auf den Tisch stellte er zwei Flammkuchen vor sich ab. Einer war vegetarisch, der andere hatte alles mögliche drauf. William erkannte Pilze, Speck, Lauch und Käse.

„Flo, sei bereit. Wenn sich in den nächsten Minuten etwas ändert oder ein Mann hinter dem Stand auftaucht, sag Bescheid.“

„Ja. Guten Appetit euch.“

William zog sich seinen Flammkuchen heran. Er schmeckte hervorragend. Ben hatte seinen zur Hälfte verschlungen. Der nächste Bissen war heiß, fast spuckte er das Stück wieder aus. Mit Tränen in den Augen öffnete er die Wasserflasche und schluckte alles hinunter. Sein Blick fiel auf Ben. Ihn schien das nicht zu stören. Er hatte den Flammkuchen schon verputzt.

„Schmeckt er dir nicht?“, fragte Ben und putzte sich mit der Serviette den Mund ab.

„Zu heiß“, brummte William. Er pustete, bevor er wieder abbiss. Diesmal ging es. Vorsichtig aß er den Rest auf. Menschen drängten sich in den Stand, es wurde ihm unangenehm.

„Los, wir gehen zum Holzstand. Ich will endlich wissen, ob Walters Freund diese Holzsterne geschnitzt hat. Flo, hörst du mich? Wir laufen rüber.“

„Alles klar. Wir bleiben auf Position.“

„Komm Ben!“

William stapfte los. Der Schnee unter seinen Füßen war matschig und dunkel. Er wollte nicht ausrutschen. Vor dem Stand waren mehrere Menschen. Das kam ihm gelegen. Zuerst wollte er sich unauffällig umsehen. Ben war direkt hinter ihm. Er stellte sich an die linke Seite, weg von den Sternen, seinem Ziel. Vor ihm standen fein geschnitzte Tiere aus Holz. Daneben standen weihnachtliche Symbole. Der Schneemann hatte sogar ein Gesicht. Auf die Tannenbäume warf er einen zweiten Blick. Feine Linien deuteten die Äste an. In der Mitte des Standes war eine Erhöhung. Dort lehnten Bretter aus Holz, wie man sie zum Essen oder Schneiden verwendete.

„Hallo, kann ich Ihnen weiterhelfen?“

Als William seinen Blick von den Holzbrettchen nach oben richtete, sah er, dass die Frau vor ihm stand. Sie lächelte ihn an, ihre Mütze verbarg ihr halbes Gesicht. Ihre Hände waren in Stulpen gehüllt. Die Finger färbten sich langsam bläulich.

„Wer hat all diese Figuren auf die Brettchen gezeichnet?“

„Das war ich“, sagte sie und schaute verlegen auf den Boden. „Ich habe die letzten Wochen jeden Abend die Zeichnungen gemacht. Mein Neffe hat die Figuren ausgesucht. Er liebt sie alle. Mickey Mouse, Snoopy, die Simsons, Nemo und Super Mario.“

„Sie sehen echt toll aus. Wie alt ist er?“

„Sieben“, sagte sie und lächelte. „Er ist verdammt süß. Meine Schwester hat großes Glück mit ihrem Mann. Und ich liebe Weihnachtsmärkte. Deshalb bin ich hier.“

„Ich liebe sie auch. Die Märkte haben ihren eigenen Charme. Die Gerüche, die vielen Menschen und der Schnee. Es ist wunderschön."

„Sorry", sagte ein Mann neben William. Er unterbrach ihr Gespräch rüde, ohne sich weiter darum zu scheren. „Ich will die beiden Brettchen und den Elefanten kaufen."

„Natürlich. Das macht 28 Euro, bitte", sagte die Frau und nahm die Brettchen, auf die der Mann zeigte. „Soll ich sie in eine Tüte packen?"

„Gern. Hier bitte sehr. Der Rest ist für Sie."

Der Mann drückte ihr 30 Euro in die Hand und deutete ein Lächeln an. Sie nahm den Elefanten von der Theke und legte ihn gemeinsam mit den Brettchen in eine Tüte. Galant überreichte sie diese dem Mann. Er bedankte sich und wandte sich ab.

„Möchten Sie auch ein Brettchen erwerben?", fragte sie William. Der war in seine Gedanken versunken und reagierte erst, als Ben ihn anstupste und ihm zuflüsterte: „Du hast die Frage nicht beantwortet."

„Oh ja, Entschuldigung. Ich habe nachgedacht. Das Brettchen mit Winnie Puh hätte ich gern für meine Frau. Was ist mit den Sternen? Wie teuer sind sie?"

William schob Ben zur Seite und beugte sich zu den Sternen. Auf diesen Moment hatte er schon gewartet. Es gab sie in drei Größen. Der mittlere sah denen ähnlich, die sie bei den Frauen gefunden hatten.

„Der Preis ist gestaffelt: der kleine kostet 10 Euro, der mittlere 15 und der große 20. Auf Wunsch graviere ich

Ihnen einen Buchstaben in die Mitte. Für ein ganz individuelles Geschenk."

William durchfuhr es kalt. Ben atmete hörbar durch die Nase. Ein Buchstabe in der Mitte der Sterne. Es fühlte sich an wie ein Schlag mit dem Hammer.

„Machen Sie das mit einem Messer?", fragte er und versuchte, nicht zu aufgeregt zu klingen.

„Nein", sagte die Frau und lachte. Sie deutete auf den Lötkolben neben sich. „Damit graviere ich die Buchstaben ein. Mit einem Messer bin ich zu ungeschickt."

„Aus welchem Holz sind die Sterne geschnitzt? Darf ich ihn anfassen?"

„Klar, nehmen Sie ruhig einen. Sie sind alle einzigartig."

Der Hauptkommissar ließ sich das nicht zwei Mal sagen. Er nahm einen der mittleren Sterne und zeigte ihn Ben. „Was denkst du? Streich mal über das Holz. Es fühlt sich wie die Sterne an, die wir gefunden haben."

„Die Sterne sind aus Ahornholz. Mein Schwager holt es immer aus dem Schwarzwald. Von einem lokalen Händler. Er ist sehr begabt, was das Schnitzen angeht. Die Figuren hat er alle selbst geschnitzt, auch die Sterne. Sie sind sein größter Stolz."

Ben nahm William den Stern aus der Hand. Er hielt ihn unter die Laterne und strich mit dem Finger über das Holz. „Er nutzt dafür ein Messer oder?"

Die Frau lächelte. „Gut erkannt. Die Riefen sind unverwechselbar. Sein Messer ist ihm heilig. Er trägt es jeden

Tag mit sich herum. Ich habe ihn noch nie ohne es gesehen."

William nickte. In einem Gespräch hatte Christine das erwähnt. Ein Jagd- oder Klappmesser. Wer Holz schnitzte, war immer bereit und trug ein Messer bei sich. „Ich nehme ihn mit."

„Das macht dann 15 Euro."

William gab ihr einen Zwanziger und lehnte das Rückgeld ab. Er nahm den Stern und ließ ihn in seine Manteltasche gleiten. Mit Ben tauschte er einen vielsagenden Blick aus.

„Vielen herzlichen Dank! Ich freue mich, der sieht echt toll aus. Und sagen Sie ihrem Neffen einen Gruß, die Figuren hat er gut ausgesucht!"

„Danke, das mache ich."

Ben murmelte einen Gruß und schlenderte zum nächsten Stand. William folgte ihm. Er rutschte jedoch auf dem Schnee fast aus und konnte sich gerade noch fangen. Schmerz durchfuhr seine Finger. Ein Holzsplitter steckte darin. Blutstropfen quollen hervor.

„Scheibenkleister!", fluchte er laut und hielt sich die Hand nach oben. Ben wirbelte herum. „Alles okay. Nur ein Splitter!"

„William, was ist los?", tönte ihm die Stimme von Florian in seinem Kopf. Er hielt sich sein Ohr, er war erschrocken, als der Hüne in sein Ohr brüllte.

„Ich hab einen Splitter in der Hand! Und das blutet! Noch Fragen?!", schimpfte der Hauptkommissar. Ein Mann von dem Stand mit den Kerzen kam herbeigelaufen und hielt ihm ein Tuch entgegen.

„Nehmen Sie das. Stoppt die Blutung.“

„Danke“, brummte William und nahm es dankend an. Ihm war die ganze Sache peinlich. Mehrere Menschen kamen zu ihnen und wollten helfen. Er lehnte ab. Mit dem Tuch um seine Hand gewickelt schob er sich an allen vorbei. Florian trat zu ihm heran und die Menschen wichen zurück. Er hatte kein Wort von sich gegeben. Seine hünenhafte Gestalt reichte aus.

„Ben, bring mich hier weg. Ich brauche diese Aufmerksamkeit nicht!“

William war wütend auf sich. Das hätte nicht passieren dürfen. Er folgte Ben zum Wagen. Mit der unverletzten Hand zog er die Schlüssel aus der Hosentasche und warf sie Ben zu. Der fing sie geschickt auf. Während der Fahrt sprachen die beiden kein Wort. Im Revier lief er, ohne auf Ben zu warten, in die Pathologie. Wie er vermutet hatte, stand Klaus im Raum und beugte sich über eine Leiche.

„Hallo Klaus“, sagte William leise. Der Rechtsmediziner drehte sich nicht um, sagte kein Wort. Er machte ein paar Schritte zum Schrank. Klaus schien eine Ahnung zu haben, wohin er wollte.

„Was machst du da?“

„Ich brauche eine Pinzette und einen Verband.“

Mehr konnte er nicht sagen, denn Klaus drehte sich um und eilte zu ihm. „Du sollst doch auf dich aufpassen!

Wo zum Henker steckt Ben? Flo hat mir gesagt, ihr wart zusammen!“

„Beruhige dich! Ich bin im Schnee ausgerutscht und habe einen Splitter im Finger. Kannst du den bitte entfernen und mir die Wunde verbinden?“

„Eins nach dem anderen. Setze dich auf den Stuhl. Dann schaue ich mir das erstmal an.“

Hinter den beiden öffnete sich die Tür und Ben trat fröhlich pfeifend ein.

„Wo warst du? Der Kommissar ist verletzt.“

„Ich habe den Wagen geparkt“, verteidigte sich der Assistent. „Er wollte, dass ich ihn hierher bringe und nicht ins Krankenhaus.“

„Einen Splitter aus der Hand zu ziehen, ist keine Kunst. Ich hätte erwartet, dass du das vor Ort machst.“

„Und wie soll ich ohne eine Pinzette den Splitter ziehen? Außerdem hatte ich keinen Erste-Hilfe-Kasten in der Hosentasche!“

„Ein kluger Rechtsmediziner hat eine solche Tasche immer bei sich! Du weißt nie, wann man sie braucht!“

„Könnt ihr mir jetzt endlich den Splitter aus der Hand ziehen, das tut verdammt weh!“, schimpfte der Hauptkommissar und verzog das Gesicht. Klaus und Ben starrten sich an, dann eilte Ben zum Schrank. Er zog einen Verbandskasten heraus. Die Pinzette lag obenauf. Mit ihr bewaffnet drehte er sich zu William um. Bei dem irren

Blick wurde es William ein wenig mulmig. Klaus bat ihn, die Hand mit dem Splitter auf den Tisch zu legen.

„Das Handtuch hat das Blut aufgesogen. Ich nehme es jetzt weg."

William setzte sich aufrecht hin und versuchte, ruhig zu atmen. Ben stellte sich neben Klaus. Der zog das Handtuch auseinander. Aus seiner Hand ragte der Splitter heraus, Blut bildete eine Pfütze und begann zu trocknen.

„Der ist ziemlich groß", bemerkte Klaus und inspizierte die Wunde.

„Hab ich gesehen!", sagte William und schloss seine Augen. Er wollte nicht hinsehen, wenn Klaus den Splitter zog.

„Ich zieh ihn jetzt raus!", verkündete Klaus und im selben Moment schoss ein tiefer Schmerz durch seine Hand. Er starrte auf sie, Blut quoll aus der Wunde hervor. Klaus stand triumphierend da und hielt den Splitter mit der Pinzette hoch. Er legte ihn in eine kleine durchsichtige Schale.

„Ben, holst du das Papier? Ich will die Wunde reinigen, bevor ich sie verbinde."

Der junge Mann sprang schnell durch den Raum und holte das gewünschte Papier. Es sog das austretende Blut aus der Wunde. Dann nahm er das Desinfektionsmittel und tropfte es auf ein weiteres Stück Papier. Er drückte es fest auf die Wunde. Sein Gesicht verzerrte sich, als William aufschrie.

„Bist du wahnsinnig? Das brennt höllisch! Kannst du mich nicht vorwarnen?!"

„Wozu? So macht es mehr Spaß!" Klaus grinste und wischte das restliche Blut von Williams Handfläche. Er nahm einen Verband und einen Wattebausch aus dem Kasten. Den legte er auf die Wunde und wickelte den Verband darum.

„So gut wie neu!", sagte Klaus und schenkte William ein Lächeln. Der seufzte und bedankte sich. Ben tänzelte um ihn herum.

„Was machst du jetzt mit dem Splitter?", fragte er.

„Wegschmeißen, was sonst?"

„Naja. Du könntest ihn aufhängen!", sagte Ben grinsend.

„Hast du einen Knall? Die Wunde wird mich noch eine Weile begleiten. Wozu soll ich den Splitter aufhängen? Ich sehe doch, was passiert ist!"

William stand auf. Er warf einen bösen Blick in Bens Richtung.

„Ich gehe jetzt zum Labor. Die sollen mir sagen, ob es dasselbe Holz ist, wie bei denen, die wir gefunden haben. Ich habe einen auf dem Markt gekauft."

Mit diesen Worten verlies er die Gerichtsmedizin. Hinter ihm fiel die Tür ins Schloss. Er atmete tief durch und schaute sich den Verband an. Sah professionell aus. Er marschierte den Gang entlang. Auf dem Weg zum Labor traf er mehrere Beamte, die er nur kurz grüßte. Die fragenden Blicke ignorierte er. Über diese peinliche Sache wollte er kein Wort verlieren. Die Tür zum Labor öffnete von selbst. Er trat ein und blieb nach einigen Schritten stehen.

„Guten Tag, Herr Herle! Was verschafft mir die Ehre?“, rief eine helle Stimme. Natascha kam hinter einem der Tische hervor. Ihr weißer Laborkittel war voller bunter Flecken. Ihr Lachen machte sie noch jünger, als sie schon war. William wusste ihr Alter aus der Akte. Sie war gerade erst 30 Jahre alt geworden.

„Hallo Natascha“, sagte er. „Wie geht es Ihnen?“

„Wunderbar. Ich habe eben eine sehr schwierige Analyse beendet. Was kann ich für Sie tun?“

„Ich war vorhin auf dem Weihnachtsmarkt. Meine Tochter hatte einen heißen Tipp. Da bin ich über einen Stand mit Schnitzereien aus Holz gestolpert. Ich kaufte diesen Stern.“ William zog mit seiner verbundenen Hand den Stern aus seiner Tasche. Es brannte, daher verzog er das Gesicht.

„Was ist mit Ihrer Hand passiert?“, fragte Natascha entsetzt und nahm ihm den Stern mit spitzen Fingern ab. Sie legte ihn auf eine saubere durchsichtige Schale. „Ein schöner Stern. Handgeschnitzt. Die Maserung verläuft schräg und die gelbliche Farbe lässt ihn strahlen.“

„Ich habe mir einen größeren Splitter in die Hand gejagt. Klaus hat die Wunde verbunden. Können Sie mir bestätigen, dass es sich um dasselbe Holz handelt wie bei den Sternen der toten Frauen?“

„Hat der Herr Wagner sie auch desinfiziert? Nicht, dass sich etwas entzündet!“ Sie sah ihn bestürzt an. William nickte, damit war sie zufrieden.

„Ja, ich werde das Holz analysieren. Es dauert ein paar Stunden. Ich rufe Sie an, wenn ich das Ergebnis habe.“

„Danke. Bitte beeilen Sie sich. Ich muss wissen, ob es dasselbe Holz ist. Vielleicht ist das eine Spur zum Täter. Es kann sein, dass er die Sterne als eine Art Reue bei den Frauen ablegt. Und ich will ihn fassen, bevor er die fünfte Frau erdrosselt!“

„Ich gebe Gas. Sie bekommen die Ergebnisse bis heute Abend! Und Sie ruhen sich aus. Nehmen Sie ein paar Vitamine, das fördert die Wundheilung.“

William deutete eine Verneigung an und verließ das Labor. Zurück bei seinem Büro stoppte er kurz vor der Tür. Er drehte um, stapfte zur Küche. Dort fand er eine große Schale voller Obst. Er griff nach einer Banane und stellte eine Tasse unter die Kaffeemaschine. Das Geräusch beruhigte ihn.

Mit dem dampfenden Becher und der Banane in der Hand kehrte er zurück. Er setze sich an seinen Schreibtisch. Seine Notizen zu den Fällen lagen ganz oben in den Akten. Er zog sie heran und trank seinen Kaffee und dachte über das Geschriebene nach. Als die Tasse leer war, aß er die Banane. Die Schale warf er in den Mülleimer. Sein Blick fiel auf die Pinnwand. Er kam dem Täter näher, das spürte er. Die Bilder der lächelnden Frauen erinnerten ihn an seine Aufgabe.

Er beschloss, die Akten erneut zu lesen. Lars hatte ihm die alten Fälle auf den Tisch gelegt. Die wollte er prüfen, ob sich Parallelen zu den Neuen fanden. Bis die Ergebnisse aus dem Labor kamen, würde es ein paar Stunden dauern.

18. Dezember

Sonntag auf Montag

Er sah auf die Uhr und fragte sich, wo die Zeit abgeblieben war. Mit einem kurzen Gong schlug es drei Uhr in der Nacht. Sein Glas war halb leer. Das fünfte Bier, wenn er richtig gezählt hatte. In der Bar war viel los. Laute Musik dröhnte ihm in den Ohren. Die jungen Leute tanzten und tranken einen Drink nach dem anderen. Er kippte den Rest seines Bieres in einem Zug hinunter.
Beim Aufstehen schwankte er leicht. Zu viel Bier und nichts gegessen. Keine gute Idee. Er hielt sich an der Theke fest und schloss seine Augen. Ihm war schwindelig. Als er sie wieder öffnete, atmete er durch. Der Barkeeper schob ihm eine Schüssel mit Nüssen zu, grinste und nickte. Er war ihm dankbar. Schnell griff er zu und warf sich eine Handvoll in den Mund. Beim Kauen merkte er, wie gut ihm das tat. Er nahm sich noch ein paar. Sie schmeckten salzig. Mit einer dritten Hand voller Nüsse ging er von der Theke weg, um seine Jacke zu holen. Er sollte nach Hause zu seiner Frau. Auf seinem Handy waren fünf verpasste Anrufe, als er die Bar verließ. Seine Frau hatte ihn angerufen. Er steckte das Handy zurück in seine Tasche und machte seine Jacke zu. Nachts war es verdammt kalt. Es schneite leicht. Rund 70 Zentimeter Schnee lag auf den Wegen, auf die Seite geschoben von Baggern. Er setzte seine Mütze auf.

Die Bar war am Ende der Straße, versteckt zwischen kleinen Läden. Von außen unscheinbar, doch innen war sie gemütlich. Er war gerne dort, sein Rückzugsort, um nachzudenken. Meist zur selben Zeit, es überkam ihn mit den Mondphasen. Auch heute leuchtete der Mond hell und voll am dunklen Himmel. Er fühlte sich wie ein Werwolf. Irgendetwas passierte in diesen Tagen mit ihm. Er konnte es sich nicht erklären.

An der Ampel blieb er stehen. Weit und breit kein Auto in Sicht, doch das rote Licht leuchtete hell. Er beschloss, es zu ignorieren, und lief über die Straße. Seine Schritte hallten auf dem Gehweg durch die Stille. Der Bahnhof war hell erleuchtet. Eine S-Bahn fuhr gerade ein und hielt am vorderen Gleis. Nicht viele Menschen stiegen aus. Er wandte sich ab und eilte mit gesenktem Kopf weiter. Hinter sich hörte er Schritte, kleine, schnelle, wie die einer jungen Frau.

Er verlangsamte seine Schritte, blieb an einer Tafel stehen, tat, als würde er sie lesen. Aus dem Augenwinkel sah er die Gestalt näher kommen. Der leichte Wind schob ihre Kapuze der Jacke ein Stück nach oben. Blonde Strähnen blitzten hervor. Ihr Gesicht war im Licht der großen Laterne deutlich zu erkennen. Sie war es. Ohne Zweifel.

„Alice?“, fragte er und drehte sich zu ihr um. Die Frau stoppte, sah ihm in die Augen und wandte sich ab. Sie lief an ihm vorbei. Er sah ihr Gesicht. Die blonden Strähnen umschmeichelten es. Sie war so hübsch, seine kleine Tochter. Er griff nach ihrem Arm, wollte sie an sich ziehen.

„Lassen Sie los, was soll das?“, schrie sie auf.

„Alice, du brauchst keine Angst vor mir zu haben. Ich bin es, Papa!“

„Ich heiße nicht Alice! Loslassen!“

Er wurde wütend. Sie widersetzte sich ihm. Das durfte sie nicht. Auf dem Schnee hatte sich eine Eisplatte gebildet. Als die Frau sich wendete, rutschte er darauf aus. Er ließ sie los und fiel auf seine linke Hüfte. Schmerz schoss durch seinen Körper. Die Frau rannte los, er hörte die Schritte im Schnee. Mit der Hand stützte er sich ab und stand auf. Weit war sie nicht gekommen, der halbe Weg schien vereist zu sein, denn sie lief langsamer. Er folgte ihr, achtete bei seinen Schritten auf den eisigen Schnee, um nicht wieder zu fallen. Gleich hatte er sie eingeholt.

„Alice, bleib stehen! Hab keine Angst!“

„Nein! Nein! Nein!“ Sie fing an zu schreien und zu weinen, schlug um sich. Er duckte sich, bevor sie ihn mit der Tasche erwischen konnte. Sein Kopf brummte. Die Schreie pochten in ihm, er konnte sich nicht konzentrieren. Seine Tochter verschwamm vor seinen Augen. Er schlang seine Arme um die Frau, um sie festzuhalten. Sie fielen um, mitten in einen Haufen aus Schnee.

„Verdammt!“

Er stand auf und klopfte sich den Schnee von der Hose. Die Frau drehte sich um. Enttäuscht starrte er auf eine Fremde. Seine Tochter war weg. Ihr Bild war nur eine Erinnerung. Er fiel auf die Knie und starrte in den dunklen Himmel.

„Alice, oh, Alice! Mein kleiner Engel! Warum bist du nur gegangen? Ich vermisse dich, mein Schatz!“

Er hob die Arme und Tränen liefen über seine Wange. Müde war er, wollte sich am liebsten in den Schnee legen und einfach einschlafen. Vergessen, wie sehr er seine kleine Tochter vermisste. Er nahm eine Bewegung wahr. Die Frau holte aus und wollte ihn mit einem Stein schlagen. Er wich aus, setzte sich mit dem Hintern in den Schnee. Seine Hose wurde feucht. Brummend stand er auf und griff nach ihrem Arm. Er drehte ihn um, auf ihren Rücken. Sie schrie auf und ließ den Stein fallen. Der pochende Schmerz in seinem Kopf wurde schlimmer. Ein Schrei war für ihn wie ein Dolch, den man irgendwo reinrammte.

„Sei still!“, brüllte er sie an. Sie dachte nicht daran, schrie noch lauter. Er drückte sie nach unten auf den Boden. Die plötzliche Stille klingelte in seinen Ohren. Sie wehrte sich und bekam ihr Gesicht wieder aus dem Schnee. Er ließ sie los und hielt sich die Ohren zu. Ihr Schrei war laut und schrill. Sie sollte einfach still sein.

„Halt endlich die Klappe!“, schrie er zurück. Mit wachsender Verzweiflung griff er zu. Drückte seine Hände auf den Hals der Frau. Ihre Augen waren voller Angst, in der Gewissheit, dass er sie nicht loslassen würde, bis sie still war. Sie kratzte ihn am Arm, wo seine Jacke nach oben gerutscht war. Er drückte fester, ihre Finger rutschten ab und ihre Augen verdrehten sich. Mit einem Windstoß kippte ihr Kopf zur Seite. Erschrocken ließ er sie los und der Körper der Frau fiel wie ein nasser Sack nach hinten in den Schnee. Zitternd stand er da. Er starrte auf sie herab, konnte sich nicht bewegen. Langsam drang in sein Bewusstsein, was er da eben getan hatte. Er sank auf die Knie und drückte ihre Hand. Sie sah so wunderschön aus, auf ihre eigene Art. Er strich ihr die Haare aus dem Gesicht.

„Es tut mir so leid“, sagte er leise. Irgendwie kam ihm diese Szenerie seltsam vertraut vor. Tief im Innern spürte er, was er tun musste. Aus seiner Jacke zog er einen geschnitzten Stern. Sein Messer hing am Gürtel. Er zog es vor und ritzte einen Buchstaben in das Ahornholz. Den Stern legte er auf ihren Bauch. Auf der oberen Seite war ein C sichtbar.

Knirschender Schnee ließ ihn hochschrecken. Jemand kam den Weg entlang. Er stand auf und warf einen letzten Blick auf die Frau. Ihm war schwindelig. Die kalte Luft hatte ihn wach gemacht, doch nun wirkte der Alkohol nach. Er taumelte, rutschte fast wieder auf dem Schnee aus. Mit einem Fluch rappelte er sich auf. Die Schritte kamen näher. Er packte die Frau am Arm und zog sie in die dunkle Gasse hinein. An der Mülltonne ließ er sie liegen, versteckte sich dahinter. Der Mann lief mit gesenktem Kopf vorbei. Er schaute nicht her. Sein wild klopfendes Herz beruhigte sich nur langsam. Er musste hier weg, stieß sich von der Wand ab, an der er heruntergerutscht war. Schwankend taumelte er die Straße entlang. Die Frau blieb an der Tonne liegen, in der Seitengasse nahe des Bahnhofes. Mit jedem Schritt verdrängte er die Tat und verschwand in der dunklen Nacht.

William hörte das Klingeln seines Handys. Er fand es seltsam. Der Pool war nicht der richtige Ort für ein Handy.

„Geh endlich ran, Will!“, murmelte seine Frau Monika verschlafen. „Das klingelt schon zum zweiten Mal!“

Er griff nach dem leuchtenden Ding. In diesem Moment hörte es auf zu klingeln. Brummend stand er auf und tappte durch die Dunkelheit zur Tür. Das Licht schaltete er nicht an, erst, als er unten in der Küche stand. Er schloss die Augen. Es war zu hell. Beim Öffnen sah er, dass Klaus versucht hatte, ihn zu erreichen. Es war kurz nach sechs Uhr. Viel zu früh. Er drückte auf Wahlwiederholung und hielt sich das Handy ans Ohr.

„Warum rufst du mich so früh an?“, fragte William, als Klaus sich meldete. „Ich bin echt sauer. Wehe, es ist nicht wichtig!“

„Ich stehe vor der Leiche einer jungen Frau“, sagte Klaus, ohne sich zu entschuldigen. „Komm schnell. Auf ihrem Bauch liegt ein geschnitzter Stern. Er hat einen Buchstaben eingeritzt.“

Klaus hatte seine Stimme gesenkt. William schloss seine Augen und wollte es nicht hören.

„Er hat eine weitere Frau getötet“, sagte Klaus leise. „Sie liegt hier vor mir im Schnee. Wann bist du da?“

„Wo wurde sie gefunden?“

„In der Nähe des Bahnhofes. Du wirst uns finden. Lars hat die Straße absperren lassen.“

„Gut. Ich bin in einer halben Stunde vor Ort. Bis dahin soll niemand etwas anfassen!“

„Alles klar. Bis gleich.“

Klaus legte auf und William starrte aus dem Fenster. Im Licht der Laterne sah er, wie es schneite. Auf der Straße lagen zehn Zentimeter Neuschnee. Noch eine Leiche. Das musste ein Ende haben, das schwor er sich.

Schnellen Schrittes huschte er die Treppe hinauf ins Bad. Obwohl es früh war und er seine Familie nicht wecken wollte, musste er duschen. Er brauchte das, um wach zu werden, um sich zu beruhigen. Der Pullover, den er gestern getragen hatte, lag über dem Rand der Badewanne. Er warf ihn in den Wäschekorb. Aus dem Schlafzimmer holte er sich seine Hose und einen frischen Pullover. Mit seinem Kaffee in der Hand lief er zum Auto. Es stand glücklicherweise in der Garage. Die Straßen waren nicht geräumt. Nach ein paar Minuten erreichte er den Bahnhof und ließ das Auto dort stehen.

„Hallo William."

Klaus lehnte an der Mauer eines Hauses. Er trug Gummihandschuhe und seine Mütze war tief in die Stirn gezogen. William trank einen weiteren Schluck Kaffee, bevor er ihn grüßte.

„Wer hat sie gefunden?"

„Ein Passant hat sie auf dem Weg zur Arbeit hier liegen sehen. Er dachte erst, sie sei dort eingeschlafen. Florian schaut sich in der Gasse um, hinter dem Absperrband. Lars hat den Zeugen befragt. Mehr haben wir nicht. Keine Tasche. Ich weiß nicht, ob sie ihren Geldbeutel in der Jacke hat. Wir haben nichts angerührt."

„Danke. Ich will sie sehen."

Klaus nickte. Er ging voraus, um die Ecke. William folgte ihm und blieb am Absperrband stehen. Zwei Mülltonnen standen dort. Die Frau lag halb versteckt an ihnen im Schnee. Sie war die zweite, die achtlos abgelegt worden war. Das bereitete dem Hauptkommissar Sorge. Er duckte sich unter dem Band vorbei.

„Was denkst du?“

„Er war es!“, zischte Klaus wütend. „Der Stern, die Pose, keine Tasche. Was brauchst du noch?“

„Beweise!“

William kniete sich mit Klaus zur Leiche hinab. Sie lehnte mit dem Rücken an der Mülltonne, sah aus, als würde sie nur ruhen. Ihre Augen waren geschlossen. *Friedlich*, schoss es William durch den Kopf. Doch das war es nicht. Sie würde nie mehr lachen oder sich über etwas aufregen. Der Stern lag auf ihrem Bauch. Ein C war eingeritzt.

„Okay. Lars!“, rief der Hauptkommissar und drehte sich um. Der Beamte stand schon hinter ihm. Er streckte William eine Tüte entgegen.

„Herr Wagner hat mir nicht erlaubt, den Stern zu nehmen. Er wollte warten, bis Sie den Tatort selbst inspiziert haben.“

Der nickte beeindruckt und nahm sie ihm ab. Er zog seine Gummihandschuhe aus der Jackentasche und ließ den Stern in die Tüte fallen. Klaus tippte ihm auf die Schulter.

„Ich nehme sie jetzt mit. Oder brauchst du noch einen Moment?“

„Nein. Wie lange ist sie tot?“

„Zwei, drei Stunden. Länger nicht. Die Totenstarre hat noch nicht eingesetzt. Auch die Kälte konnte ihre Kraft nicht voll entfalten.“

Klaus stand auf und rief nach Ben. Der war nicht zu sehen. Stattdessen sah William, wie sich der Österreicher näherte. Das passte ihm gar nicht. Er wollte den Tatort in Ruhe untersuchen. Ohne dass ihm jemand über die Schulter sah. Er seufzte und eilte ihm entgegen.

„Er hat wieder getötet, nicht wahr? Ich habe es über den Funk gehört und bin sofort hergefahren. Darf ich sie sehen, bevor ihr sie mitnehmt?"

„Natürlich. Kommen Sie her."

William ließ ihn gewähren. Er wies Klaus an zu warten. Roland nahm sich Zeit. Er schaute sich die Pose der Frau an, kniete sich nieder. Keiner sprach ein Wort. Der Mann fing an zu husten, entschuldigte sich und sagte: „Ich hatte sehr gehofft, dass wir keine weitere Tote finden. Sie sieht aus wie die anderen. Blonde Haare, schmale Figur. Wo ist der Stern?"

Mit einer Hand hielt William die Tüte hoch. Der Ermittler nickte langsam mit dem Kopf.

„Das ist der selbe. Ich sehe die Struktur. Wann schnappen wir diesen Mann, Herr Herle? Wie kann ich helfen?"

„Er hat bisher keinen Fehler gemacht. Wir haben keine Hinweise auf den Mörder. Ich weiß nicht, wie wir ihn finden sollen!"

„Wenn wir lange genug warten, macht er einen Fehler. Da bin ich mir sicher!"

William schüttelte den Kopf. „Warten ist keine Option! Das muss ein Ende haben!"

„Lasst uns ins Büro fahren und einen Kaffee trinken. Dann reden wir“, tönte hinter den beiden die tiefe Stimme von Florian. Er sah grimmig aus. Seine Hände waren zu Fäusten geballt. William ahnte, was in dem Hünen vor sich ging. Ihm war genauso zumute.

„Einverstanden. Fahren wir. Ich brauche definitiv einen zweiten Kaffee!“

Er schüttelte den Becher, der schale Rest schwappte hin und her. Über Florians Gesicht huschte der Hauch eines Lächelns. Roland nickte und zog seinen Mantel enger. Klaus und Ben hoben die Leiche der Frau auf eine Trage. Zurück im Büro hängte William seine Jacke über den Stuhl. Florian war in die Küche abgebogen, um den Kaffee zu holen. Er sah übermüdet aus. William machte sich Sorgen um ihn. So etwas war er nicht von ihm gewohnt. In ein paar Minuten trafen sie sich mit Christine und Roland für ein Gespräch. Sie mussten etwas finden, um den Mann zu fassen.

Er wandte sich von der Pinnwand ab. In den letzten Minuten hatte er sie angestarrt. Die Akten lagen auf seinem Schreibtisch. Am Samstag hatte er mit Klaus gesprochen, hatte wilde Theorien aufgestellt. Nach dem Abendessen war er spät nach Hause gekommen. Er hatte sich mit einem Glas irischem Whiskey und der Zeitung auf das Sofa gesetzt. Seine Frau schickte ihn ins Bett. Er schob die Gedanken beiseite und nahm die Akten. Im kleinen Zimmer erwartete ihn Florian. Er hatte vier Kaffeetassen in die Mitte gestellt, lehnte am Fenster, starrte hinaus und in seinem Gesicht war keine Regung zu lesen.

„Worüber denkst du nach?“, fragte William und legte die Akten auf den Tisch. Der Hüne antwortete ihm nicht sofort. Er bewegte sich keinen Millimeter.

„Über den Killer. Er sieht jemanden in den Frauen. Die ersten Ergebnisse aus dem Labor sind da. Auch die vierte Frau wurde erwürgt. Mit bloßen Händen. Sie hatte DNA unter ihren Nägeln. Kein Ergebnis bisher.“

„Dann hat sie den Mann gekratzt! Das ist gut. Er muss also Kratzer auf der Haut haben!“

Florian wandte sich vom Fenster ab und setzte sich auf einen Stuhl. Die Tür öffnete sich, als William sich zu ihm setzte. Nach der Psychologin betrat Roland den Raum und schloss die Tür hinter sich.

„Kaffee“, sagte Florian und deutete auf die Tassen in der Mitte des Tisches. Sie waren noch warm, obwohl sie seit zehn Minuten dort standen. Jeder zog sich eine Tasse heran. Die Psychologin trank als Erste einen Schluck.

„Genau das habe ich jetzt gebraucht!“, sagte sie und lächelte. „Nach dem Schock und dem Herumstehen in der Kälte ...“

„Moment, waren Sie auch am Tatort?“, fragte William verblüfft.

„Ja, Herr Herle. Als mich Lars kontaktierte, saß ich am Frühstückstisch. Daher war ich zuerst vor Ort. Und ja, ich konnte nicht schlafen und wollte arbeiten. Die Frau saß da, als würde sie schlafen. Auf ihrem Bauch lag der Stern und ich wusste es einfach. Er war es, nicht wahr? Der Schattenkiller.“

„Wir nennen ihn nicht Schattenkiller!“, polterte William wütend.

„Wie wollen Sie ihn sonst nennen?“, fragte der Österreicher. „Er tötet in der Nacht und wir können ihn nicht fassen! Also ich finde den Namen sehr passend!“

William starrte ihn entgeistert an. Meinte er das ernsthaft? Sein Grinsen schien das zu bestätigen. Florian hielt sich zurück, Christine nickte. „Das sehe ich auch so“, sagte sie und nippte wieder an ihrem Kaffee. Sie schloss ihre Augen genießerisch.

„Wie ihr wollt. Darüber sprechen wir noch!“, sagte William und schob die Akten vor sich her. „Ich will einen Mörder fangen!“

„Wir vermuten, dass es ein Mann im mittleren Alter zwischen 20 und 60. Er ist handwerklich begabt“, schrieb die Psychologin auf ein weißes Blatt Papier. „In den Frauen sieht er jemanden, den er verloren hat. Ich vermute seine Frau oder sein Kind, das er geliebt hat.“

„Ein Kind. Das zerbricht jeden.“

Sie schrieb Rolands Einwurf auf und macht ein Kreuz dahinter.

„Das rechtfertigt keinen Mord.“

„Herr Herle, das ist diesem Mann vermutlich nicht bewusst. Wenn wir davon ausgehen, dass er sein Kind verloren hat, könnte er glauben, es in den Frauen zu sehen. Wenn er ihnen näher kommt, gibt es Unterschiede zu seiner Vorstellung und der Realität. Seine Welt gerät ins Wanken und er will den Fehler auslöschen.“

„Er dreht gerade durch. Die Abstände zwischen den Morden werden kürzer. Er steckt mitten in einer Psychose, das sollten Sie doch am besten wissen!“

„Das wissen wir nicht“, meinte der Österreicher. „Was ist mit den Sternen? Was bedeuten sie ihm?“

Christine schrieb etwas auf das Blatt, bevor sie erwiderte: „Reue. Oder dem Kind waren die Sterne wichtig. Er könnte damit Reue zeigen. Wir brauchen den Namen. Die Buchstaben führen uns zu ihm.“

„Ben sitzt seit Stunden an einer Liste mit Namen. Es sind zu viele. Wir müssen sie eingrenzen.“

„Zeigt mir die Sterne.“

Alle richteten ihren Blick auf Florian. Sein Gesicht verriet nichts. William zog aus seinen Akten die Bilder der Sterne hervor und breitete sie auf dem Tisch aus. Sie ergaben keinen Sinn für ihn.

„Erkennt ihr einen Namen?“ Roland schob die Bilder hin und her. „Welcher Buchstabe war auf dem Stern von heute?“

„Ein C.“

„Hm. Okay. Wie passt das dazu?“ William hielt den Atem an, vergaß, dass er einen Schluck Kaffee trinken wollte. Sein Kopf formte wild die Namen, er ging sie durch, doch keiner schien so recht zu passen.

„Alice“, sagte Christine. „Da. Sehen Sie es?“ Die Psychologin schrieb das C auf ein weiteres Blatt und schob es an die richtige Stelle. William starrte die Bilder der Sterne an und wusste, dass sie recht hatte. Ein schöner Name. Wie das Mädchen in dem Film, das in ein Loch fiel und in einer anderen Welt landete.

„Ich gebe das Lars weiter. Er soll die Namen mit den Leuten abgleichen, die einen Stand auf dem Weihnachtsmarkt und Kinder haben. Das ist unser erster Punkt. Vielleicht landen wir einen Treffer!"

Christine reichte William ihre Notizen. Er legte das Blatt auf den Drucker und erstellte vier Kopien. Roland bedankte sich als einziger.

„Wir kommen nicht vorwärts. Ich hasse diese Phase!" Florians Aussage ließ tief blicken. Er hatte sein Gesicht zu einer Grimasse verzogen und stand im selben Moment auf. „Ich muss mal an die frische Luft."

Mit einem großen Knall fiel die Tür hinter ihm zu. William verdrehte die Augen. „Bitte entschuldigt. Er ist normalerweise nicht so schlecht gelaunt."

„Alice. Alice. Woher kenne ich diesen Namen?", murmelte Roland. Er schob das Papier vor sich her. Als träfe ihn ein Blitz, sprang er vom Sofa auf und rannte aus dem Zimmer hinaus. Wieder knallte die Tür zu. William und Christine warfen sich einen Blick zu.

„Welche Hummel hat den gebissen?", sagte sie lachend. William trank einen Schluck Kaffee und beschloss, ihr ein paar Fragen zu stellen.

„Sie wissen, dass wir nur Dinge annehmen?"

„Ja. Erzählen Sie mir mehr von dem Mann. Wie ist er? Wo könnte er wohnen? Welche Hobbys hat er?"

Er schaute sie erwartungsvoll an. Sie gab sich einen Ruck und begann zu erzählen. Nach und nach formte sich das Bild eines Mannes, dem er lieber in einem Krimi begegnet wäre.

19. DEZEMBER

DIENSTAG

Roland schreckte hoch, wusste im ersten Moment nicht, wo er war. Er schaute sich um. Er musste am Tisch des Hotelzimmers eingeschlafen sein. Sein Nacken knackte gefährlich laut, als er den Kopf nach links drehte. Vor ihm lagen offene Akten und ein zerknülltes Blatt. Sein Kopf brummte, von den drei leeren Bierflaschen könnte es stammen. Er vertrug nicht mehr so viel Alkohol wie früher. Der Gong der Kirche ließ ihn auf die Uhr starren. Sie schlug acht. Zeit für das Frühstück. Sein Magen knurrte. Er konnte sich nicht erinnern, ob er etwas zu Abend gegessen hatte. So sehr hatte er sich in die Akten vergraben.

„Das kann einfach nicht sein!“

Wütend stand er auf und suchte das Wasserglas. Es stand auf dem Nachttisch. Mit ihm in der Hand torkelte er Richtung Bad. Ihm war schwindelig. Zu viel Bier, zu wenig Wasser. Er stützte sich an der Wand ab. Im Bad hielt er ein Glas unter den Wasserhahn und stürzte den Inhalt in einem Zug hinunter. Nach dem zweiten fühlte er sich wacher. Er füllte es zum dritten Mal und kehrte zum Schreibtisch zurück. Sein Laptop war unter den Akten vergraben. Er schob sie beiseite und klappte ihn auf. Der Akku war leer. Fluchend suchte er nach dem Ladekabel, das er in den Tiefen seines Koffers fand. Er stöpselte ihn an. Der Name *Alice* kreiste in seinem Kopf. Er hatte alte Erinnerungen geweckt. An ein junges Mädchen, so viel wusste er noch. Was ihr passiert war, konnte er nicht mehr sagen.

„Hallo, Jürgen“, sagte er, als sich sein Kollege am Telefon meldete. „Ich brauche deine Hilfe. Erinnerst du dich an einen alten Fall? Das Mädchen hieß Alice, mehr weiß ich nicht mehr.“

„Du hast Urlaub, was interessiert dich so ein alter Fall?“

„Stimmt. Aber ich bin auf etwas gestoßen. Der Name kommt mir so bekannt vor. Außerdem brauche ich die Akten. Du musst mir alle einscannen. Die von den Frauen und den Sternen. Sie sind ungelöst. Ich will sie nochmal lesen. Hier in Spullberg gibt es fünf Leichen. Bei jeder lag ein Stern, der einen Buchstaben eingeritzt hatte.“

„Das ist schrecklich. Aber du hast meine Frage nicht beantwortet.“

„Ich ermittle. Die Fälle bei uns und diese hier in Spullberg hängen zusammen. Wenn ich mich nicht täusche, ist es der selbe Täter. Er hat bei uns und hier die Frauen ermordet!“

„Ein Serienkiller? Mach dich nicht lächerlich. Erst soll er bei uns unbemerkt morden und sich dann in ein anderes Land absetzen? Du hast zu viele schlechte Krimis gesehen! Die Frauen sind erfroren, du kennst die Akten!“

„Du irrst dich. Sie wurden ermordet. Ich weiß es!“

„Nein. Das glaube ich nicht. Die Frauen waren leichtsinnig. Im Winter ohne Jacke rauszugehen kann halt tödlich enden. Ich suche dir jetzt die Akten heraus und scanne sie ein. Du gibst ja sonst keine Ruhe. Weißt du noch mehr über den Fall von Alice?"

Roland seufzte und verneinte die Frage. Sein Kollege erzählte eine lustige Geschichte über einen jungen Mann, doch er hörte kaum zu. Er legte auf und griff nach dem Laptop, um seine E-Mails zu checken. Jürgen dürfte nicht lange brauchen, um die alten Fallakten auszugraben. Ein Ping zeigte ihm, dass einige Mails auf ihn warteten. Nichts Wichtiges. Frustriert zog er seine Notizen heran. In der Nacht hatte er sie vertauscht. Seine Angewohnheit, die Seiten mit Zahlen zu versehen, zahlte sich aus. Schnell sortierte er sie richtig.

Ein weiteres Ping ließ ihn aufschauen. Jürgen hatte die Akte gefunden und sie ihm geschickt. Beim Anblick des Fotos lief es ihm kalt über den Rücken. Die Erinnerung an den Fall kehrte mit einem Schlag zurück.

Er stand im tiefen Schnee am Rande des zugefrorenen Sees, starrte über das Eis. Auf dem Hügel wuchsen Tannen. Die Sonne verschwand hinter dem anderen Ufer, ließ den Schnee glitzern.

„Roland, wir sind so weit."

Die Stimme riss ihn von dem wunderschönen Anblick los. Er drehte sich um. Jürgen stand am Rande des Sees und schaute zu ihm hoch. Roland ging langsam zu ihm. Der Schnee war rutschig. Er musste aufpassen, dass er den Weg bis zum See nicht hinunterrutschte. Unten starrte er auf das Eis. Fest sah es aus, doch er wollte nichts riskie-

ren. Jürgen zeigte nach rechts. Dort standen zwei alte Buchen direkt am See.

„Der Rechtsmediziner ist auf dem Weg."

Roland nickte. Das Mädchen lag etwa einen Meter entfernt auf der Eisfläche. Sie war jung, musste ins Eis eingebrochen sein. Ihre Arme streckten sich nach vorn, in seine Richtung. Kurz dachte er, das Mädchen würde sie anheben, damit er sie aus dem eisigen Wasser zog. Doch es war zu spät. Sie war erfroren. Ein leises Weinen lenkte seine Aufmerksamkeit auf die junge Frau, die auf einem Baumstamm saß. Sie wischte sich die Tränen von der Wange, bevor sie auf ihren schwarzen Mantel tropften.

„Hallo."

Die Frau schniefte und schaute nur kurz hoch. Ihre Tränen liefen. Er beschloss, sich zu ihr zu setzen. Der Baumstamm war kalt. Er fröstelte. Wie ein Großvater legte er seinen Arm um ihre Schulter. Sie lehnte sich an ihn und schniefte erneut.

„Sie ist einfach eingebrochen." Ihr Flüstern war so leise, dass er sie kaum verstand. Er drückte sie kurz. „Sie ... sie wollte auf dem See Eislaufen. Jedes Jahr machen wir das. Und ... und sie ist gefahren und hat sich gefreut und plötzlich ... hat es gekracht und sie schrie. Laut. Schrill. Ich ... ich konnte ihr nicht helfen. Sie ist ins Wasser gefallen und war weg. Einfach weg."

Die Frau fing wieder an zu heulen. Roland hielt sie fest. Ihm war kalt. Jürgen kam näher. Er wirkte grimmig. Irgendetwas schien ihn aufzuregen. Das sah er sofort.

„Der Rechtsmediziner will nicht auf das Eis. Kannst du dir das vorstellen? Er hat Angst, einzubrechen. Sogar der Notarzt ist darauf gelaufen und es ist nichts passiert!“

Roland zuckte nur leicht mit den Schultern. Er hatte keine Wahl, sie mussten das Mädchen vom Eis herunterholen. Jürgen brummte vor sich hin. Der Rechtsmediziner kam und betrat unter lautem Protest das Eis auf dem See. Es krachte unter seinen Schuhen, doch es hielt. Die junge Frau in seinem Arm fing wieder an zu heulen, die Tränen liefen über ihre Wangen herab. Er beschloss, sie wegzubringen, und stand auf. Sie schwankte und stand ebenfalls auf. Roland winkte einen Beamten zu sich und bat ihn, die Frau nach oben zum Weg bringen. Sie blieb auf halbem Weg stehen und schaute zurück auf das Eis. Ihre Tränen wischte sie mit dem Tuch ab, bevor sie weiter den Hang hinaufstieg.

„Und?“

Jürgen zog hastig an seiner Zigarette. Er schüttelte den Kopf. „Sie war so jung. Und dann reißt sie ein Unfall einfach so aus dem Leben. Das ist nicht fair!“

Er zog erneut an der Zigarette und warf den Stummel in den Schnee. Mit einem Zischen löschte sie sich. Roland stimmte ihm still zu. Sie schauten zu, wie das Mädchen aus dem Loch gezogen und an das Ufer gebracht wurde. Der Rechtsmediziner schimpfte unentwegt vor sich hin. Roland näherte sich den beiden. Sie trug Schlittschuhe und eine rote Jacke. Als der Rechtsmediziner wieder sicher auf dem Boden stand, kam er direkt auf die Ermittler zu.

„Ich kann Eis nicht leiden! Ruft mich nicht wieder an, wenn ihr jemanden aus dem Eis ziehen müsst! Ich fahre

jetzt zurück und trinke einen Kaffee. Heute Nachmittag bekommt ihr das Ergebnis! Sie ist im eisigen Wasser ertrunken. So viel ist sicher."

Roland bedankte sich, doch der Rechtsmediziner hörte ihm nicht zu. Er stapfte den Hang hinauf, half mit der Leiche des Mädchens und verschwand. Jürgen machte ein paar Schritte nach vorne.

„Pass auf, dass du nicht einbrichst."

„Danke für die Warnung, aber ich kann gut auf mich selbst aufpassen! Es wird dunkel. Lass uns gehen. Hier gibt es nichts mehr zu sehen."

Jürgen atmete tief durch und stapfte als Erster den Hang hinauf. Roland warf einen letzten Blick auf den See. Dieser Anblick würde ihn jetzt für immer an den Tod des Mädchens erinnern. Er eilte hinauf und zu Jürgen, der beim Auto auf ihn wartete.

Zurück im Büro war die Stimmung getrübt. Jürgen saß am Schreibtisch und starrte auf den Bildschirm. Der war ausgegangen, Roland sah sein Spiegelbild, als er vorbeilief. Er brauchte einen Kaffee. Der Psychologe sprach mit der jungen Frau. Sie hatte den Namen des Mädchens bisher nicht genannt, nannte sie nur ihre kleine Schwester. Aus ihrem Ausweis wusste er, dass die junge Frau Samira hieß. Ohne den Namen konnte er die Eltern nicht anrufen. Eine Aufgabe, die er nicht gerne übernahm. Ihnen zu sagen, dass ihr Kind tot war, ist eine Sache, die immer viel Leid zufügte. Manche weinten, schrien ihn an und wollten es nicht glauben. Man hätte erst vor Stunden mit ihrem Kind gesprochen, dass könne nicht wahr sein, dass es tot sei. Er schob die Gedanken beiseite und nahm die

Kanne. Der Kaffee schwappte über. Er nahm den Lappen, um die Flecken wegzuwischen.

„Ah, Roland, da bist du!"

Er brauchte sich nicht umzudrehen, um zu wissen, dass der Psychologe hinter ihm stand. Genüsslich trank er einen Schluck Kaffee. Er verzog das Gesicht, denn ohne Milch und Zucker schmeckte er nicht, dann stellte er die Tasse ab und drehte sich um. Toni lehnte am Türrahmen und hielt eine Akte in der Hand.

„Ich weiß, wie das kleine Mädchen heißt. Sie wohnt hier im Ort. Der Vater wurde informiert und ist auf dem Weg. Am besten, wir fangen ihn unten ab und bringen ihn in das Besprechungszimmer."

„Wir?"

„Ja, wir."

Roland war verwirrt. Toni ließ ein Lächeln über sein Gesicht huschen. Er stieß sich vom Türrahmen ab und sagte: „Ich lasse dich nicht mit einem Vater allein, der eben seine Tochter verloren hat. Trauer hat viele Gesichter. Du weißt das selbst. Er wird ausrasten, will seine Tochter sehen und wird um sich schlagen. Es ist notwendig, dass ihm ein Psychologe zur Seite steht."

„Ernsthaft? Glaubst du, ich kann nicht allein mit einem trauernden Vater sprechen? Ich mache das nicht zum ersten Mal!"

„Das ist mir klar. Aber ich habe bereits mit ihm telefoniert und denke, er braucht jemanden, den er kennt."

Ein Klingeln unterbrach ihr Gespräch. Roland nahm sein Handy. Die Nummer kam ihm bekannt vor.

„Ja?", meldete er sich kurzerhand.

„Guten Tag, Herr Fischer. Ein etwas verstörter Mann steht vor mir und will Sie sprechen. Bitte kommen Sie schnell her", antwortete Susanna, die Dame, die am Empfang saß. Sie klang ängstlich.

„Ich bin in zwei Minuten da." Roland legte auf und nickte dem Psychologen zu. Er lief an ihm vorbei und den Gang entlang. Schon als er die Treppe nach unten rannte, hörte er den Mann schreien. Unten angekommen steuerte er direkt auf ihn zu.

„Hallo! Mein Name ist Roland Fischer. Wie kann ich Ihnen helfen?"

Der Mann hörte auf zu schreien, drehte sich um. Roland erschrak, als er in sein Gesicht schaute. Er hatte tiefe dunkle Ringe unter den Augen. Sie waren voller Trauer. Über seine Wange liefen Tränen. Mit einem Lächeln überspielte Roland sein Entsetzen.

„Ich ... ich heiße Wolfgang Weber. Meine Tochter. Jemand sagte, sie sei tot! Das kann nur ein Irrtum sein! Sie ist bei Samira! Sie schlafen bestimmt schon, es ist spät. Oder nicht? Sagen Sie mir, dass es nicht meine Tochter war!"

„Kommen Sie mit. Dann sprechen wir in Ruhe darüber, in Ordnung?"

Roland bat den Mann, ihm zu folgen. Er ging ein paar Schritte vor. Die Tür zum kleinen Raum stand weit offen, auf dem Tisch standen Wasserflaschen, Gläser, Saft und eine Schale mit Süßigkeiten. Hinter ihm betrat der Mann den Raum und suchte die Nähe zum Fenster. Er lehnte sich mit dem Rücken daran, ließ seine Blicke zwischen der Tür und Roland hin und her wandern. Der Psychologe schloss leise die Tür hinter sich.

„Wollen wir uns setzen?", fragte Toni in die Runde. Er war der Erste, der sich an den Tisch setzte. Roland kam zu ihm. Sie schauten zu dem Mann, der immer noch am Fenster lehnte. Er war plötzlich still, das kam Roland seltsam vor.

„Ist meine Tochter tot?"

Bevor Roland antworten konnte, hielt Toni ihn zurück. Sein Blick sagte ihm, dass er vorsichtig sein wollte. „Wir haben ein junges Mädchen gefunden. Sie ist etwa sieben Jahre alt, hat blonde Haare. Eine rote Jacke und Schlittschuhe, auf denen auch rote Streifen sind."

„Ich will sie sehen."

„Wie heißt Ihre Tochter?" Der Psychologe ging nicht auf die Aussage des Mannes ein und zog ein Bild aus der Akte hervor. Er hielt es hoch. Roland beobachtete die Reaktion. Dem Mann zitterten die Finger, als er ein paar Schritte nach vorne machte und nach dem Bild griff. Tränen liefen über seine Wange. Sein Gesicht war weiß wie die Wand, er musste das Kind erkannt haben.

„Alice." Sein Flüstern war kaum ein Hauch, fast nicht zu verstehen. Doch Roland fand den Namen schön. Wie das Mädchen, das durch ein Loch in ein Wunderland fiel. Er passte zu ihm.

Plötzlich brach der Mann zusammen. Er fiel auf den Boden. Sein Kopf schlug hart auf. Roland und Toni sprangen gleichzeitig auf. Einer suchte nach dem Puls an der Hand, der andere half dem Mann hoch. Er stöhnte, hob die Hand und presste sie sich gegen die Kopfwunde. Blut quoll zwischen seinen Fingern hindurch. Doch die Wunde schien nicht groß zu sein. Roland stützte sich auf und fand auf dem Schrank einen Stapel Papierhandtücher. Er nahm ein paar, drückte sie dem Mann in die Hand. Der nickte kaum merklich. Als er seine Hand wegnahm, sah Roland, dass die Wunde nur oberflächlich war.

„Komm, hilf mir, er soll sich setzen."

Roland nickte und half dem Psychologen, den Mann auf einen Stuhl zu hieven. Er nahm eine der Wasserflaschen und schenkte das Glas voll. Mit zittrigen Händen griff der Mann danach, trank es leer. Toni hob das Bild wieder auf, schob es aber in seine Akte zurück.

„Heißt Ihre Tochter Alice, Herr Weber?"

Der Mann drehte wortlos das Glas in seinen Händen hin und her. Langsam nickte er und fing an zu weinen. Er schob das Glas zur Seite und vergrub seinen Kopf in seinen Armen. Das Klingeln eines Handys schnellte laut durch die Stille im Raum. Roland zog es hervor, warf einen Blick auf den Mann und eilte hinaus. Der Anrufer am anderen Ende der Leitung war nicht gesprächig.

„Das Mädchen ist im See erfroren. Ich habe Wasser in ihrer Lunge gefunden. Sie muss eingebrochen sein und durch den Schock ertrunken sein. Man hätte sie nicht retten können, Roland."

Den letzten Satz sprach er mit weicher Stimme. Der Rechtsmediziner wusste, wie nahe Roland tote Kinder gingen. Obwohl er keine eigenen hatte, sie sich aber sehnlichst wünschte und trotzdem wohl nie welche haben würde.

„Danke", sagte er abwesend. „Das macht es nicht einfacher."

„Ich weiß. Es war ein Unfall."

Roland legte einfach auf. Er konnte nicht reden. Sein Wunsch nach einem eigenen Kind und das Mädchen in dem Loch des gefrorenen Sees waren einfach zu viel für ihn. Er atmete tief durch, mehrmals. Sein Herz klopfte schneller und er schloss für einen Moment seine Augen. Dann lief er zurück in den Raum. Nichts hatte sich geändert. Der Mann hatte seinen Kopf in seinen Armen vergraben und schluchzte. Der Psychologe saß nur da. Er starrte durch das Fenster nach draußen. Als Roland seinem Blick folgte, sah er, dass es angefangen hatte zu schneien. Er räusperte sich. Keiner der beiden reagierte.

„Es war ein Unfall, Herr Weber. Der Rechtsmediziner sagt, dass ihre Tochter ertrunken ist. Es tut mir leid."

Der Mann hob den Kopf und wischte sich die Tränen von der Wange. Mit den dunklen Ringen unter den Augen wirkte er wie ein Vampir. Seine Haut war blass, seine Augen verquollen und leicht gerötet.

„Ich will sie sehen. Bitte. Nur ein letztes Mal. Sie ist mein kleines Mädchen, mein Sonnenschein." Seine Stimme stockte, nur bruchweise kamen die Worte über seine Lippen. Er schaute erst zu Roland, dann zu dem Psychologen. Der nickte.

„Okay. Wir bringen Sie zu ihrer Tochter. Versprochen. Wie heißt sie?“

Mit einem Schniefen zog der Mann seine Brieftasche heraus. Das Mädchen auf dem Bild erkannte Roland sofort. Es war die Kleine vom See.

„Alice. Der Name meiner Tochter ist Alice. Sie ist sieben Jahre alt.“

Roland nahm das Bild, das der Mann ihm hinhielt. Sie lächelte darauf, sah wunderschön aus.

„Kommen Sie, lassen wir Ihre Tochter nicht länger warten“, sagte Toni und stand auf. Roland behielt das Foto in der Hand und trat zur Seite. Er steckte es in seine Tasche. Die Männer verließen den Raum. Er warf die Tür hinter sich zu.

Er starrte auf das Foto und konnte es nicht fassen. Lange hatte er nicht an das Mädchen gedacht. Alice. Ihr Vater brach zusammen, als er sie auf dem Tisch liegen sah. Toni hatte ihn rausgebracht. Roland sprach eine Weile mit dem Rechtsmediziner, über den Tod, Eis und die Gefahren, über den Schneefall und die Kirche. Eine wilde Mischung.

Er brauchte einen Kaffee. Sofort. In der Ecke stand eine kleine Kaffeemaschine mit dem Logo des Hotels. Er steckte eine der Kapseln hinein und wartete, bis die Maschine spuckte und gurgelte und der Kaffee brühend heiß in die große weiße Tasse lief. Den Zucker gab es in kleinen Sticks. Er kippte gleich drei hinein. Keine Milch. Er rührte mit dem Löffel um. Der Kaffee dampfte und ließ seine Lesebrille beschlagen. Er nahm sie ab und warf sie auf seine Akten. Sein Magen knurrte. Seit gestern hatte er nichts gegessen. Deshalb zog er sich leicht zusammen. Er trank einen Schluck Kaffee, um ihn zu beruhigen.

„Okay“, murmelte er und stellte die Tasse ab. Mit einer Hand griff er nach seinem Laptop und mit der anderen die Notizen. Er stapelte sie, nahm die Tasse mit und suchte nach der Schlüsselkarte. Fast hektisch drehte er sich um, verschüttete seinen Kaffee. Die blaue Karte steckte vorn im Halter.

„Ganz ruhig.“ Sein Herz klopfte wild. Er atmete tief durch, langsam beruhigte es sich wieder. Er zog die Karte heraus und ließ die Tür hinter sich zu fallen. Um die Flecken würde er sich später kümmern. Auf dem Weg nach unten zum Frühstücksraum begegnete er niemandem. Eine Dame nickte ihm zu, als der den Raum betrat. Seinen Laptop legte er auf den Tisch in der Ecke, den er sich ausgesucht hatte. Speck und Ei mischten sich mit frischem Orangensaft, wie seine Nase wahrnahm. So köstlich. Ein Lachen, klapperndes Geschirr und er hörte: „Du bist doch verrückt!“

Er schaute verwundert hoch. Ein älteres Paar stand am Buffet. Sie stritten sich, liebevoll. Irgendwie erfreute es ihn. Er schaute sich das Buffet an. Die Auswahl war groß, die Entscheidung fiel ihm schwer. Sein Blick hing am Joghurt und an der Schale mit geschnittenem Obst. Das hatte er schon lange nicht mehr gegessen. Mit Müsli füllte er die Schale auf. Mit einem Teller voller Brot, Wurst und Käse kehrte er an seinen Tisch zurück.

„Möchten Sie eine Tasse Kaffee?“ Die Dame vom Eingang wischte sich eine Hand an ihrer Schürze ab. Mehrere dunkle Flecken sprenkelten sie. Sie hob ihm die Kaffeekanne unter die Nase.

„Sehr gerne, haben Sie vielen Dank!“

Er hielt ihr die Tasse hin, die bereits auf dem Tisch gestanden hatte. Schwungvoll kippte die Dame die Kanne nach vorn, ihm wurde ein bisschen bange, kein Tropfen ging daneben. Sie deutete ein Lächeln an und schritt zu dem älteren Paar weiter. Er schob Teller, Laptop und die Müsli Schale hin und her, bis er zufrieden war. Die Akte des Mädchens war noch geöffnet. Ihr Lächeln ließ sie strahlen wie ein kleiner Sonnenschein. Während er sein Müsli aß, ließ er seine Gedanken streifen, las alles Wort für Wort durch.

Sie war erst vor ein paar Tagen sieben Jahre alt geworden. Das hätte nicht passieren dürfen. Eis auf einem See war eine Gefahr. Es konnte jederzeit brechen. Den Vater hatte es tief getroffen. Das Wasser in ihrer Lunge stimmte mit dem aus dem See überein. Sie ist ertrunken. Kein schöner Tod. Wo sind die Daten vom Wetter? Ah. Jürgen hat alles notiert. Der See wird aus einem Fluss gespeist, der am anderen Ende weiterfloss. Manchmal entstand dabei ein Strudel unter dem Eis. Alice musste genau dort in das Eis eingebrochen sein.

Nur wenige Tage nach Alice‘ Tod hatten Eltern Schilder angebracht. Sie warnten vor dem brüchigen Eis. Niemand durfte mehr auf den See. Auch nicht, wenn das Eis dick genug zum Eislaufen war. Man wollte verhindern, dass wieder jemand im eisigen Wasser ertrank. Bis heute hatte Roland nicht mehr an diesem Ufer gestanden, weil Alice dort den Tod gefunden hatte. Er konnte den Anblick nicht ertragen.

Er zuckte zusammen, die Kaffeetasse fiel fast um. Sein Herzschlag schnellte hoch. Die Tasse kippte, er griff zu. Sie stand. *Glück gehabt*, schoss es ihm durch den Kopf. Er ließ sie los und schmierte sein Brötchen. Knusprig war es, als er reinbiss und er Sesamkerne, Salami und Käse auf der Zunge schmeckte. Die Krümel schob er achtlos zur Seite. Er klickte die nächste Seite der Akte an. Sie war gesperrt, aus einer Ahnung heraus gab er sein gewohntes Passwort ein.

Bingo!, dachte er. Die Seite lud langsam, seine Finger trommelten auf der Tischplatte. Neugierig beugte er sich vor. Er fand eine Notiz von Toni. Dieser hatte mit Wolfgang gesprochen, nachdem er seine tote Tochter auf dem Tisch hatte liegen sehen.

„Wolfgang leidet an einer Schlafstörung“, las Roland. „Seine Augen waren gerötet und er hatte tiefe dunkle Ringe unter denselben. Ich kann nicht sagen, ob es nicht vom Heulen kommt. Dennoch musste er mehrere Tage hauptsächlich wach gewesen sein. Dies habe andere Ursachen. Er deutete Probleme bei der Arbeit an. Es sei stressig und sein Chef hatte ihn gerügt wegen schlampiger Arbeit. Alice war seine Welt, sein Mittelpunkt. Es drehte sich alles um die Kleine. Sie glücklich zu machen war seine oberste Priorität. Es gab nur sie. Dass er verheiratet ist und mit seiner Frau in einem Häuschen am Rande der Stadt lebte, erwähnte er nur kurz. Was Alice liebte, was Alice lernte, war ihm wichtig. Er erzählte mir von den Sternen, die er das ganze Jahr über für sie schnitzte. Sie waren aus Ahornholz. Mit Draht schraubte er die Sterne zusammen. Er hängte sie an die Decke in ihrem Zimmer und zauberte ihr so einen Nachthimmel. Sogar an eine Lichterkette hatte er gedacht."

Roland hörte auf zu lesen. Ahornholz. Das war ihm beim Lesen sofort ins Auge gesprungen.

„Nur ein Zufall", murmelte er und schloss die Augen. *Konnte der Vater die Morde begangen haben?* Tief im Innern wusste er die Antwort, seit er das Bild von Alice wiedergesehen hatte. Er wollte es nicht glauben. Das Kind war sein Mittelpunkt. Sein Tod musste ihn völlig aus der Bahn geworfen haben. William hatte vor ein paar Tagen gesagt, der Mörder könnte eine ihm nahestehende Person in den Opfern sehen. Blonde Haare, ein fast kindliches Gesicht. Seine Gedanken rasten. Hektisch schob er Teller, Schale und Tasse an den Rand des Tisches und den Laptop nach hinten. Die Akten legte er vor sich hin. Oben lagen die Fotos der toten Frauen.

„Alice. Jedes Bild schreit nach ihr", sagte er und musste schlucken. Die Ähnlichkeit zu dem Mädchen war so ausgeprägt, dass er sich fragte, warum er nicht schon früher daran gedacht hatte.

„Brauchen Sie ihren Teller noch?", riss ihn die Stimme der Dame aus seiner Starre. Er drehte sich um, starrte sie wütend an. Kein Wort der Entschuldigung. *Das kann ich auch*, dachte er, bevor er antwortete: „Ja, lassen Sie ihn stehen."

„Dies ist ein Frühstücksraum, kein Arbeitsplatz", wies sie ihn zurecht. „Bitte nehmen Sie Ihre Akten und gehen in das Foyer. Dort können Sie arbeiten!"

Roland war sprachlos. Nur für einen Moment. Dann zog er seine Marke heraus und hielt sie ihr unter die Nase.

„Eine Frechheit ist das! Ich bin Ermittler! Was glauben Sie, was ich hier mache? Ich will einen Mörder schnappen!“

Die Dame hob die Hände und entschuldigte sich mehrmals. Er hörte ihr nicht zu, steckte seine Marke ein. Vor sich hin brummend klappte er die Akten und den Laptop zusammen.

„Bitte, es tut mir leid!“

„In Zukunft wäre vorher zu fragen eine sinnvollere Alternative!“

„Natürlich.“

Roland warf ihr einen verächtlichen Blick zu. Er verließ den Raum und ließ die Dame stehen. Hinter sich hörte er das Klappern von Geschirr. Im Foyer quietschten seine Schuhe bei jedem Schritt in die Stille hinein. Am Empfang war niemand zu sehen. *Unheimlich*, dachte er und schaute sich nach allen Seiten um. Er fing an zu zittern, wusste plötzlich, dass er hier nicht arbeiten konnte. Auf der Treppe rutschten ihm die Akten, die er unter den Arm geklemmt hatte. Einzelne Blätter fielen wie Federn hinab. Seufzend bückte er sich und hob sie auf. In seinem Hotelzimmer legte er alles auf dem Bett ab. Etwas fehlte ihm. Sein Blick fiel auf die schmale Wand neben dem Bett.

„Ich muss ins Büro fahren!“, erkannte er. Vor seinem Auge hatte sich ein Netzwerk aus Bildern und Zetteln an eben jener Wand aufgebaut. Die Pinnwand war für ihn wichtig. So konnte er seine Gedanken besser ordnen, etwas anheften. So war alles sichtbar. Er streckte seinen Körper, während ein Lächeln über seine Lippen huschte. Voller Energie stopfte er die Akten und den Laptop in

seine Tasche. An den Kaffee dachte er nicht mehr. Seine Gedanken kreisten um Alice.
Er stürmte aus dem Zimmer, ein Krachen verdeutlichte ihm, dass die Tür ins Schloss gefallen war. Schmerz schoss durch seine Schulter, als er hektisch die Treppe hinunterrannte. Die Treppe zum Parkhaus war schmaler als im Hotel selbst. Seine Tasche plumpste auf die Beifahrerseite. Der Rückwärtsgang klemmte, fluchend drückte er den Hebel, bis er einrastete. Ein helles Kreischen begleitete ihn, bis er aus dem Parkhaus auf die Straße bog. Ohne auf den Tacho zu achten, fuhr er zum Präsidium. Beim Aussteigen sah er, dass er zu weit rechts stand. Es kümmerte ihn nicht.

„Ah, guten Tag, Herr Fischer!“, empfing ihn die fröhliche Stimme der Frau am Empfang. Er nickte ihr zu, seine Ohren vernahmen den Refrain von „Last Christmas“. Hell flackerte das Licht im Kabuff auf, als er es betrat. Unwillkürlich kniff er die Augen zusammen. Seine Tasche legte er auf den fast leeren Tisch, den Mantel warf er über den Stuhl. Er blieb vor der Pinnwand stehen. Die Karte von Spullberg hing in der Mitte. Die Fundorte der Leichen hatte er mit farbigen Pins markiert. Fotos der Frauen, wie sie in die Kamera lachten und wie sie tot im Schnee lagen, hingen am Rand.

„Ein Serienmörder. So einen suchen wir. Nach einem, der nachts herumschlich und junge Frauen erwürgte. Er glaubt, seine tote Tochter in euch zu sehen“, sagte er laut. Sein Herz schlug schneller, seine Hände wurden feucht. Er wischte sie an der Hose ab. Aus der Akte der kleinen Alice zog er das Familienbild der Webers. Mutter, Vater und das Mädchen. Warum es dort in der Akte lag, konnte er sich nicht erklären. Ein Fotograf hatte es aufgenommen. Das sah er auf einen Blick. Mit einer Nadel heftete er das Bild in die Mitte der leeren Pinnwand. Am Tisch klappte er den Laptop auf. Der Name des Mannes war geläufig in Österreich. Er musste nur den Richtigen finden.

Die Pinnwand füllte sich, während die Stunden vergingen. Wie eine Blume öffnete sich das Leben des Mannes vor ihm. Das Bild eines liebenden Vaters. Ein guter Ehemann, der gerne Holz schnitzte. Der Job als Installateur erlaubte ihm, ein kleines Haus am Rande der Stadt zu kaufen. Er fand Artikel in der örtlichen Zeitung. Interviews mit dem Mann, der Dinge aus Holz schnitzte, wie es sonst kaum jemand konnte. Seine Frau arbeitete an der Kasse in einem Supermarkt. Auf dem Weihnachtsmarkt hatten sie jedes Jahr einen Stand. Gemeinsam verkauften sie, was er schnitzte und sie häkelte.
Bis seine kleine Tochter im eisigen See ertrank. Schon beim ersten Mal war Roland die leichte Fahne aufgefallen. Ein halbes Jahr später griff ihn die Polizei betrunken auf. Man hatte ihn verwarnt und nach Hause gebracht. Seine Frau hatte geschimpft. Ein paar Wochen später reichte sie die Scheidung ein. Sie warf ihn raus. Roland fand nur heraus, dass er einige Wochen in einem Hotel in der Stadt gelebt hatte. Dann verlor sich die Spur des Mannes.

„Zeit heilt die Wunden. Was, wenn er so viel getrunken hat, dass er gestorben ist?“ Seine Frage verlor sich im Raum. Er startete eine Suche nach Verstorbenen mit dem Namen. Viele gab es nicht. Einige passten vom Alter her nicht. Der Mann war damals etwa 33 Jahre alt, wenn er sich nicht verrechnet hatte. In einem der Nachbardörfer fand er eine Todesmeldung. Sein Herz schlug schneller.

„Wolfgang Weber, geliebter Vater und Sohn, starb friedlich. Wir gedenken ihm mit voller Liebe.“

Das Alter passte nicht. Enttäuscht lehnte er sich zurück. Der Mann war älter und sein zweiter Name lautete anders. Er nahm seine Tasse und nippte daran.

„Bah! Kalter Kaffee!“, schimpfte er und schob die Tasse beiseite. „Okay. Ich gehe davon aus, dass der Mann noch lebt. Er ist wahrscheinlich umgezogen.“

Roland fragte sich, wie weit weg der Mann in seinem Zustand wegziehen würde. Die Trauer war nach einem Jahr kaum verarbeitet. Er öffnete Google Maps in einem weiteren Tab und gab den Namen ein. Er zoomte ein bisschen zurück und sah sich die umliegenden Dörfer an. Las, wie viele Menschen dort lebten. Immer wieder umkreiste er mit dem Pfeil das Dorf. Da war etwas, das ihn nicht losließ. Sein Blick fiel auf die Stellwand mit den alten Fällen. Er stand auf, um näher heranzugehen. Die Fotos der Frauen hingen separat, auch die vom Tatort. Er suchte nach einem Muster, in den Bildern, in den Lächeln, in den Posen der Leichen. Nichts ergab einen Sinn. Bei sechs der Frauen wurden kleine, selbst geschnitzte Sterne gefunden. Er wandte sich den neueren Fällen zu. William hatte auf einer Karte die Fundorte der fünf Opfer markiert, auch, wo sie wohnten. Sie alle waren zuletzt am gleichen Ort gesehen worden. Die Wege vom Bahnhof bis zu den Tatorten ergab keinen Sinn. Ging man davon aus, dass sie auf dem Weg nach Hause waren, waren sie einen Umweg gelaufen.

„Eine Karte“, murmelte er und setzte sich an seinen Laptop zurück. Er wollte dasselbe bei den alten Fällen umsetzen. Auf Google Maps zog er einen Ausschnitt um das Dorf. Den schickte er an den Drucker. Mit den dunklen Pins hing die Karte in der Mitte der leeren Stellwand. Aus den Akten las er die Fundorte heraus und markierte sie mit roten Pins. Die gelben stellten ihre Wohnorte dar. Es ließ sich nicht genau sagen, wo die Frauen zuletzt waren. Die Zeugen nannten verschiedene Orte. Es war nicht nachzuweisen, wer von ihnen recht hatte. Beim Zurückgehen stieß er an den Tisch. Erschrocken drehte er sich um. Er griff nach der Tasse, konnte sie festhalten, bevor der kalte Kaffee über die Akten fließen konnte. Er drehte sich wieder um und starrte die Karte an, ging näher heran, um die Wege nachzuvollziehen. Er fuhr mit dem Finger über die Straßen und blieb an den Punkten stehen.

„Es muss einen Grund geben, warum der Mann dort seine Kreise zieht", sagte er laut. Die Verbindung lag vor ihm, das sagte ihm sein Bauchgefühl. Plötzlich machte es Klick. Er hatte es. „Friedhof!"

Sein Finger lag mitten auf der grünen Fläche, die den Friedhof neben der Kirche darstellte. Er drehte sich um und suchte einen Hinweis. Dabei fielen einzelne Blätter aus den Akten heraus. Er warf sie durcheinander, bis er das Blatt fand, das er gesucht hatte. Alice lächelte auf dem Bild, sah aus wie ein Engel. Ihre Todesanzeige hatte ihm ein Kollege kopiert und in die Akte gelegt. Dort stand, auf welchem Friedhof das Kind beerdigt wurde. Es war derselbe.

„Der Mann hat das Grab seiner Tochter besucht!", sprach Roland seinen Gedanken aus. Es war logisch. Davon beseelt grub er sich tiefer in die Akten. Er breitete sie vor sich auf dem Tisch aus. Irgendwo musste die Lösung sein. Als er alle durchgesehen hatte, zog er seinen Laptop heran und las die Akte von Alice erneut, tippte Suchbegriffe in die Google-Suche ein, war frustriert. Er blätterte die Akte durch, ohne zu lesen, vergrub den Kopf in den Armen, zog die Akte wieder zu sich. Er machte das mit zu viel Schwung. Die Blätter rutschten heraus, verteilten sich auf dem Boden. Er ließ sie liegen.

„Es muss doch ein Melderegister geben“, fragte er sich. Er tippte das Wort ein. Die Nummer erschien sofort. Suchend schaute er sich nach seinem Handy um. Es lag unter dem Stapel aus Akten. Nach ein paar Mal Klingeln meldete sich eine junge weibliche Stimme.

„Er heißt Wolfgang Weber. Ich glaube, er ist vor zehn Jahren von Österreich gekommen“, gab er die Infos preis. Er hielt den Atem an, schrieb auf, was die Frau am Telefon sagte.

„Vielen Dank! Sie haben mir sehr geholfen!“

Er legte auf. Da war sie. Die Adresse, die er die ganze Zeit gesucht hatte. Hingekritzelt auf einen Zettel, kaum lesbar. Zwei Worte und zwei Zahlen waren alles, um zu wissen, wo der Mann lebte.
Nach Auskunft der Frau, die für die Deutsche Behörde arbeitete, lebte er seit neun Jahren in Deutschland. Es passte. Die Fälle, die Klaus gefunden hatte und dem Serienkiller zuordnete, stammten aus dieser Zeit. Sein Herz klopfte schnell, seine Hand zitterte, als er nach der Wasserflasche griff. Er trank in großen Schlucken die halbe Flasche leer. Beunruhigt schaute er auf die Uhr. Es war spät geworden. Kurz vor fünf. Perfekt für seinen Plan. Er nahm seine Tasche und packte den Laptop und die Akten ein. Aus dem Schrank auf der rechten Seite holte er zwei neue Flaschen heraus. Sein kleines Büro schien als Lager für Essen zu dienen. Im anderen Schrank fand er Riegel, Milch, Kaffee und Saft. Er nahm ein paar der Riegel und warf sie in seine Tasche. Mit ihr eilte er aus dem Kabuff, ließ die Tür achtlos hinter sich zufallen.

Licht brannte im Haus des Taubenwegs in mehreren Räumen. Er parkte nicht weit weg, zwischen den Laternen, um nicht entdeckt zu werden. Das Licht löschte er ebenfalls. Nur die Heizung wollte er nicht ausstellen. Das Thermostat in seinem Wagen zeigte Minus fünf Grad Celsius an. Aus dem Handschuhfach holte er sein Fernglas heraus. Es lag seit vielen Jahren dort. Hin und wieder brauchte er es für Beobachtungen. Er hob es sich vor die Augen. Bläuliches Flimmern drang aus einem der unteren Zimmer. Das musste der Fernseher sein. Oben sah er den Schatten einer Frau. Sie trug etwas auf dem Arm, beugte sich dann nach unten.

Seltsam, dachte er und ließ seinen Blick schweifen. Im Vorgarten stand, an die Hauswand gelehnt, ein Schlitten aus Holz. Daraus schloss er, dass ein Kind im Haus sein musste. Die Frau ging mehrmals im Raum umher. Plötzlich erlosch das Licht. Sein Herz klopfte etwas schneller. Um es zu beruhigen, griff er nach der Wasserflasche. Nach ein paar Schlucken verschloss er sie und stellte sie zurück. Ein Wagen fuhr vorbei, langsam, der Fahrer bemerkte ihn nicht. Roland seufzte. Trotz der laufenden Heizung spürte man die Kälte. Lange konnte er nicht mehr im Wagen sitzen. Das tat seinen Gelenken nicht gut.

Ein Licht ließ ihn hochschrecken. Wieder fuhr ein Wagen an ihm vorbei. Er hatte die Straße für ruhig empfunden. Da hatte er sich getäuscht. Doch ohne Licht konnte ihn niemand sehen. Er sah sich um. Die Häuser sahen alle gleich aus. Vorn war ein Parkplatz mit einem kleinen Garten davor. Ein schmaler Pfad führte direkt zur Haustür. Die Häuser hatten hüfthohe Zäune oder Mauern. In einem Garten sah er eine Hundehütte. In anderen wuchsen Bäume. Im Licht der Laterne sah er ein Iglu in einem dritten Garten. Dort schienen Kinder zu wohnen. Licht brannte in den Häusern. Draußen war es dunkel. Erste dicke Schneeflocken wirbelten herab. Sie blieben auf der Scheibe liegen. Keine halbe Stunde saß er hier, wie er mit

einem Blick auf seine Armbanduhr feststellte. Die Ziffern leuchteten im Dunkeln, wenn sie tagsüber genug Licht bekamen. Ein praktisches Geschenk. Ihm wurde kalt. Er musste sich bewegen. Und langsam konnte er nicht mehr durch die Windschutzscheibe sehen, so dicht fiel der Schnee herab.
Vorsichtig schaute er sich um und öffnete die Tür. Die Straße war matschig, er musste aufpassen, dass er nicht ausrutschte. Seine Mütze hatte er tief ins Gesicht gezogen. Langsam schlenderte er den Gehweg entlang, weg vom Haus, das er beobachtete. Der Weg war kaum geräumt, doch viele Spuren hatten den Schnee plattgedrückt. Er wechselte über die Straße und blieb im Schatten zweier Laternen stehen. Er tat, als würde er seinen Schuh zubinden. Seine Augen waren nach vorn gerichtet. Der Schnee fiel kräftiger, ein Wind wehte ihm um die Nase. Er schlug den Kragen seines Mantels hoch und zog am Schal, um sich besser zu schützen. Die Kälte drang schnell an alle ungeschützten Stellen am Körper.

Der Schnee knirschte unter seinen Stiefeln, dort, wo er frisch gefallen war. Er blieb stehen. Nichts war zu hören. Kein Licht war angegangen. Er ging weiter, Schritt für Schritt. Der Schneefall nahm ihm langsam die Sicht. Dicht fielen die Flocken herab, wirbelten hin und her. Das Flimmern des Fernsehers war an der Wand zu sehen. Der große Ford, der auf dem Parkplatz stand, war eingeschneit. Er schien ein paar Stunden nicht bewegt worden zu sein. Sein Blick wanderte zur anderen Seite der Straße. Niemand war zu sehen, hinter den Vorhängen war es ruhig. Er drehte den Kopf und starrte auf sein Ziel. Neben der Garage, direkt an der Hauswand, war ein kleiner Anbau angebracht. Eine der beiden Türen stand ein Stück offen und er erkannte eine Mülltonne. Das brachte ihn auf eine Idee.

„Mit einer DNA Probe könnte ich beweisen, dass er der Serienkiller ist!“, murmelte er. Langsam beugte er sich zu seinen Schuhen. Er musterte das Haus. Nichts. Er musste es riskieren. Klaus hatte DNA unter den Nägeln gefunden. Die vierte Tote musste ihn gekratzt haben. Das Labor war in der Lage gewesen, sie trotz des Schnees und der Kälte zu analysieren. Es gab keinen Treffer in der Datenbank. Alle waren frustriert. Sie hatten die DNA des Täters und konnten ihn nicht fassen.
Wieder knirschte der Schnee unter seinen Schuhen, doch es war ihm egal. Seine Hände zitterten leicht, sein Herz klopfte wild, als er sich hinter dem Auto entlang schlich. Nahe an der Garage vorbei, um nicht von der Straße aus entdeckt zu werden. Er sah ein kleines Tor. Jemand hatte den Schnee weggeräumt und einen Weg zu den Mülltonnen gebahnt. Obwohl es in der letzten Stunde stark geschneit hatte, konnte er das Tor ohne Mühe aufschieben. Erleichtert stellte er fest, dass es keine Geräusche von sich gab. Er warf ein paar Blicke zur Straße und zum Haus, dann schlich er sich zu den Mülltonnen.

Nur keinen Fehler machen!, ermahnte er sich in Gedanken. Er zog die Tür ein Stück weiter auf. Vor ihm stand die Restmülltonne.

„Perfekt! Hier finde ich, was ich suche!“, sagte er leise und öffnete die Tonne. Obenauf lag ein großer Haufen Holzspäne, darunter kleinere Mülltüten. Aus seiner Tasche zog er ein Messer, um ein Loch in die obere Tüte zu stechen. Brotreste, Gemüse und einige Glasscherben fand er. Er leuchtete weiter mit der Lampe. Ohne sie war es zu dunkel, um auch nur die Hand vor Augen zu sehen. Mitten in der Bewegung hielt er inne. Nicht etwa, weil er etwas gehört hatte, sondern weil er die Tüte vergessen hatte. Er schalt sich einen Dummkopf und durchwühlte

seine Taschen. In der Innenseite seines Mantels fand er doch ein paar Tüten.
Er atmete durch und war sich sicher, dass er diese am letzten Tatort eingesteckt hatte. Mit dem Messer zog er an den Glasscherben und fand den Kopf einer Bierflasche. Er steckte ihn in die Tüte und zurück in seine Jackentasche. Die Hoffnung, dass der Mann und nicht die Frau daraus getrunken hatte, war groß. Der Deckel der Mülltonne fiel zu, irgendwie ließen ihn die Holzspäne nicht los. Er öffnete ihn erneut und schaufelte mit dem Messer ein paar Spitzen des Haufens in eine weitere Tüte. Sorgfältig verschloss er sie und steckte sie in seine Jackentasche.

„Keine Bewegung!"

Starr vor Schreck rasten ihm tausend Gedanken durch den Kopf. Ein helles Licht flammte hinter ihm auf und sein Körper warf wirre Schatten auf die Wand.

„Drehen Sie sich langsam um!"

Roland hob langsam die Hände hoch. Er drehte sich um, kniff die Augen zusammen. Das Licht blendete ihn. Ein Mann kam näher und riss ihm die Arme herunter auf den Rücken. Metall schabte über seine Handgelenke. Der Mann drückte die Handschellen fest zu.

„Was soll das?!", schimpfte Roland, während er von dem Mann nach vorne gedrängt wurde. Der Mann sagte etwas, er verstand es kaum. Nur Sekunden später fand sich Roland in einem Wagen wieder. Ein weiterer Mann saß am Steuer, sagte nichts und fuhr los. Im Licht der Laterne sah Roland, wie jemand im Garten stand. Ein Mann näherte sich den Mülltonnen. Die Tür des Hauses öffnete sich und im Licht der Laterne über der Tür erkannte Roland ihn. Wolfgang verschränkte seine Arme vor seinem Körper, er trug nur Hose und T-Shirt. Dann fuhr der Wagen um die leichte Kurve.

Im Präsidium wurde Roland direkt in ein Zimmer gebracht. Die Tür fiel hinter ihm zu, er war allein. Er atmete tief durch. Mit den Handschellen war es nicht einfach, sich auf den Stuhl zu setzen. Auf dem Boden bildeten sich Pfützen. In seinem Mantel war ihm warm, er wollte ihn ausziehen. Er schaute auf, als sich die Tür öffnete. William trat mit ernstem Blick ein. Beide schwiegen, William legte eine Akte auf den Tisch und darauf einen Schlüssel.

„Was haben Sie im Garten des Hauses gemacht?"

Roland nahm seinen Blick nicht von dem Schlüssel. Er war für die Handschellen, die Form war immer gleich. Warum er sie ihm nicht abnahm, ahnte er. Er antwortete nicht.

„Es muss einen Grund gegeben haben." William seufzte. Er rutschte auf seinem Stuhl hin und her. Roland ließ sich davon nicht beirren. Er wollte seinen Verdacht nicht äußern. Nicht, bis die Beweise untersucht waren. Die DNA musste passen. Sein Bauchgefühl sagte ihm, dass er recht hatte.

„Ich nehme Ihnen die Handschellen ab. Aber ich will dafür eine Erklärung, warum Sie im Garten des Hauses waren."

Mit geübtem Griff waren sie gelöst und Roland rieb sich die Handgelenke. Ihm war warm. Er öffnete die Knöpfe seines Mantels und hängte ihn über den Stuhl. Der Schnee hatte sich verflüssigt, tropfte noch immer hörbar auf den Boden. Das Klirren ließ beide Männer hochschrecken.

Roland ahnte, was passiert war. Er sah William direkt in die Augen und doch keine Regung.

„Ist es das, was ich denke?“

„Diese Frage werde ich nicht beantworten.“

„Zeigen Sie es mir.“

Roland bückte sich und legte die Tüte mit dem Flaschenhals einer Bierflasche auf den Tisch. William zog sie zu sich.

„Aus dem Hals der Flasche lässt sich gut DNA sichern“, sagte er nachdenklich und warf Roland einen Blick zu. „Ich rate mal ins Blaue hinein. Sie waren bei dem Haus, haben die Bierflasche aus dem Mülleimer gefischt, um etwas zu beweisen. Der Mann, dem das Haus gehört, ist verdächtig. Mit der DNA wollen Sie beweisen, dass er der Mörder ist. Richtig?“

Roland schwieg. Er sah William zu, wie der den Beutel mit der Scherbe hoch hielt und zurück auf den Tisch legte. Dann verschränkte der Kommissar seine Arme vor der Brust. Rolands Herz klopfte wild, er atmete tief durch.

„Er ist es.“ Er sprach den Gedanken laut aus. Roland spürte, wie die Anspannung in seinem Körper abflachte und nahm wahr, dass er schon eine Weile nichts mehr gegessen hatte. Sein Magen knurrte. William seufzte und griff die Tüte.

„Das Labor soll die DNA abgleichen. Auch wenn sie später nicht beweiskräftig sein wird. Wir beide gehen solange einen Happen essen. Und ich will wissen, wie Sie den Mann gefunden haben!“

Roland nickte langsam. Er zog aus seiner Manteltasche die Tüte mit den Holzspänen. „Danke. Lassen Sie dies bitte auch untersuchen. Ich denke, das ist Ahornholz. Und wenn es passt, haben wir einen weiteren Beweis.“

William nahm ihm die Tüte ab und öffnete die Tür. Er ließ Roland den Vortritt. Hinter den beiden Männer fiel die Tür zu.

20. Dezember

Mittwoch

Er stand vor der Hütte und atmete tief durch. Die Sonne ging gerade erst auf, obwohl es schon halb neun war. Um neun Uhr öffnete der Weihnachtsmarkt für die Besucher. Er zog seinen Schlüssel aus der Tasche. Das Schloss war massiv, es gab nur zwei. Den anderen hatte Frauke, sie wollte am Mittag kommen.

„Papa, guck mal, was ich gefunden habe!“ Mario rannte auf ihn zu und lachte. Er hielt einen Tannenzapfen in der Hand. Wolfgang beugte sich zu ihm und bestaunte ihn. Der Fünfjährige hatte ihn vom Schnee befreit. Zwischen den Zacken sah er die Reste.

„Der ist ganz toll, Mario. Wo hast du ihn gefunden?“

„Er lag da neben dem Baum. Darf ich ihn behalten?“

„Ja, aber erst musst du mir helfen.“ Sein Sohn nickte und zog an seiner Mütze. Er lachte und seine blonden Haare lugten unter ihr hervor. Wolfgang öffnete das Schloss. Als er die Läden des Standes zur Seite schob, fielen ihm Sterne entgegen.

„Verdammt!“, fluchte er. Er eilte nach draußen und bückte sich, um sie wieder aufzuheben. Mit dem Ärmel wischte er den Schnee von ihnen und stellte sie zurück auf die schmale Treppe. Er rückte sie gerade. Mario zog an seinem Mantel.

„Darf ich spielen, Papa?"

„Nein, Mario, das haben wir besprochen. Du musst mir helfen. Erst, wenn Tante Frauke da ist, gehen wir spielen."

Der Kleine zog eine Schnute. Er nickte und drehte seinen Tannenzapfen hin und her. Wolfgang achtete nicht mehr auf ihn. Mit den Haken befestigte er die Läden an der Seite des Standes. So konnte der Wind sie nicht zustoßen. Die Tür war durch ein weiteres Schloss gesichert, dick und kaum zu knacken. Vor ein paar Jahren wurden mehrere Hütten aufgebrochen. Die Polizei fand nie heraus, wer es war.
Im Innern der Hütte musste er das Licht anschalten. Die Glühbirne hing kahl von der Decke, verströmte einen schummrigen Touch. Aus dem Regal holte er die Geldkassette hervor und stellte sie hinter die Treppe, auf der die Sterne standen. Dort in dem Hohlraum war sie vor neugierigen Blicken geschützt und er kam schnell an sie heran. Hinter ihm, auf dem Boden, standen Kisten. Darin lagerte er seine Ware. Auf der Theke waren Lücken. Mario half ihm, er holte die Schnitzereien aus den Kisten. Er stellte sie an der Theke auf und rückte sie ordentlich hin. Irgendwann war Mario verschwunden. Er schaute zur angelehnten Tür hinaus. Der Bub stand grinsend neben dem Baum und hielt seinen Tannenzapfen in der Hand.

„Komm rein, Mario. Wenn die Tür zu ist, kann ich die Heizung einschalten. Dann wird es warm."

Das leuchtete dem Bub ein und er zog die Tür zu. Obwohl sie aus Holz war, schien es ihm keine Probleme zu bereiten. Sie schloss nicht ganz, doch er ließ ihn in dem Glauben.

„Es ist voll kalt! Jetzt kannst du es warm machen!"

Die kleine Heizung war Fraukes Idee. Nach ein paar Minuten war es in der Hütte angenehm. Die Jacke konnte man zwar nicht ausziehen, doch wenigstens fror man beim langen Sitzen nicht. Meistens schnitzte er, wenn kein Kunde vor dem Stand war. Dafür hatte er Handschuhe ohne Fingerkuppen gekauft. Das Geschenk für seine Frau war noch nicht fertig. Er wollte es heute vollenden. In diesem Jahr war er spät dran, sämtliche Ideen hatte er wieder verworfen. Nichts erschien ihm gut genug. Es sollte etwas Besonderes werden.

„Papa, wann kommen die Menschen zu uns?"

„Der Weihnachtsmarkt macht erst in ein paar Minuten auf. Wir müssen noch warten."

Mario verzog sein Gesicht. „Okay. Darf ich so lange spielen?"

„Klar."

Er zog das iPad aus seiner Tasche heraus. In der Ecke stand ein Campingstuhl, den er aufstellte. Mario zog sich in den Stuhl zurück und war sofort in sein Spiel vertieft. Er schaute sich die Theke erneut an, schob die geschnitzten Tiere hin und her, bis sie in einer Linie standen. Den Lötkolben ließ er aus. Mit ihm brannte er Widmungen in das Holz. Auf Wunsch der Kunden. Vormittags kam es seltener vor. Eher am Nachmittag.

„Hallo Wolfgang, alte Hütte! Wie läuft das Geschäft?"

Er schaute auf und erkannte den Wirt vom Glühweinstand. Seit vielen Jahren standen ihre Hütten gegenüber. Im Laufe der Zeit hatte sich eine Freundschaft gebildet.

„Gut, ich kann nicht klagen“, antwortete Wolfgang und reichte ihm die Hand über die Theke. Der feste Händedruck hatte sich nicht geändert. Er quetschte ihm die Finger so, dass es fast zu einem Krampf kam.

„Wenn du was für den Kleinen brauchst, melde dich. Kannst du mir einen dieser kleinen Sterne auf die Seite legen? Die gefallen mir. Gravierst du was ein?“

„Mache ich. Was soll drauf stehen? Ein Name oder nur ein Buchstabe?“

„Weder noch. Ich will das Logo des VfB Stuttgart haben. Schaffst du das?“

Wolfgang lachte. Die Neigung zum VfB hatte er nie verstanden, darüber hatten sie schon ein paar Mal gestritten. „Klar.“

Der Wirt grüßte, ging weg und Wolfgang zog sein Handy heraus. Für das Logo brauchte er eine Vorlage, eine in Schwarz-Weiß. Das empfand er als einfacher zum Nachzeichnen.

„Mario, weißt du noch, was wir besprochen haben?“

Ohne von seinem Spiel aufzuschauen sagte der Bub: „Ich darf in der Hütte nicht rennen und ich muss aufpassen, wenn du das lange Ding benutzt, weil das ganz heiß ist und doll brennt.“

Ein Lächeln huschte über Wolfgangs Gesicht. Hunderte Male hatte er es mit dem Bub besprochen. War der Lötkolben an, musste Mario still sein. Er hatte extra eine feuerfeste Box gebaut, doch die Gefahr blieb bestehen. Das Holz ließ sich so am besten gravieren.

„Genau. Ich mache den Lötkolben jetzt an. Du bleibst in der Ecke sitzen!“

Der Bub nickte. Wolfgang steckte das Kabel in die Trommel und schob die Box neben die Treppe. So verdeckte sein Körper das Gerät und Mario kam nicht in die Nähe. Ein Brand war seine größte Angst. Wie die Flammen sich durch das Holz fraßen, wollte er nicht erleben. Und doch liebte er den Geruch von verbranntem Holz und das Knistern. Im Haus hatte er sich ganz am Anfang einen Kamin eingebaut. Mit den Holzspänen vom Schnitzen schürte er das Feuer darin.

„Gravierst du jetzt den Stern, Papa?“

„Ja, sobald das Gerät aufgeheizt ist.“

„Dauert das lange?“

„Ein paar Minuten. Wenn die Spitze rötlich leuchtet, dann kann ich anfangen.“

„Kann ich das sehen?“ Der Bub legte das iPad zur Seite. Seine Augen leuchteten, er kam zu ihm und wollte auf seinen Schoss sitzen.

„Nein, Mario. Ich brauche Platz. Du kannst nicht auf meinem Knie sitzen.“

Bevor der Bub anfing zu heulen, sollte er sich schnell etwas einfallen lassen. Die erste Träne lief über seine Wange. Wolfgang zog eine der verschlossenen Kisten unter der Theke hervor.

„Guck mal. Hier stellst du dich drauf. Da siehst du genau, was ich mache. Okay?“

Das gefiel ihm. Er kletterte auf die Kiste und blieb stehen. Er sah Wolfgang in die Augen und es berührte ihn auf seltsame Weise tief in seinem Herzen. So hatte ihn Alice immer angesehen. Seine kleine Tochter, die er über alles liebte. *Oh Alice, wärst du doch nur hier,* dachte er wehmütig.

„Papa, weinst du?“ Marios Stimme holte ihn zurück in die Gegenwart. Er schniefte und schüttelte den Kopf.

„Nein.“ Seine Stimme war belegt, er konnte die Tränen wegwischen, bevor der Kleine sie sah. Der hatte seine Frage vergessen und nahm sich eines der Holztierchen von der Theke. Er hielt den Elefanten hoch, gab grunzende Laute von sich. Tat, als würde der Elefant durch die Sahara trampeln. Er schlug ihn dabei auf die Theke.

„Mario! Pass auf! Stell ihn zurück, den wollen wir doch verkaufen!“

„Okay.“ Der Bub stellte das Tier wieder zurück. Er achtete nicht mehr auf ihn, die Spitze des Lötkolbens glühte bereits rötlich. Wolfgang legte den Stern aus Ahornholz vor sich hin und das Handy daneben. Er hatte ein Bild mit dem Logo aufgemacht. Der Stern war nicht groß, es gab keinen Platz für Fehler. Er nahm die glühende Spitze in die Hand und fing an, das Wappen einzugravieren. Ahornholz liebte er. Der Geruch, als die Spitze sich in das Holz fraß, machte ihn glücklich und beruhigte ihn auch. Vorsichtig pustete er über den Stern, als das Wappen eingebrannt war. Für die Buchstaben „V“, „f“ und „B“ nahm er sich mehr Zeit. Die Linien waren dicker, er fuhr mehrfach über die gleiche Stelle.

„Das ist toll, Papa!“

„Ja, das ist es“, stimmte er seinem Sohn zu. „Siehst du, wie sich die glühende Spitze in das Holz frisst? Die Gravur, also das Logo, geht nie wieder aus dem Stern raus.“

„Aber was ist, wenn der Mann etwas anderes auf dem Stern haben will?“

„Dann kann ich es auf die andere Seite machen oder ich nehme das körnige Papier aus der blauen Kiste und reibe es ab.“

„Du hast gesagt, das geht nicht mehr aus dem Stern!“

„Ich kann zaubern!“

Mario war nicht überzeugt. Von der Flamme war er fasziniert. Er folgte jeder seiner Bewegung mit den Augen. Das untere innere Wappen, das im Logo gelb war, ließ sich schnell in das Holz gravieren. Langsam fuhr er mit der Spitze neben der Linie des Wappens entlang, pustete kurz über das Holz, um die feinen Rußteilchen zu entfernen und gravierte die drei Hirschstangen ein. Die Zahlen machte er erst am Ende. Sie waren schnell eingraviert und er stellte den Stift vom Lötkolben wieder zurück. Er schaltete es wieder aus. Da es innerhalb von Sekunden heiß wurde, konnte es jetzt abkühlen und nichts passieren.

„Schau, so sieht das Logo vom VfB in Holz graviert aus.“

„Da wird sich der Mann freuen!“

Wolfgang lächelte, als sein Sohn ihn dafür bewunderte.

„Hallo, Entschuldigung!“

Die Stimme eines älteren Herren lenkte ihn ab. Er schaute auf und lächelte. Mario tat wichtig und wollte schon fast auf die Theke klettern, so neugierig war er.

„Wie kann ich Ihnen helfen?"

„Ich möchte zwei der kleinen Sterne kaufen und einen der Schneemänner für meine Frau erwerben."

„Gern. Ich packe Sie Ihnen in Papier ein. Brauchen Sie eine Tüte?"

„Vielen Dank, nein, die passen in meinen Korb. Da ist noch genug Platz!"

Wolfgang lächelte und schob Mario etwas zur Seite. Er zeigte ihm, wie die Sterne in das Papier eingewickelt wurden. Mit Tesa klebten sie es zu, damit es nicht aufging.

„Bitteschön. Das macht dann 37 Euro."

Der Mann zog einen Schein aus seinem Geldbeutel und hielt ihn Mario hin. Stolz nahm der Bub ihn und legte ihn in die Kasse, die sein Vater schon geöffnet hatte.

„Stimmt so. Geben Sie den Rest dem Kleinen in die Spardose."

„Das mache ich. Vielen Dank! Einen schönen Tag Ihnen!"

Der Mann tippte an seinen Hut, lächelte und drehte sich um. Langsam schlenderte er weiter. Mario redete vor sich hin und strahlte. Es tat Wolfgang gut, die Unbeschwertheit zu sehen, die sein Sohn an den Tag legte, das Lachen über den verschütteten Kakao, den der Wirt brachte. Er holte den Stern ab und freute sich total. Mario war stolz auf seinen Papa und die Gespräche mit den Kunden. Einige fragten nach dem Holz, wo es herkam und wer all diese Tiere, Sterne und weihnachtlichen Stücke geschnitzt hatte. Sie lobten ihn für seine Geschicklichkeit und eine ältere Dame meinte: „Aber vergessen Sie bei all diesen Schnitzereien nicht das Schlafen! Eine warme Milch mit Honig wirkt Wunder! Das können Sie mir glauben!“

Er lächelte und versprach, es am Abend auszuprobieren.

„Die Frau hat Recht, Papa“, sagte Mario, als sie mit ihrem Mann weggegangen war. „Du siehst echt müde aus!“

Von seinem Sohn so einfach durchschaut zu werden, missfiel ihm. „Papa hat nur Stress gehabt. Heute Abend trinke ich die Milch und gehe früher ins Bett. Okay?“

Der Bub nickte heftig und verzog sein Gesicht zu einer Fratze. „Aber nicht vergessen!“, sagte er. Wolfgang packte die nächsten Tiere in das Papier ein. Er gab sie der jungen Frau, die ebenfalls das Wechselgeld ablehnte. Mario hüpfte auf und ab und fiel fast von der Kiste.

„Nicht so stürmisch, Mario! Du tust dir nur weh!“

„Ich nicht. Mir tut nichts weh!“

„Aber wenn du von der Kiste fällst, tust du dir weh!“

Mario blieb stehen und verschränkte seine Arme. Zum Glück kam ein älterer Herr vorbei und lenkte den Bub ab, sodass er nicht mehr auf der Kiste herumsprang. Der Herr wünschte eine Gravur auf einem der Holzbrettchen. Schnell war der Name seiner Frau eingraviert und er übergab ihm das Brettchen.

„Toll! Da wird sie sich sehr freuen. Sie ist schon seit Kindheitstagen ein großer Mickey Mouse Fan."

„Dann ist das Brettchen genau richtig", stimmte Wolfgang dem Herrn zu. Der lächelte und wandte sich ab. Sein Blick fiel auf den Stand gegenüber. Etwas störte ihn. Als würde man ihn beobachten. Sein Herz klopfte schneller, er wurde unruhig. Er schaute die Menschen an, keiner schien ihn zu beobachten. Mit den Worten *„Du siehst doch nur Geister!*" schimpfte er sich in Gedanken. Die beiden Frauen, die zu ihm an den Stand traten, lenkten ihn ab. Sie kauften einen der Nikoläuse, die er aus einer Lust heraus vor ein paar Wochen geschnitzt hatte. Mario brabbelte vor sich hin, er hatte ihm nicht zugehört.

„Was ist los, Mario?", fragte er ihn. Der Bub deutete auf das andere Pärchen vor dem Stand. „Sie wollen einen Stern kaufen. Mit einen Namen darauf."

„Aber gern. Welche Größe darf es sein? Und welchen Namen soll ich gravieren?"

Er gravierte den mittleren Stern mit dem Namen *Sonja*, dabei achtete er nicht mehr auf Mario. Die Flamme fraß sich in das Ahornholz und es faszinierte ihn noch immer aufs Neue. Er pustete über das Holz und wickelte es in Papier ein. Das Pärchen verwehrte ebenfalls das Rückgeld. Er freute sich über das zusätzliche Geld und legte es in die separate Dose. Das knarrende Geräusch ließ ihn herumfahren. Mario hatte die Tür der Hütte geöffnet und stand schon außerhalb im Schnee.

„Mario! Komm wieder rein!", schimpfte er lautstark. Den seltsamen Blick des Mannes nahm er nur am Rande wahr. Sein Sohn grinste. Hinter ihm tauchte eine Frau auf. Den bunten Wollschal, den sie trug, gab es nur einmal.

„Hallo Wolfgang."

„Hallo Frauke. Ich dachte, Mario will einfach weglaufen."

„Er hat mir gewunken und die Tür geöffnet", sagte sie und ihr Lächeln war hinter dem Wollschal kaum zu sehen. Er wusste es auch so. Ihre Ausstrahlung war so herzlich, es stimmte ihn ein wenig glücklicher. Sie trat ein und legte ihre Tasche unter die Theke.

„Er ist halt ein Gentleman."

„Er kommt nach dir."

„Danke." Wolfgang neigte leicht den Kopf, während Mario knallrot anlief. Er zog sich die Mütze ins Gesicht bis über die Augen und drehte sich weg. Ohne ein Wort zog er die Tür zu, blieb in der Ecke stehen und Wolfgang fragte sich, wieviel er noch sehen konnte.

„Du siehst müde aus."

„Hab nicht viel geschlafen. Stress auf der Arbeit. Aber jetzt habe ich ein paar Tage frei", sagte Wolfgang knapp. Er wollte nicht über seine langen schlaflosen Nächte sprechen. Auch nicht über seine Spaziergänge, an die er sich kaum erinnerte.

„Und anstatt dich auszuschlafen, stehst du hier und arbeitest. Mach mal eine Pause."

„Ja, bald. Kann ich Mario und mir etwas zu essen holen? Passt du solange auf die Hütte auf?"

„Aber klar. Geh nur, Mario und ich halten die Stellung, nicht wahr?"

„Genau! Wir verkaufen ganz viele Sterne!“, rief Mario aus seiner Ecke und schob sich die Mütze hoch. Er krabbelte vor und stand schneller auf der Kiste, als Wolfgang gucken konnte. Der schüttelte den Kopf und prüfte, ob er seinen Geldbeutel in der Hosentasche hatte. Mario erklärte dem älteren Paar vor der Theke, wer all die Sachen geschnitzt hatte. Er verließ schnell die Hütte. Die Tür fiel krachend hinter ihm zu, unbeabsichtigt. Er dachte nicht lange nach und schlenderte nach rechts. Dort gab es mehrere Stände mit Essen. Würziger Grillduft zog in seine Nase, er lief direkt darauf zu. Rote Würste, Grillwürstchen und Schnitzel brutzelten und rochen so herrlich, dass sein Mund feucht wurde.

„Hallo, was darf's sein?“

Die Stimme des Grillmeisters tönte über das Brutzeln hinweg. Er schien zu schwitzen, trug unter der Schürze nur ein T-Shirt. Mit einer schnellen Bewegung drehte er die Würste um. Sie brutzelten und schlugen ihm den Dampf ins Gesicht. Durch seine Brille konnte er nicht mehr viel sehen, sie war beschlagen.

„Für mich eine Rote Wurst im Brötchen und eine große Portion Pommes.“

„Kommt sofort“, sagte der Mann und fuchtelte mit seiner Hand vor seinem Gesicht herum. Nur kurz verschwand der Dampf, er schoss wieder in die Höhe. Ein jüngerer Mann mit gleicher Schürze kam ihm zu Hilfe. Die Pommes fielen fast hinab, so viele hatte der in die Schale gehäuft. Für die Rote Wurst hatte er eine Serviette um das Brötchen gehüllt. Wolfgang nahm seinen Geldbeutel und gab dem Mann einen Zehner.

„Stimmt so.“

Der junge Mann grinste und deutete eine Verneigung an.

„Hoppla!“

Auf dem Boden lagen ein paar Pommes, sie fielen, als Wolfgang die Schale hochhob. Wie gelbe Punkte steckten sie im Schnee zu seinen Füßen.

„Warten Sie, ich gebe Ihnen eine zweite Schale“, sagte der junge Mann und reichte sie ihm. Wolfgang bedankte sich und konnte so die Pommes leichter tragen. Auf dem Rückweg lief er langsamer, schaute sich nach allen Seiten um. Menschen sahen ihn an und doch gleich wieder weg. Ein älterer Herr starrte ihn an. Ihm war mulmig zumute, daher beschleunigte er seine Schritte. Die Frau vor ihm drehte sich um und rempelte ihn im Vorbeilaufen an, ohne sich zu entschuldigen. Sein Herz schlug schneller. Er fühlte sich beobachtet, konnte es nicht erklären.

„Werde ich jetzt paranoid?“, fragte er laut. Sein Kopfschütteln ließ ein junges Paar missbilligende Blicke auf ihn werfen. Er eilte weiter, langsam und sah sich um. Die Hütte erschien ihm wie eine rettende Insel. Ohne auf den Boden zu achten lief er schneller darauf zu. Es zog ihm den Fuß weg, er rutschte und fiel doch nicht hin. Der feste Griff an seinem Arm war stählern.

„Vorsicht, junger Mann! Nicht zu hastig. Sie wissen doch, dass es hier ab und an rutschig ist!“

Wolfgang schnappte nach Luft. Er starrte dem älteren Herrn in die Augen, der ihn aufgefangen hatte. Unter seiner Mütze quollen graue Haare hervor.

„Danke.“

„Nichts zu danken. Machen Sie sich nicht zu viele Gedanken, das Leben ist zu kurz, um nicht mehr Spaß zu haben!“ Mit einem Salut hob der Mann seine Glühweintasse und nahm einen großen Schluck. Wolfgang ging zur Hütte, Mario öffnete schon die Tür.

„Hallo Papa!“ Das Kind strahlte. Die Pommes in seiner Hand ließen seine Augen leuchten. Mario setzte sich auf die Kiste und mampfte sie weg, fast ohne zu kauen.

„Vergiss das Kauen nicht“, mahnte da schon Frauke, als hätte sie seine Gedanken gelesen. Mario nickte mit vollem Mund und schluckte wieder, ohne zu kauen. Wolfgang setzte sich auf den Stuhl in der Ecke. Sein Brötchen aß er langsam, ließ dabei seinen Blick nach draußen wandern. Sein Freund, der Wirt, hatte viel zu tun. Alle Tische waren belagert, die Menschen tranken einen Glühwein nach dem anderen. Er spürte den Blick. Der Mann drehte schnell seinen Kopf weg, doch er wusste es. Jemand beobachtete ihn. Er zog den Kopf ein, wollte nicht gesehen werden. Sein Herz klopfte schneller, er schloss die Augen, um es zu beruhigen.

„Ist alles in Ordnung, Wolfgang?“

„Mir geht es gut. Ich bin nur müde.“

Fraukes kritischer Blick ließ ihn ahnen, dass sie seine Ausrede nicht glaubte. In dem Moment fing Mario an zu husten. Dabei spuckte er ein paar Pommes auf den Boden. Wolfgang sprang auf, um ihm auf den Rücken zu klopfen.

„Mario! Du musst langsamer essen! Trink mal was!“

Er griff zur Wasserflasche, die auf dem schmalen Regal hinter ihm stand. Der Bub schüttelte sich und spuckte ein weiteres Pommes aus. Wolfgang hielt ihm die Flasche hin, ein paar Schlucke später ging es Mario besser. Mit einem Taschentuch, das ihm Frauke reichte, schob er die Pommes zusammen. Er warf sie in den Mülleimer, der unter der Theke stand.

„Du kleiner Teufel! Das nächste Mal isst du langsamer, okay?“

„Ja, Sir!“ Mario hob die Hand und hatte seine Atemnot schon wieder verdrängt. Er stieg auf die Kiste hoch, um nach vorne zu schauen. Wolfgang tauschte mit Frauke einen besorgten Blick aus.

„Guten Tag.“

Die Stimme des älteren Herrn ließ beide aufschauen. Wolfgang erhob sich, um ihn nach seinem Wunsch zu fragen. Dabei ließ er seinen Blick wandern. Immer wieder. Der Mann, der ihn beobachtet hatte, war verschwunden. Das ungute Gefühl, das aufkeimte, ließ sich nicht stoppen. Es beunruhigte ihn mehr, als er zugeben wollte. Zu Frauke sagte er nichts. Den ganzen Nachmittag lang war er wachsam. Niemand war zu sehen. Langsam begann er zu glauben, dass er sich das nur eingebildet hatte ...

21. Dezember

Donnerstag

William trommelte auf den Tisch. Das Ticken der Uhr füllte die Stille dazwischen. Es klang nach einem Lied, mit zu viel Bass. Sein Blick fiel auf die Uhr. Kurz nach acht. Lars kam zu spät. Er wollte mit ihm sprechen. Über die Männer, die in Frage kamen. Ein Klopfen ließ ihn aufschauen. Lars, der hereinkam, trug eine Akte unter dem Arm.

„Guten Morgen. Entschuldigung. Auf der Straße war Schnee und der Drucker hat wieder gesponnen. Ich brauchte noch ein paar Seiten."

„Ach das macht nichts. Kommt vor. Der mag mich auch nicht. Immer ist die Patrone leer, wenn ich schnell ein paar Seiten drucken will."

„Die musste ich auch tauschen", sagte Lars lachend und nahm auf dem Sofa Platz. William erhob sich und ging um seinen Schreibtisch herum. Er setzte sich zu ihm. Lars breitete die Akten auf dem Tisch aus. Die Tür öffnete sich erneut und Florian kam herein. In den Händen hielt er drei dampfende Becher. Der Geruch von Kaffee zog in Williams Nase, als er die schwarze Flüssigkeit in der Tasse sah, die der Hüne auf den Tisch stellte. Ohne ein Wort zu sagen, setzte er sich in den Sessel.

„Danke, den hab ich jetzt gebraucht!" Lars nahm einen Schluck von seinem Kaffee. Sein Fluchen sagte alles.

William hatte es geahnt und die heiße Tasse nur kurz angefasst. Er ließ sie stehen.

„Wie lief es gestern?“

Florian und Lars warfen sich einen Blick zu. Keiner wollte antworten. William lehnte sich zurück. Er wartete. Schweigen löste bei manchen den Drang aus, zu reden, die Stille auszufüllen.

„Nicht gut“, sagte Lars. Er schien zu schwitzen, fuhr sich mit der Hand über die Stirn. „Das war keine Absicht.“

„Habe ich nie behauptet.“

„Ich kann es erklären“, sagte Lars und starrte auf die Akten. Er schluckte, William sah es deutlich. Das Ticken der Uhr füllte die Stille. Irgendwie hatte er das Gefühl, da steckte mehr dahinter.

„Ich höre!“ William wurde ungeduldig. Er richtete sich auf und starrte die beiden abwechselnd an. Lars senkte seinen Kopf.

„Er hat uns bemerkt. Ich ... ich war zu unvorsichtig!“, sprudelte es aus Lars heraus. Sein Blick eilte zwischen den beiden Kommissaren hin und her und wieder zur Akte. Auf seiner Stirn bildete sich weiterhin Schweiß. „Da hat er mich entdeckt und … und ich musste schnell verschwinden.“

„Und jetzt weiß der Mann, dass wir ihn beobachten.“

Lars schüttelte den Kopf. „Ich glaube nicht. Den Nachmittag über hat er sich ruhig verhalten. Er hat mich nicht gesehen, da bin ich mir absolut sicher!“

William sagte nichts. Sein Handy klingelte, das ersparte ihm die Antwort. Mit schnellen Bewegungen klopfte er sein Jackett ab, bis ihm einfiel, dass es auf dem Schreibtisch lag. Im selben Moment hörte es auf zu klingeln. Das Labor. Er drückte auf Wahlwiederholung.

„Hier ist das Labor, mein Name ist Natascha", meldete sich eine Frauenstimme. „Hallo Herr Herle, ich habe Neuigkeiten!"

„Ich hoffe, nur gute", sagte der Kriminalkommissar mit Blick auf die beiden Männer. „Moment, ich stelle Sie laut, dann können Flo und Lars gleich mithören."

„Ich wünsche Ihnen einen guten Morgen", tönte Natascha fröhlich, als William das Handy in die Mitte des Tisches legte. Florian beugte sich vor und stützte seine Ellenbogen auf den Knien ab. Sein Kopf ruhte auf seinen zu Fäusten geballten Händen. Lars schluckte, sagte ebenfalls kein Wort.

„Die DNA Ergebnisse liegen nun vor. Um es kurz zu machen, sie stimmen überein."

„Verdammt!", polterte Florian laut los. Er stand auf und wirkte noch größer, als er ohnehin schon war. Mit wütendem Blick starrte er erst Lars, dann William an. Ohne ein Wort zu sagen ging er aus dem Raum und warf die Tür hinter sich zu. Der Kriminalkommissar war perplex.

„Was war das?"

Nataschas Stimme riss William aus seiner Starre. Er räusperte sich, sah, wie Lars' Hände zitterten, als dieser nach seiner Tasse griff.

„Flo hat die Tür zugeworfen", sagte William leise. „Okay, vielen Dank für die Info. Schicken Sie mir bitte den Bericht."

„Ist schon auf dem Weg. Da ist noch etwas." Sie atmete tief durch und sagte: „Ich habe die Holzspäne untersucht. Es ist Ahornholz, unbehandelt und frisch gesägt. Aber das Wichtigste: Es ist dasselbe wie das der Sterne. Keinen Zweifel."

„Verdammt!", entfuhr es diesmal William. Schon als er nachts dem Mann vor dem Haus gegenüber gestanden hatte, hatte er es geahnt. Nur so ein Gefühl. Es war nicht greifbar. Doch seine dunkle Ahnung hatte sich bestätigt. Christine hatte den Mann als unauffällig beschrieben. Im mittleren Alter zwischen 30 und 55 Jahren. Einer, der gerne mit Holz arbeitete. Ob als Hobby oder Beruf konnte sie nicht sagen. Beim Lesen spürte William sich nicht wohl. Immer wieder war er erstaunt, wie sicher das Profil zutraf.

„Ich habe es zwei Mal geprüft." Die Stimme von Natascha holte ihn zurück in die Gegenwart.

„Alles gut. Ich hatte es bereits vermutet. Danke für Ihren Anruf."

„Bitte. Geben Sie diese Info an den österreichischen Herrn weiter, der mir die Probe schickte? Ich erreiche nur seine Mailbox."

William stutzte. Er warf Lars einen fragenden Blick zu, der zuckte nur mit den Schultern.

„Mache ich", sagte er und legte nach der Verabschiedung auf. Nachdenklich hielt er das Telefon in der Hand. Lars sagte nichts, blätterte leise in seiner Akte und mied den Blick zu William. Sein Gesicht war blass, ein einzelner Schweißtropfen rann seine Schläfe hinab.

„Nun ist es bestätigt.“

Seine Aussage verhallte im Raum. Lars räusperte sich nach ein paar Sekunden und fragte, ohne von seiner Akte aufzuschauen: „Woher kommen die Holzspäne?“

„Roland hat sie aus der Mülltonne geholt, unerlaubt. Was bedeutet, dass es vor Gericht nicht verwertbar ist. Ich habe die Probe dennoch ins Labor geschickt. Das war für ihn wichtig.“

Lars nickte und sah William direkt in die Augen. Der nahm seine Kaffeetasse und einen großen Schluck. Und noch einen. Und noch einen.

„Wir müssen in das Haus ohne diese Analyse, so schnell wie möglich. Ich glaube, dass er unser Mann ist. Hast du irgendetwas, das wir verwenden können?“

„Ja, doch, Moment“, stotterte Lars, sichtlich überrascht, dass William so laut wurde. Sein Gesicht bekam leichte rote Flecken. Er sah aus wie ein Clown, der sich gerade die Farbe aus dem Gesicht wischte.

„Hier.“ Die Erleichterung in Lars‘ Stimme war deutlich zu hören. Er zog ein Blatt aus der Akte und gab es William. Er streckte den Arm aus. Die Schrift war so klein, dass er sie nicht entziffern konnte.

„Wo habe ich meine Lesebrille?“, murmelte er. Seit Tagen suchte er sie. Achtlos legte er sie beiseite, fand sie dann unter den Akten, im Schrank oder auf dem Tisch. Suchend schaute er sich um, hob die Akten auf dem Tisch hoch und fragte sich, wann er sie das letzte Mal benutzt hatte. Da fiel sein Blick auf die Milch.

„Natürlich. Ich habe sie mit in die Küche genommen!“

Er eilte den Gang entlang, ohne Lars etwas zu sagen. Der saß wie ein Haufen Elend auf dem Sofa. In der Küche lag die Brille nicht. William stemmte die Arme in die Seite. Er war sich sicher gewesen, dass er sie mitgenommen hatte. Aus einem Gefühl heraus öffnete er den Kühlschrank. Zwischen den Dosen und einem Apfel lag sie und wartete. Er griff nach ihr und sie war eiskalt. Sie musste schon eine Weile dort gelegen haben. Verwundert schüttelte er den Kopf und ging zurück ins Büro. Lars hatte sich nicht bewegt. Er hielt ihm das Blatt hin, das er lesen sollte. William überflog es mit einem schnellen Blick.

Das könnte klappen, schoss es ihm durch den Kopf. Sein Herz klopfte schneller, als er nach dem Handy griff. Die Nummer war gespeichert. Es klingelte, er tippte nervös auf die Tischplatte.

„Nur die Mailbox“, schimpfte er und schlug mit der Faust auf den Tisch. „Ich brauche den Durchsuchungsbefehl!“ Er fluchte und trank einen Schluck aus seiner Kaffeetasse. Lars schob seine Papiere zusammen.

„Ich versuche es bei Herrn Friedrich. Er ist Richter am OLG in Stuttgart.“

William nickte nur und drückte auf die Tasten. Nur die Mailbox. Diesmal sprach er eine Nachricht drauf. Er stand auf, um den Schlüssel vom Schreibtisch zu holen. Keine Sekunde später klingelte sein Telefon.

„Kriminalhauptkommissar Herle."

„Guten Tag, Herr Herle, ich erhielt Ihre Nachricht. Was kann ich tun?"

„Danke für den Rückruf. Ich brauche einen Durchsuchungsbefehl."

Er erzählte dem Richter, was passiert war, von seinem Verdacht und dass er den Verdächtigen sofort verhaften wolle. Der Richter hörte ihm zu und äußerte sich erst am Ende: „Okay. Dann machen wir das. Ich hoffe, Sie finden etwas, das den Verdächtigen belastet. Geben Sie mir Bescheid?"

William nickte, bis ihm auffiel, dass der Richter das nicht sehen konnte. „Sobald ich etwas finde", beeilte er sich zu sagen und bedankte sich. Als er auflegte, wählte er sofort die nächste Nummer.

„Hallo Richard, ich brauche dich. Wir müssen ein Haus durchsuchen. Es gibt einen Mann, den ich für den Serienmörder halte", sagte er ohne Begrüßung.

„Wo muss ich hin?" Richard, Leiter der Spurensicherung, versprach, innerhalb einer halben Stunde mit seinem gesamten Team vor Ort zu sein. William legte auf und rannte aus dem Büro. Lars kam ihm auf dem Flur entgegen.

„Trommle alle zusammen! Wir können das Haus durchsuchen!"

Der Beamte nickte und drehte auf dem Absatz um. Florian war nicht zu finden. William rannte weiter, die Treppe hinunter. Unten schickte ihn die Dame am Empfang nach draußen. Der Hüne saß unbeweglich auf der Bank. William gab ihm nur ein Zeichen und ging in Richtung Garage. Mit Blaulicht fuhren sie los. Er ließ Florian fahren. Seine Ruhe strahlte langsam auf ihn aus.

Die Straßen waren frisch geräumt, eben fing es wieder an zu schneien. Vor dem Haus hielten sie an. Wegen des trüben Wetters brannte in zwei Zimmern Licht. William stieg aus und ließ die Tür hinter sich zufallen. Er sah sich um. Die Häuser sahen alle gleich aus. Gleicher Zaun und ein Haus für die Mülltonnen. Eine ruhige Wohngegend, viele Familien schienen hier zu leben. Auf der Straße war niemand zu sehen. Doch hinter den Gardinen im Nachbarhaus erkannte er eine Gestalt. Ob Mann oder Frau konnte er nicht sagen. Zu schnell war sie verschwunden. Er atmete durch und stieg über den Schneewall am Gehsteig. Das Schneeräummobil musste erst kürzlich vorbeigefahren sein. Auch auf dem Weg vor dem Haus war kaum Schnee auf den Platten zu sehen.

„Ja, bitte?“ Die Stimme der Frau riss William aus seinen Gedanken. Er hatte auf den Klingelknopf gedrückt und sich von der Tür abgewandt. Florian stand mit verschränkten Armen am Zaun. Lars zog sich seine Mütze über den Kopf. Neben ihm standen mehrere Männer. Ihre schwarzen Uniformen sahen im weißen Schnee surreal aus. Er wirbelte herum und räusperte sich.

„Sind Sie Frau Regine Weber?“

Die Frau nickte, dann zog William das Blatt aus der Tasche und überreichte es ihr. „Ich muss Sie bitten, das Haus zu verlassen. Hier ist der Durchsuchungsbefehl. Die Männer werden durch alle Räume gehen.“

„Mit welcher Begründung?“

„Ziehen Sie sich bitte eine Jacke an. Ich erkläre Ihnen dann gerne alles."

„Ich muss … ich … Ich hole meinen Sohn. Einen Moment. Mario! Kommst du mal zu Mama?"

Sie drehte sich um und William folgte ihr auf Schritt und Tritt. Im Flur lagen die Schuhe quer verteilt, an der Wand hingen zehn dicke Jacken. Mann, Frau und ein kleines Kind, schätzte er ab. Er blieb an der Tür zum Wohnzimmer auf der linken Seite stehen. Die Frau nahm gerade den kleinen blonden Jungen hoch. Der war davon nicht begeistert und fing an zu quengeln.

„Sag Hallo zu dem Mann, Mario. Wir müssen mal kurz nach draußen. Da können wir im Schnee spielen und der Mann erzählt uns eine Geschichte. Na, was sagst du?"

Der Kleine fuhr sich mit der Hand übers Gesicht. Er hörte auf zu weinen und fing an zu lachen. „Baust du einen Schneemann mit mir?"

„Meinst du denn, dass draußen genug Schnee liegt?", fragte William den Bub. Der legte den Kopf schief und nickte heftig.

„Komm, du musst deine dicke Jacke und die blauen Schuhe anziehen. Dann wird dir nicht kalt!"

Die Frau ging mit Mario an William vorbei in den Flur. Sie sprach auf den Bub ein, während sie ihn anzog. Sie selbst schlüpfte nur in Stiefel und eine Jacke, ohne sie zuzumachen. Der Blondschopf sprang hin und her. Er schnappte sich eine kleine Schaufel und fing an, den Schnee auf einen Haufen zu kippen. Die Frau verschränkte ihre Arme vor der Brust, zog dabei ihre Jacke enger.

„Erklären Sie mir jetzt, warum Sie mein Haus durchsuchen?“

William starrte auf den Boden und schluckte. Er wusste nicht, wie er es ihr sagen sollte. Ihr Mann stand unter Verdacht, die jungen Frauen ermordet zu haben. Er hob den Blick und schaute ihr direkt in die Augen, sah die Angst, den fragenden Blick und ein bisschen Wut.

„Lesen Sie Zeitung?“

„Selten. Mario braucht viel Aufmerksamkeit. Wolfgang liest sie immer.“

„Wann haben Sie zuletzt mit ihrem Mann gesprochen?“

Sie lächelte kurz und schniefte. „Heute Morgen. Bevor er zu Arbeit gefahren ist“, sagte sie leise und drehte sich zu ihrem Kind um. Der klopfte mit der Schaufel den Schnee zusammen.

„Okay. Ich … ich weiß nicht, wie ich es sagen soll ...“ William fing an zu stottern. Er atmete tief durch und sprach es aus: „Die toten Frauen. Es besteht der Verdacht, dass Ihr Mann der Täter ist.“

„Was? Wie kommen Sie denn auf diese schwachsinnige Idee?“ Die Frau war außer sich vor Wut. Sie starrte ihn an, holte Luft, um etwas zu sagen.

„Es … es gibt Hinweise und diesen müssen wir nachgehen. Es tut mir leid“, sagte William leise und schob mit seinen Schuhen den Schnee hin und her.

„Herr Herle, kommen Sie bitte, wir haben etwas gefunden!“

Der Ruf kam genau richtig. William fühlte sich unwohl. Er wollte ihr nicht erklären, warum er ihren Mann für den Mörder hielt. Er murmelte etwas und eilte durch die Tür ins Haus. Richard stand mit einem Mann im Wohnzimmer. Sie trugen Handschuhe und hatten eine Folie auf dem Tisch ausgelegt.

„Hallo William. Er hat etwas gefunden."

Der junge Mann hielt eine Kiste in der Hand. Mit einer Hand zog er den hellgrauen Pullover hoch. Die Blutflecken waren getrocknet, aber noch sichtbar.

„Einpacken. Und schickt sofort Proben ins Labor! Wenn das Blut von einem der Opfer ist, können wir ihn verhaften!"

William rief die Frau zu sich. Zögerlich kam sie herein, den Blick abwesend, zurück in den Flur nach draußen. Sie blieb am Türrahmen stehen. Im hellen Licht der Lampe sah sie blass aus, dunkle Ringe unter ihren Augen konnten vom Make-up nicht verdeckt werden.

„Gehört der Pullover Ihrem Mann?"

Sie nickte und die erste Träne rollte über ihre Wange. Mit dem flachen Handrücken wischte sie sie ab. William drehte sich um und nahm die Packung mit den Taschentüchern. Als er sie ihr gab, sagte sie nichts und wandte sich ab.

„Die Garage ist verschlossen. Wir müssen dort auch rein. Würden Sie uns aufschließen?"

„Ich habe keinen Schlüssel. Die Garage ist der Privatraum meines Mannes. Er schnitzt dort seine Stücke."

William wurde hellhörig. Ein privater Raum, den nur der Mann betreten durfte. Dazu der Hinweis, dass dies die Werkstatt für die Schnitzereien war. Er musste hinein.

„Was schnitzt er denn?“, fragte er, um seine Aufregung zu verbergen.

„Sachen aus Holz. Die verkaufen wir auf dem Weihnachtsmarkt. Meine Schwester hilft uns dabei.“

„Ah. Wir müssen in die Garage.“

„Sie dürfen da nicht rein! Keiner von uns!“

„Frau Weber, ich habe einen Durchsuchungsbefehl, der mir das erlaubt!“ William hielt ihr das Blatt unter die Nase. Die Spannung im Raum war greifbar, sein Herz schlug schneller. Etwas in ihm sagte, dass er kurz vor der Lösung des Falles stand.

„Richard, öffne bitte die Tür!“

Der mit einem grünen Pulli bekleidete Mann grinste. Er stapfte zur Tür und schon direkt hindurch. So schnell hatte er das Schloss geknackt. „Bitte treten Sie in die Männerhöhle ein!“

William sah in den dunklen Raum. Hinter ihm fiel Licht hinein. Er erkannte eine große Werkbank und hohe Regale bis zur Decke. Sie waren voller Kisten. Links war der Lichtschalter. Als er ihn betätigte, flammte eine Neonröhre in der Deckenmitte auf. Es tauchte alles in ein kaltweises Licht. William stieg die drei knarrenden Stufen nach unten. Der Boden war teilweise von Holzspänen bedeckt. Vor der Bank stand ein Eimer, um diesen herum häuften sie sich. An der Wand hingen die Werkzeuge. Im ganzen Raum verteilten sich die Schnitzereien. Sie schienen dort abgestellt worden zu sein, wo Platz frei war. In einer Kiste lagen die geschnitzten Sterne. Auf der Platte stand etwas, das William an eine Holzlok erinnerte.

„Mein Mann wird wütend darüber sein, dass Sie hier eingedrungen sind."

Die Frau lehnte am oberen Türrahmen und hatte die Arme vor der Brust verschränkt. Ihr Blick war traurig, auf ihrer Wange schimmerten verwischte Tränen. William seufzte. Er konnte ihr darauf nicht antworten. In fremden Häusern fühlte er sich oft unwohl. Schließlich standen hier die privaten Dinge der Menschen herum und er stellte alles auf den Kopf, beziehungsweise seine Männer. Sein Blick wanderte über die Regale. Richard sollte alle Kisten öffnen, um Beweise zu finden, dass der Mann die Frauen ermordet hatte. Er näherte sich der Werkbank.

„Fass bitte nichts ohne Handschuhe an!"

Richard stellte sich hinter William. Mit seinen schwarzen Schuhen und seinem grünen Pulli sah er wie ein Wichtel aus. Er streckte ihm ein Paar Handschuhe entgegen. Der nahm sie zähneknirschend und zog sie sich über. Er trat wieder an die Werkbank heran und schaute sich die Lok genauer an. Die kleinen Details, wie die Fenster und die Achsen an den Rädern erstaunten ihn. So etwas tolles hatte er selten gesehen. Behutsam stellte er sie zurück in den Haufen Späne, in dem die Lok stand.

„Kann mir jemand helfen?"

William drehte sich um, als es polterte. Eine Kiste rutschte aus dem oberen Regal. Richard konnte sie nicht halten.

Die Tannenbäume fielen heraus und verteilten sich auf dem Boden.

„Entschuldigung, das wollte ich nicht!“

Richard klang zerknirscht und bückte sich, um die Tannenbäume wieder in die Kiste zu legen. Er legte sie behutsam zurück. William trat zu ihm, um ihm zu helfen. Richard legte den Deckel auf die Kiste.

„In welchem Fach stand sie?“

„Oben. Sie stand am Rand und ich bin wohl dagegen gestoßen. Sie war nicht richtig nach hinten geschoben.“

„Stellen wir sie zurück.“

William nahm die Kiste und wollte sie hochheben. Sie war ihm zu schwer. Richard griff sie von unten, um das Gewicht zu stemmen. So konnte William die Kiste ins Regal schieben.

„Stopp!“

Der Ruf ließ William innehalten. Er hielt die Arme nach oben, um die Kiste nicht fallen zu lassen. Keine Sekunde später nahm sie ihm jemand ab. Florian stellte sie mit einer Leichtigkeit auf den Boden, als wären nur Federn darin. Der Hüne stellte sich auf und griff nach ganz hinten in das Regal, wo William eben die Kiste reinstellen wollte. Er zog eine metallene Box hervor, dunkelgrün. Sie war nicht verstaubt.

„Kennen Sie diese Box?“, fragte William die Frau, während Florian sie auf die Werkbank stellte.

„Ich habe sie noch nie vorher gesehen."

„Danke. Wir werden sie öffnen."

„Muss das sein? Sie gehört meinem Mann und keiner hat das Recht, sie zu durchsuchen!"

Florian bat die Frau, mit ihm zusammen in die Küche zu gehen. Es sei Zeit für einen Tee, meinte er höflich. Sie widersprach nicht. Der Hüne hatte einen Charme, dem kaum jemand widerstehen konnte. William hörte, wie die beiden in der Küche sprachen und mit Geschirr klapperten.

„Sie ist verschlossen. Also die Box. Die Frau auch."

William drehte sich zu Richard und warf ihm einen bösen Blick zu. Der zuckte mit den Schultern. Zusammen schauten sie die Box an, die der Spurenermittler auf die Bank stellte. Sie war einfach, wie eine jener Münzkassetten, die auf Festen häufig genutzt wurden. Es gab nur einen Schlüssel und man konnte sie ...

„Tada! Das war einfach!" Richard klimperte mit seinem Schlüssel und konnte das Grinsen nicht verbergen. „Willst du sie öffnen?"

William nickte und musste plötzlich schlucken. Seine Hände zitterten, als er nach dem Deckel der Box greifen wollte. Er atmete tief durch und zuckte zurück, als es ihn wie ein Blitz durchfuhr. Mit einem Quietschen gab die Box ihr Geheimnis frei. Oben lag das Bild eines kleinen Mädchens mit blonden Haaren. Ihr Blick war auf die Kamera gerichtet, sie lachte und zeigte ihre weißen Zähne. Glücklich sah sie aus. William nahm es mit spitzen Fingern heraus, um es näher zu betrachten.

„Sie steht an einem See. Da, er ist zugefroren.“ Richard war neben William getreten und warf nur einen kurzen Blick auf das Bild. Der Kommissar nickte nur und legte es beiseite. In der Box waren noch mehr Bilder des Mädchens. Sie musste etwa sieben Jahre alt sein, schätzte William.

„Ein hübsches Kind. Da sind weitere Bilder. Und Zeichnungen. Ich denke, das Kind hat sie gemalt.“

„Darf ich das Bild sehen?“

William drehte sich mit dem Foto in der Hand um. Er schaute die Frau prüfend an. Sie hatte wieder die Arme vor der Brust verschränkt, hielt jedoch eine dampfende Tasse in der Hand. Hinter ihr tauchte der lange Schatten des Hünen auf. Auch er hielt eine Tasse in beiden Händen. Es sah seltsam aus.

„Okay“, sagte er und zeigte ihr das Bild. „Kennen Sie dieses Mädchen? Sie muss etwa sieben Jahre alt sein.“

„Nein. Nein, ich kenne sie nicht.“ Eine Träne lief über ihre Wange, als sie den Kopf schüttelte. „Das macht mir Angst. Wer ist das Mädchen? Ist das seine Tochter?“

„Hat er je von einer Tochter gesprochen? Oder wie kommen Sie darauf?“

„Nein. Nein, niemals. Mit keinem einzigen Wort! Sie sieht ihm so ähnlich. Entschuldigen Sie mich bitte.“ Sie drückte sich an Florian vorbei, der ihr stumm folgte. William hörte ihr Weinen und wie der Hüne leise auf sie einsprach.

„Will, schau mal.“ Richard hatte den Inhalt der Kiste herausgenommen. Er legte die Sachen auf verschiedene Haufen. William nahm die Bilder und sah sie durch. Es zeigte das gleiche blonde Mädchen, wie es gewachsen war. Ganz unten lagen zwei Fotos, die sie als Baby zeigten. Der Mann hatte sie beschnitten. Wer immer das Baby hielt, war aus seinem Leben gelöscht.

„Glaubst du, dass es seine Tochter ist?“

„Ja, Will. Weshalb hebt man sonst Bilder auf? Sie sind schon älter, abgegriffen. Siehst du die Ecken? Einige sind abgeknickt. Er muss sie oft angeschaut haben.“

„Sie muss gestorben sein. Ein Unfall oder eine tödliche Krankheit. Sonst würde er sie nicht hier in dieser Kiste im hintersten Regal verstecken. Er hat sie geliebt. Ich muss wissen, warum sie gestorben ist!“

„Das ist der Auslöser, nicht wahr? Ihr Tod hat zu all diesen Morden geführt.“ Richard sprach Williams Gedanken laut aus. Daher nickte er nur und legte die Fotos zurück in die Box.

„Nimm sie mit. Untersuche sie. Finde heraus, wer das Kind ist. Ruf Lars an. Der wird dir helfen. Wir müssen ihn finden. Und zwar schnell!“

22. DEZEMBER

FREITAG FRÜH

Er ließ sich auf die Bank fallen, ignorierte die aufsteigende Kälte an seinem Hintern und starrte in die tiefe Nacht auf den Fluss. Das Tosen des Wassers konnte ihn nicht beruhigen. Stattdessen machte ihn die Gleichmäßigkeit verrückt. Er sprang auf und stampfte durch den Schnee. In der Dunkelheit sah er nicht, wohin der Weg führte. Er lief bis zur nächsten Laterne. Erst hier erkannte er den Weg wieder. Dort waren die Spuren anderer Menschen, die den Schnee flachgetreten hatten. Der frisch gefallene Schnee konnte sie nicht verbergen. Im Licht der Laterne verwischte er sie mit dem Stiefel, machte die Schneedecke glatt. Er wollte seine eigenen Spuren verwischen, doch er drehte sich nur im Kreis.

Das Gefühl, nichts zu erreichen, machte sich in ihm breit. Seine Zehen waren kalt und fingen an zu schmerzen. Als er sie bewegen wollte, schoss ein Schmerz durch sein Bein. Den Aufschrei konnte er unterdrücken. Er ging ein paar Schritte, um seine Zehen zu bewegen. Ein Schatten ließ ihn herumfahren. Angst floss durch seinen Körper, ließ ihn erstarren. Der Schatten wurde länger und bewegte sich auf ihn zu. Wie versteinert stand er da und konnte nur zusehen. Etwas sprang aus dem schneebedeckten Gebüsch. Im Licht der Laterne sah er einen Fuchs. Er sah den Mann an und tappte weiter, verschwand hinter der Bank, die neben der Laterne im Halbschatten stand. Durch seinen Körper schwappte Erleichterung. Sein Atem gefror, als er tief ausatmete. Er musste hier dringend weg.

Noch mehr Aufregung tat ihm nicht gut. Außerdem war er müde. In der vorletzten Nacht hatte er nicht viel geschlafen. Jetzt war er seit fast 24 Stunden wach.

Wie in Trance setzten sich seine Füße in Bewegung. Sein Van stand abseits der Straße auf dem Parkplatz. Niemand störte es. Der Schnee verbarg das weiße Auto. Ohne das Licht anzuschalten, setzte er sich in den Van. Es war genauso kalt wie draußen. Der Schlüssel steckte in seiner Hosentasche. Seine Finger waren steif, er schaffte es kaum, ihn zu ziehen. Als er es schaffte, steckte er ihn ins Zündschloss. Er drehte die Heizung auf die höchste Stufe, ließ aber das Licht aus. Der Motor lief gleichmäßig. Er rieb sich mit den Händen über das Gesicht. Seine Finger wärmten sich durch die Reibung. Er war müde und konnte doch nicht schlafen. Sein Blick fiel auf den leeren Kaffeebecher. Das Café war nicht weit weg. Morgens um vier Uhr hatte es jedoch nicht geöffnet. Er grübelte weiter. Wer könnte um diese Zeit geöffnet haben? Da fiel es ihm ein. „Die Raststätte!“ Nur ein paar Kilometer von hier entfernt.

Kurzerhand schaltete er das Licht des Vans ein und fuhr vorsichtig vom Parkplatz. Die Straße war nicht geräumt, erst in zwei Stunden würde die Stadt langsam zum Leben erwachen. Der Schnee fiel dichter, als er die Hauptstraße erreichte. Die Sicht war eingeschränkt. Er schaltete den Scheibenwischer an und kniff die Augen zusammen. So konnte er langsam fahren. Mit klopfendem Herzen fuhr er auf den Parkplatz. Eigentlich war er das Fahren auf Schnee aus der Heimat gewohnt. Seine Hände zitterten, obwohl er sich fest am Lenkrad hielt. Er schloss für einen Moment die Augen, um sich zu beruhigen. Die Atemübung half nicht. Er hatte sie zu lange nicht genutzt. Es gab keinen Grund. Die Wirkung zeigte sich erst, als er tief ein- und ausatmete und die Stille zuließ.

Die Raststätte strahlte wie ein Casino – grell und mit vielen bunten Lichtern. Er zog den Schlüssel und stieg aus dem Van. Wirbelnd fiel der Schnee um ihn herum herab. Der Weg war kaum zu sehen. Vorsichtig stapfte er durch den frisch gefallenen Schnee. Er wollte nicht auf Eis ausrutschen. Als er die Tür öffnete, klingelte es leise über ihm. Die ältere Frau hinter der Theke hob ihren Kopf.

„Guten Morgen, darf ich Ihnen einen Kaffee bringen?“

Er nickte nur, ging quer durch das kleine Restaurant. Mit dem Rücken zur Wand setzte er sich an den hintersten Tisch. Niemand anderes war zu sehen. Einzig seine nassen Spuren führten durch den Raum.

„Sie sehen müde aus.“

Ihre Stimme ließ ihn zusammenzucken, doch er fing sich sofort. Er schenkte ihr ein leichtes Lächeln und nahm ihr die dampfende Tasse Kaffee ab. Sie stellte ihm die Zuckerdose hin, legte den Löffel daneben und lief wieder zurück zur Theke. Er beobachtete sie, wie sie sich selbst einen Kaffee einschenkte. Die große Uhr, die an der Wand gegenüber hing, zeigte halb fünf. In dem Fenster konnte er sein Spiegelbild sehen, das ihn anstarrte. Das Schneetreiben hörte nicht auf. Mit dem Löffel rührte er den Zucker in seinem Kaffee um. Viel Zucker. Er hatte gleich drei Würfel hineinfallen lassen. Er hob die Tasse und prostete seinem Spiegelbild zu.

Plötzlich sah er ein spielendes Kind im Schnee. Es sprang und hüpfte, warf sich rückwärts auf den Boden. Seine blonden Haare quollen unter der dunkelroten Mütze hervor. Der Schnee flog um es herum. Sein Lachen war so herrlich und ließ den Knoten in seinem Herzen verhärten. Eine Träne rollte über seine Wange, während sich das

Kind aus dem Schnee aufrappelte. Seine Kleidung war weiß vom Schnee. Es hüpfte hin und her und auf die Eisfläche zu. Am Baum blieb es stehen und schaute ihm direkt in die Augen. Es lächelte und setzte den linken Fuß auf das Eis, dann den rechten. Immer noch mit Blick auf ihm setzte es einen Fuß vor den anderen. Er wollte es warnen, keinen Ton brachte er heraus. Das Eis war gefährlich. Es konnte einbrechen und in das eiskalte Wasser fallen. Dem Kind war das egal. Es rutschte hin und her und lachte. In der nächsten Sekunde krachte es laut. Er starrte auf die Eisfläche und konnte das Kind nicht mehr sehen. Einzig die dunkelrote Mütze lag mitten auf dem Eis.

„Ist alles in Ordnung?“

Die Stimme drang nur langsam zu ihm durch. Er starrte aus dem Fenster, glaubte, die Eisfläche zu sehen. Doch wie Nebel verschwand sie. Der verschneite Parkplatz blieb. Im hellen Licht der Laterne wirkte die Szene surreal.

„Entschuldigung, ist wirklich alles in Ordnung?“

Er fuhr sich mit den Händen über das Gesicht, schaute auf. Die Frau von der Theke war zu ihm geeilt und wirkte besorgt. Ihr mitleidiger Blick war nicht zu übersehen.

„Ich bringe Ihnen eine neue Tasse. Passen Sie bitte auf die Scherben auf.“

Da realisierte er, dass das Krachen nicht vom Eis stammen konnte. Er hatte seine Kaffeetasse vom Tisch gefegt. Er murmelte eine Entschuldigung und lehnte sich zurück. Sein Blick streifte die Scherben auf dem Boden nur kurz. Dann schloss er die Augen. Ein. Aus. Ein. Aus. Mit der

Atemübung beruhigten sich seine Nerven kaum. Das Klirren ließ ihn wieder aufschauen.

„Trinken Sie. Das tut Ihnen gut. Der Zucker tut sein Übriges."

Die Dame von der Theke hatte die Tasse etwas zu fest auf die Tischplatte gestellt. Beim zweiten Teller war sie sanfter. Überrascht schaute er auf den Donut. Hellbraun mit dunkler Schokolade. Sie lächelte ihm zu und ging langsam zur Theke zurück, nahm einen Lappen und wischte die Platte vor sich ab. Er wandte sich ab. Der Schneefall hatte sich nicht verändert. Noch immer fiel er wirbelnd auf den Parkplatz herab. Aus der Tasse dampfte warmer Kaffee, er zog die Tasse zu sich her. Mit dem Löffel kippte er Zucker hinein und rührte sofort um. Fast zu heiß zum Trinken, doch er ignorierte das schmerzhafte Brennen auf der Zunge, und spürte, wie die warme Flüssigkeit den Weg in seinen Magen fand. Es wärmte ihn von innen. Der Kaffee wirkte kaum, ließ ihn nicht wach werden. Langsam machte sich der Schlafentzug bemerkbar. Seine Augen fielen fast zu. Er zwang sich, schnell den Kaffee zu trinken. Der Donut sah verlockend aus. Auch wenn er selten süße Stücke aß, nahm er ihn in die Hand und biss hinein. *Schokoladig*, war sein erster Gedanke. Er biss ein weiteres Stück ab.

Ein Poltern ließ ihn hochschrecken. Die Dame von der Theke war in die Küche gegangen und hatte dort etwas fallen lassen. Sie murmelte wütend vor sich hin. Klirrend fegte sie die Scherben zusammen. Er beschloss, das Café zu verlassen. Aus seinem Geldbeutel zog er einen Zehn-Euro-Schein und klemmte ihn unter die Tasse. Mit der Jacke in der Hand verließ er schnellen Schrittes den Laden. Erst draußen, als ihm der Wind den Schnee um die Ohren wirbelte, schlüpfte er hinein. Die Mütze tief in die

Stirn gezogen stampfte er über den Parkplatz zu seinem Van. Fast zu übersehen, der weiße Van im Schnee. Mit dem Handfeger schob er den Schnee von der Frontscheibe.

„Ist das kalt!“, schimpfte er und pustete seine Hände an. Die Zündung sprang beim zweiten Versuch an, die Heizung erst, nachdem er ein paar Mal auf den Schalter gedrückt hatte. Langsam fuhr er los, gab etwas mehr Gas und schlitterte über den Parkplatz. Sein Herz raste. Mit beiden Händen am Lenkrad lenkte er gegen und drückte mit voller Wucht auf die Bremse. Kaum Wirkung, doch der Van kam zum Stehen. Zitternd saß er da und keuchte. Er schloss die Augen und wünschte sich an die Seite seiner Tochter. Damit sie ihn umarmen konnte. So wie sie es früher immer getan hatte, wenn sie heimlich zu ihm ins Bett kam. Sie hatten gekuschelt, bis sie eingeschlafen war. Er blieb wach und lauschte ihrem Atem. Wie sich ihr kleiner Brustkorb auf und ab gesenkt hatte. Ihre blonden Haare verdeckten ihr Gesicht. Ein Anblick, den er nie im Leben vergessen würde. Er schaute auf und sah im Licht der Laterne das Ebenbild seiner Tochter. Halb transparent und doch so klar, als würde sie tatsächlich dort stehen. Er wusste, dass es so nicht sein konnte. Seine Wange wurde feucht, verwundert wischte er mit dem Handrücken drüber. Eine Träne war über seine Wange gerollt.

Mit laufender Nase startete er den Motor neu. Als er bremste, hatte er ihn abgewürgt. Die Heizung pustete sofort wieder warme Luft heraus. Er fühlte sich müde, ausgebrannt. Rechts schien ihm der Schnee weniger schlimm. Der Van fuhr langsam an, ein wenig drehten die Reifen durch. Auf der Straße war es glatt, er fuhr nicht schneller als 30 Kilometer pro Stunde.

Ein Hupen ließ ihn aufschauen. Licht blendete ihn. Da realisierte er, dass er auf die andere Spur gefahren war. Sein Herz klopfte laut, er atmete keuchend. Er drückte auf die Bremse und ließ den Van ausrollen. Ihm fielen die Augen zu. Mittlerweile war es fast sechs Uhr in der Früh. Seit mehr als 24 Stunden war er wach, in den vorherigen Nächten hatte er nicht gut geschlafen. Ein pochender Schmerz in seiner rechten Schläfe setzte sich fest. Der Kaffee hatte nicht geholfen. Jeder Muskel in seinem Körper schrie nach Schlaf. Er konnte sich nicht mehr konzentrieren. Seine Hände zitterten und er griff fester um das Lenkrad. Seine Knöchel traten weiß hervor.

Das Schild war wie ein Geschenk. Es war halb zugeschneit und kaum als solches zu erkennen. Fast fuhr er daran vorbei. Im letzten Moment nahm er die Kurve und fuhr auf den verschneiten Parkplatz. Im Licht der Scheinwerfer konnte er niemanden sehen. Er stellte den Van neben der kleinen Baumgruppe ab, die er am Ende des Platzes fand. Die Stille dröhnte in seinen Ohren, als der Motor erlosch. Er stieg über die Lehne, zog sich mehr hinüber und stand im Innern des Vans.

Sein Chef hatte die einzelnen Sitze drinnen gelassen, als er den Van gebraucht gekauft hatte. An der Seite waren Regale verbaut. Dort lagerten die Werkzeuge für die Baustellen. In der Mitte war frei. So konnte man sich einmal der Länge nach auf den Boden legen. Er schwankte, konnte kaum noch die Augen offen halten. Schlaf war das einzige, an das er denken konnte. Ganz unten, versteckt im Regal, zog er die Kiste hervor. Er warf den Deckel zur Seite, dieser kippte um, ohne dass er darauf achtete. Zwei Decken waren in die Kiste gestopft. Die Männer nutzten sie gerne auf den Baustellen, um auf ihnen zu sitzen. Er schüttelte sie leicht aus, es staubte kräftig und der Staub kitzelte seinen Hals. Als sich sein Hustenanfall beruhigte, legte er eine der Decken auf den Boden. Dabei fiel sein Blick auf die Kopfstütze des Vans. Kurzerhand zog er diese aus dem Sitz heraus. Mit dem Kissenersatz legte er sich auf die am Boden liegende Decke und zog die zweite über sich. Durch die Ritzen, bei denen die Gummierung nicht mehr richtig hielt, spürte er den Wind. Er hatte den Schnee verwirbelt, im Licht hatte er es gesehen, bevor es ausging. Der Parkplatz selbst war unbeleuchtet. Während er auf dem kalten Boden des Vans lag und seine Gedanken schweifen ließ, hörte er den Wind pfeifen. Langsam fielen ihm die Augen zu.

Eine Frau, blonde Haare, grüne Augen, mit braunen Sprenkeln. Jung war sie, gerade Anfang zwanzig. Ihre Augen erschreckten ihn. Sie starrten ihn an, deutlich sah er die Angst darin, und die Entschlossenheit, sich zu wehren. Ein Schmerz an seiner Hand lenkte seinen Blick darauf. Sein Herz stoppte, als sie sahen, woran er sich klammerte. Die junge Frau keuchte, bekam kaum Luft, weil er seine Hände um ihren Hals gelegt hatte. Sie kratzte mit ihren langen Nägeln über seine Haut. In seinem Innern tobte es. Er drückte fester und wollte doch loslassen. Nur eine Sekunde später fiel der Kopf der jungen Frau zur Seite. Ihre Finger rutschten langsam von seinen Händen. Entsetzt ließ er sie wie eine heiße Kartoffel fallen. Rückwärts taumelte er ein paar Schritte durch den tiefen Schnee. Seine Hose war bis zu den Knien nass, der frische Neuschnee rieselte in seine Stiefel und durchweichte die Socken. Er nahm es nicht wahr, konnte nur auf die tote Frau vor sich sehen. Das Flüstern hatte er fast überhört.

„Papa, Papa, sieh mal, ich mache einen Schneeengel!“

Die Stimme ließ ihn erstarren. Seine Tochter sollte nicht hier sein. *Nicht Alice! Nein, das konnte nicht sein.* Er schaute auf und sah seinen kleinen Engel im Schnee liegen und Arme und Beine von sich strecken. Sie lachte, es schmolz jedes Mal sein Herz. Bevor er zu ihr gehen konnte, stand sie auf und hüpfte um ihren Schneeengel herum. Mit jedem Schritt, den er auf sie zuging, vorbei an der toten Frau, schien sie sich in Luft aufzulösen.

„Papa, guck, ich bin ein Engel!"

Fast unsichtbar breitete Alice ihre Flügel aus und flog. Sie flog davon, wie eine Feder im Wind, leicht und unbeschwert. Er sank auf die Knie, rief ihren Namen, der vom Wind davongetragen wurde. Tränen liefen ihm über die Wangen. Verzweifelt griff er in den Schnee und warf damit um sich. Die Frau lag da, mit offenen Augen starrte sie ihn an. Als werfe sie ihm vor, dass er sie hatte fliegen lassen. Er schluchzte, heulte und bekam kaum noch Luft. Da fiel er seitlich um und blieb einfach liegen, mit dem Gesicht im Schnee. Die Kälte lähmte seine Beine und Arme und sein Gesicht.

Weg!, schoss es ihm durch den Kopf. Er musst hier weg, bevor ihn jemand mit der toten Frau sah. Mühsam richtete er sich auf, sämtliche Knochen taten ihm weh. Jede Bewegung schmerzte. Die Kälte hatte sich durch die Kleidung gefressen. Er zitterte beim Aufstehen. Ein paar Meter vor ihm schien eine Parkbank neben einer Laterne zu stehen. Am ganzen Körper weiter zitternd hob er die Frau auf. Sie rutschte ihm fast herunter, er konnte sie kaum festhalten. Schritt für Schritt kämpfte er sich durch den Schnee, wurde vom Wind umgeworfen und konnte durch den fallenden Neuschnee kaum etwas sehen.
Wie ein Wunder erschien es ihm, als er die Parkbank erreichte. Er setzte die Frau auf die Bank, sie rutschte sofort zur Seite. Mit dem Schnee baute er eine Art Mauer, damit sie aufrecht sitzen konnte. Hinter ihm toste der

Fluss, trotz Eis und Schnee war der kleine Wasserfall nicht versiegt. Der Ausblick war herrlich, das wusste er. Im Dunklen und bei Schnee konnte man ihn nur erahnen. Er schaute auf die Frau, sie saß da, als würde sie jenen Anblick genießen. Einzig die starren Augen verrieten, dass es nicht so war. Aus seiner Tasche zog er einen der hölzernen Sterne, die Alice so liebte. Mit dem Messer schnitzte er einen Buchstaben hinein.
Das Knacken ließ ihn aufhorchen. Er lauschte. Außer dem heulenden Wind war nichts zu hören. Schnee verschluckte Geräusche. Er schaute sich um, konnte nichts erkennen. Vorsichtig und bereit loszurennen, legte er den Stern in die Hand der Frau. Sie war schon kalt, kälter als er dachte. Er schaffte es kaum, ihre Finger um den Stern zu drücken, damit sie ihn festhalten konnte.

Knacks! Er schreckte hoch, ein heftiger Schmerz schoss in seine rechte Kopfhälfte. Nichts. Kein Licht. Keine tote Frau, die auf einer Bank saß. Es war einfach schwarz. Sein klopfendes Herz konnte sich kaum beruhigen. Tastend bewegte er seine Hände durch das schwarze Nichts, bekam kaltes Metall zu fassen. Es raschelte, vertraut und doch so fremd in diesem Moment. Plötzlich leuchtete ein schwaches, helles Licht auf. Sein Handy! Fast erleichtert griff er danach und drückte auf die Taschenlampe. Im Licht nahmen die Regale im Van Gestalt an. Sein Herzschlag beruhigte sich.

„Ein Albtraum. Das war nur ein Albtraum!“, murmelte er vor sich hin, mehr um sich zu beruhigen. Irgendetwas in ihm wusste, dass es nicht so war. Er zog die Decke enger um seinen Körper und machte die Taschenlampen wieder aus. Nichts war zu sehen, egal wie weit er die Augen aufriss. Daher schloss er sie wieder und versuchte zu schlafen. Irgendwann schlief er ein, tief und traumlos.

Einzig die Frage nach dem toten Mädchen geisterte durch seinen Kopf.

23. Dezember

Samstag

„Nichts.“

Frustriert warf William das Telefon auf den Tisch. Er drückte seine Finger gegen die Schläfen, um sie zu massieren. Lars stand vor seinem Schreibtisch und stellte ihm die frisch aufgefüllte Tasse Kaffee hin. Ohne sich zu bedanken nahm er sie und kippte Zucker hinein, den hatte er aus der Küche mitgenommen. Das Läuten der Glocken ließ die beiden Beamten aus dem Fenster schauen. Es war kurz nach sechs Uhr in der Früh. Seit Stunden suchten sie nach dem Täter. Niemand hatte ihn gesehen. Er war verschwunden. Seine Kollegen vermissten ihn seit der Pause.

„Ich weiß nicht, wo er hingegangen ist!“, hatte der Chef sie angepflaumt. „Er sollte auf der Baustelle sein, ist da aber nicht aufgetaucht!“

William rügte ihn daraufhin und verließ den Raum. Er rief den Polizeichef an und gab die Info durch, dass der Mann nicht auffindbar war. Die Anweisung war klar. Eine Suche sollte noch in den nächsten Minuten starten.

„Er ist mit dem Van weggefahren!“ Der Chef unterbrach William rüde. Er kam aus dem Raum gerannt, in dem er eben selbst telefoniert hatte. „Der Van gehört zur Flotte des Unternehmens. Jeder kann ihn nehmen, wenn er ihn braucht. Hinten sind Werkzeuge drin. Die kann man ausleihen für privaten Kram. Oder für Arbeiten an ihren

Häusern. Es gibt keine Liste. Aber er ist weg. Ich habe gefragt und Wolfgang hat den Van mitgenommen.“

„Haben Sie vielen Dank. Ich brauche das Kennzeichen, die Typbezeichnung und die Farbe des Vans. Wir geben eine Suchmeldung nach ihm raus.“

„Okay, ich schreibe Ihnen alles auf.“

Der Chef eilte zurück und war keine Minute später mit einem Blatt in der Hand zurück. Er drückte es William in die Hand. Mit großen, schiefen Buchstaben hatte er die Infos zu dem Van aufgeschrieben. Etwas verschmiert, aber lesbar. Er wählte die Nummer von Lars und gab ihm die Informationen durch.

„Ich habe eben mit meinem Kollegen Heiko gesprochen. Er leitet die Suche“, sagte Lars leise und riss ihn aus seinen Gedanken. „Kennen wir seine Rückzugsorte? Ich meine, wenn wir wüssten, wo ...“

„Nein. Er ist naturverbunden. Das hat mir seine Frau erzählt. Ich nehme an, dass er sich in der Nähe des Waldes versteckt. Vorausgesetzt, er ist noch hier.“

William schüttelte den Kopf. Aus der Schublade zog er eine Schmerztablette. Er schluckte sie mit Hilfe des Kaffees.

„Also hält er sich in der Gegend auf“, fasste Lars zusammen. Die Vorstellung gefiel den beiden nicht. Ein freilaufender Mörder und sie konnten nichts tun. Seit Stunden suchten sie nach dem Mann. Auch der Van war bisher nicht aufgetaucht. Da er weiß war, schien er mit dem Schnee zu verschmelzen. Fast unsichtbar. Erst vor ein paar Minuten hatte es im Radio geheißen, dass es den ganzen Tag schneien sollte. Das würde die Suche weiter erschweren.

„Und die Frau weiß wirklich nichts?!“ William warf die Frage in den Raum, ohne eine Antwort zu erwarten. Er starrte die Karte an, die er an die Pinnwand hinter seinem Schreibtisch aufgehängt hatte. Mit Pins waren die Fundorte der Toten markiert. Sein Blick wanderte hin und her. Sie waren alle in und um Spullberg.

„Er ist hier. Irgendwo. Etwas hält ihn. Nicht die Bilder. Nicht seine Familie. Wissen wir schon etwas über das Kind aus der Box?“

„Nein. Wir suchen immer noch. Ich … ich weiß nicht, wie ich das Mädchen finden soll.“

„Sie heißt Alice. Etwa sechs oder sieben Jahre alt. Lass uns die Akten anschauen. Es muss einen Hinweis geben!“

Lars nickte und nahm die Akten. Er breitete sie auf dem Tisch aus. William trank einen weiteren Schluck Kaffee und setzte sich zu ihm auf das Sofa.

„Wo sollen wir anfangen?“

„Bei ihm. Nur ein Vater bewahrt diese Bilder auf!“ Da war sich William ganz sicher. „Sie ist gestorben. Ein Unfall, schätze ich. Wo zum Henker steckt eigentlich Roland?“

Er warf Lars einen bösen Blick zu, als wüsste der, wo sich der Österreicher aufhielt.

Seit er ihn nach der Verhaftung aus dem Raum gebracht hatte, hatte er ihn nicht gesehen. Bei der Hausdurchsuchung wollte er ihn nicht dabei haben. Nicht, weil er seine Meinung teilte, sondern um zu verhindern, dass die Sache eskalierte. Außerdem war er nur als Gast und Beobachter hier.

„Ich habe ihn seit vorgestern nicht mehr gesehen.“ Lars antwortete kurz und bündig. Er schob die Blätter in seinen Akten hin und her und fuhr sich mit der rechten Hand durch die Haare. Auf William wirkte es verzweifelt.

„Was wissen wir über den Mann?“

„Er heißt Wolfgang Weber und ist jetzt 52 Jahre alt“, las Lars von seinem Blatt ab. „Er ist mit seiner Frau Regine verheiratet. Sie haben einen Sohn, der heißt Mario. Das Kind ist sieben Jahre alt. Für die Firma arbeitet er schon seit ein paar Jahren. Laut seinem Chef ist er ein ruhiger Mensch, arbeitet fleißig. Keine Fehltage.“

Er räusperte sich, bevor er weiterlas: „Kein Kunde hat sich über ihn beschwert. Er ist immer höflich und auf gute Lösungen bedacht. Von seiner Frau weiß ich, dass er gerne mit Holz arbeitet. Er schnitzt am liebsten diese Sterne, die wir bei den Toten gefunden haben. Mit der Schwester seiner Frau haben sie einen Stand auf dem Weihnachtsmarkt. Mehr fand ich nicht heraus. Es scheint, als lebe er erst seit etwa 10 Jahren hier in Deutschland.“

William hörte schweigend zu. Das meiste stand in der Akte. Nur die Tatsache, dass er erst seit zehn Jahren hier leben sollte, war ihm neu.

„Ich habe keine Unterlagen gefunden. Wie ist das möglich?“

Lars hielt das Blatt in der Hand und verzog sein Gesicht zu einer Grimasse. William musste grinsen. Es sah einfach zu schräg aus. Im nächsten Moment krachte es laut, er schloss vor Schreck die Augen. Kaffee schwappte aus seiner Tasse und hinterließ einen Flecken auf seiner Hose. Er war zum Glück nicht mehr warm. Lars reichte ihm wortlos ein Taschentuch. William rieb den Fleck auf seiner Hose ab. Florian ließ sich auf das Sofa plumpsen, es knackte gefährlich. Er hatte die Tür aufgerissen und gegen die Wand gedonnert.

„Österreich." Mehr sagte Florian nicht. Der Hüne schien wütend. Seine Augen verrieten jedoch nichts. Das war William unheimlich. Mehr als die Info, die er ausgegraben hatte. Und das war die Lösung für die Mordserie in Spullberg.

„Was ist mit Österreich, Flo?", fragte William in die Stille hinein. Er musste es von ihm hören. Der Gedanke formte sich und doch wollte er ihn nicht glauben. Lars schien sich nicht zu trauen, den Kopf anzuheben. Florian warf die Akte, die er in der Hand gehalten hatte, mitten auf den Tisch. Das oberste Blatt rutschte heraus. Es zeigte ein kleines Mädchen.

„Wolfgang stammt aus einem kleinen Dorf in Österreich. Seine Tochter Alice starb vor 20 Jahren", brummte Florian und öffnete die Akte. „Sie ertrank beim Eislaufen im kalten Wasser in dem See, der neben dem Dorf liegt. Ihre Nanny Samira konnte sie nicht retten. Und wisst ihr was?"

Florian schnaubte und legte den beiden ein Blatt hin. „Schaut, wer als Erster am Tatort war. Unser geschätzter Kollege Roland! Er sprach damals mit dem Vater. Ich denke, er weiß schon seit ein paar Tagen, dass er der Serienmörder ist – hier und in Österreich."

„Er hat kein Wort gesagt. Weißt du, wo er steckt?"

„Nein. Er wird ihn auf eigene Faust suchen."

„Das hat mir gerade noch gefehlt!" William brummte und schob die Akte auf dem Tisch von sich weg.

„Warum hat er all diese Frauen erwürgt?", fragte Lars. Der Beamte schaute zwischen den beiden Kommissaren hin und her. Florian deutete knapp auf die Akte.

„Da ist ein Bild von Alice drin. Wenn du es siehst, weißt du warum."

William nahm das Bild, das ihm Lars hinhielt. Ein Mädchen lachte, sie hatte blonde lange Haare. Sie schien an einem See zu sitzen, an einem Sommertag, denn sie trug ein Top und eine kurze Hose. Etwa 16 oder 17 Jahre alt, schätzte er, nicht älter. Auf dem zweiten Bild, das Lars ihm zeigte, war ein kleines, deutlich jüngeres Mädchen zu sehen. Sie hatte ebenfalls lange blonde Haare und sah so süß aus, dass ihm Tränen in die Augen liefen.

„Das ist Alice", flüsterte Lars. Auch er war betroffen, schniefte laut. Schnell zog er ein Taschentuch heraus und putzte sich die Nase.

„Ihr glaubt, der trauernde Vater hat die Mädchen umgebracht, weil er ihr die Schuld am Tod seiner Tochter gibt?"

Florian nickte nur. „Die Nanny lebt noch. Ich habe vorhin kurz mit ihr gesprochen. Sie macht sich bis heute Vorwürfe wegen dem Tod des Mädchens“, sagte er leise.

„Es war ein Unfall. Sie ist auf dem Eis eingebrochen.“

„Erklär das mal einem trauernden Vater!“, fuhr William Lars an. „Er hat seine Trauer und Wut auf die Nanny fixiert, weil er glaubt, sie sei Schuld an der Sache! Da denkt man nicht darüber nach, dass es einfach ein tragischer Unfall war!“

Das Klingeln rettete Lars. Wütend griff William nach seinem Handy. Er begann zu schimpfen, ohne darauf zu achten, wer anrief. „Das ist kein guter Zeitpunkt! Ich bin mitten in einer Besprechung!“

„Wir haben den Van gefunden.“

William stoppte mitten in seinem Satz. Heiko erzählte, dass ein Zeuge den Van inmitten des Schnees gefunden hatte. Doch er hörte ihm kaum zu. Sie hatten ihn. Dass er noch in der Gegend war, hatte er vermutet, aber nicht für möglich gehalten.

„Wo steht er?“, fragte er hastig.

„Auf einem Parkplatz nahe des Neckar. Er scheint verlassen. Wir beobachten ihn nur. Wann können Sie hier sein? Die Koordinaten schicke ich Ihnen per SMS.“

Ein lautes Pling neben Williams Ohr zeigte die SMS an. Er zog die Augenbrauen zusammen, denn er mochte das Geräusch nicht, schon gar nicht direkt neben seinem Ohr. Das leichte Klingeln hallte nach. „Wir sind auf dem Weg. Sobald sich etwas verändert, will ich sofort einen Anruf!“

Im selben Moment, in dem er auflegte, stand er vom Sofa auf. „Sie haben den Van gefunden und warten auf uns.“

„Ist der Täter auch da oder nur der Van?“, fragte Lars, während er eilig die auf dem Tisch liegenden Akten zusammenpackte. Sie rutschten ihm beinahe aus der Hand, aber er schaffte es, sie festzuhalten.

„Unklar. Sie warten auf uns. Also los, wir fahren sofort!“

Die Fahrt verlief schweigend. Keiner sprach. Jeder war in seine Gedanken versunken. Florian fuhr schneller, als es der Schnee zuließ. Es hatte nicht aufgehört zu schneien. Dem Wetterbericht zufolge sollte es bis in die Nacht hinein schneien. Der Winterdienst der Stadt kam kaum mit dem Räumen hinterher. Fast einen Meter türmte sich der Schnee an der Seite und auf der Straße war er durch die Autos matschig geworden.

„Er ist nicht da“, sagte der Mann, der bereits auf sie wartete. Er flüsterte, deutete ihnen, sich ruhig zu verhalten. William sah sich auf dem Parkplatz um. Er sagte nichts. Seit Florian die Bombe bezüglich Österreich hatte platzen lassen, war er wütend. Er stampfte durch den Schnee und ignorierte die bösen Blicke. Vorhin hatte er die Kaffeetasse auf den Tisch geknallt. Sie hatte jetzt einen Sprung. Er war wütend auf sich selbst und auf Roland. Er hatte verschwiegen, dass er wusste, wer der Serienmörder war. Ihn nervte der Schnee, der ihm die Sicht nahm und dass er nicht auf sein Bauchgefühl gehört hatte. Roland hatte ihn eingelullt, als er damals in seinem Büro stand. Sein Auftauchen verhieß nichts Gutes. Doch es war nur ein Gefühl, nichts Greifbares, eine irrationale Angst, die er sich nicht erklären konnte. Es machte ihn verrückt.

„Tief durchatmen.“ Florians tiefe Stimme klang beruhigend. Er sollte sich auf das vor ihm liegende konzentrieren. Er nickte dem Mann zu, dieser gab ein Zeichen. Mehrere schwarz gekleidete Männer liefen durch den Schnee, der unter ihren Füßen knirschte. Sie standen vor dem Van, hielten ihre Waffen hoch und rissen die hinteren Türen auf. Ihr Kopfschütteln sah er durch die aufblitzenden Taschenlampen. Er eilte dem Hünen hinterher, der schon durch den Schnee zum Van stampfte. Beide schauten in das Innere des Vans. Im Licht der Taschenlampen erkannten sie die Regale. Auf dem Boden lag eine Decke und die Kopfstütze vom Beifahrersitz.

„Er hat hier geschlafen.“

„Ja.“ Florian stimmte William zu, kurz, wie immer. Er nahm dem Mann die Taschenlampe ab und kletterte halb hinein. Ohne ein Wort zu sagen, leuchtete er die Ecken aus und zog unter der Decke das Handy des Mannes hervor. Mehrmals drückte er darauf, doch es blieb schwarz.

„Akku ist leer.“

„Ich habe Spuren gefunden, schwere Stiefel, die zum Neckar führen“, sagte Heiko hinter den beiden. „Sie wurden vom Neuschnee fast verdeckt. Ich kann Sie führen, bevor sie ganz verschwinden!“

„Dann los!“

William folgte Heiko, der seinen Blick fest auf die Spuren richtete. Die Stiefel waren deutlich zu sehen. Der Wanderweg verlief direkt in Richtung Ufer des Flusses, von dort aus konnte man ihm bis nach Stuttgart folgen. An der Biegung war ein Schild, auf dem die Entfernungen zur Stadt standen. Rechts führte der Weg in den Wald, auf der

linken Seite folgte er dem Fluss. Ein kleiner Wasserfall, der vor vielen Jahren von der Stadt aufgeschüttet wurde, lud zum Halten ein, ebenso die Bänke. Man konnte hier sitzen und die Aussicht genießen. Viele Menschen saßen dort im Sommer. Selbst im Winter war es ein herrlicher Anblick.
Als sie um die Ecke bogen, hielt Heiko an und hob die Hand. Florian und William traten neben ihn. Vorsichtig schauten sie sich um. Drei Bänke standen in einem Halbkreis. Darunter lag eine gefließte Fläche, die eine Plattform bildete. Schnee türmte sich am Rand der Fläche auf, weggeschoben von den Stadtträumern. Auf der mittleren Bank saß ein Mann, er schien in eine Decke eingehüllt.

„Ich mache das", flüsterte William und hielt die anderen zurück. „Ihr geht außen rum. Lasst euch nicht sehen."

Er steckte seine Pistole zurück in die Halterung, atmete tief durch und stapfte über den Schnee zu der Plattform. Ohne sich umzudrehen, hörte er die leisen Schritte der anderen. Der Mann auf der Bank starrte weiter auf den Fluss. William näherte sich langsam.

„Guten Tag, Herr Weber. Darf ich mich zu Ihnen setzen?"

Der Mann reagierte nicht, gab keine Antwort, schaute nicht auf. Er hatte tiefe Augenringe, seine Augen waren traurig. William schob den Schnee zur Seite, der sich auf der Bank gesammelt hatte und setzte sich. Er ließ seinen Blick über den Neckar schweifen. Ihm gefiel die verschneite Landschaft. Auf der anderen Seite, hinter den Bäumen, stand ein Haus. Seit Jahren stand es leer, es hatte einem Paar gehört, das gestorben war. Ihre Kinder wollten es nicht haben. Sie ließen es verfallen. Die Stadt hatte es abgesperrt. Niemand wollte es kaufen.

„Das ist ein herrlicher Ausblick. Kommen Sie oft hierher?“

Wolfgang antwortete ihm nicht. Sein Blick hing an dem kleinen Wasserfall. Eis hatte sich aufgetürmt, dort, wo das Wasser herabstürzte. Trotz des vielen Schnees und Eis war es, als hörte man das Wasser rauschen. Doch das täuschte. Vielleicht war es nur die Stille, die in seinen Ohren dröhnte.

„Manchmal.“

Das Flüstern hatte William fast überhört. Es war die erste Reaktion, die der Täter von sich gegeben hatte. Behutsam wählte er seine Worte, um ihn nicht zu vertreiben.

„Das ist schade, es ist wunderschön hier im Winter.“

„Der Winter ist grausam, kalt und unbarmherzig. Er zieht alle ins Dunkle hinab, lässt das Leben erstarren, konserviert es und lässt es nach ein paar Wochen wieder frei. Wenn die Sonne wieder kommt, geht der Zyklus von vorne los. Aber manchmal bleiben wir in der Dunkelheit stecken. Sie umhüllt uns, fest, lässt uns nicht mehr gehen.“

„Hat sich die Dunkelheit Alice geholt?“

„Alice ...“ Eine Träne lief über die Wange des Mannes. Unter der Jacke raschelte es, William griff langsam zu seiner Waffe. Die Hand schoss hervor. Sie hielt ein Bild von einem kleinen Mädchen. Sie lächelte und ihre blonden Haare leuchteten in der Sonne. William erkannte sie sofort. Alice.

„Was ist mit ihr passiert?“, fragte William, obwohl er die Antwort schon kannte.

„Der Winter hat sie sich geholt“, antwortete Wolfgang und schaute William das erste Mal in die Augen. Groß waren sie, dunkel und voller Trauer. Eine Träne rollte über seine Wange. William schien es, als schaue er durch ihn hindurch. Mit stockenden Worten sprach er über seine Tochter, etwas, das er seit vielen Jahren nicht getan hatte:

„Alice. Meine Alice. Mein kleines Mädchen. Sie hat immer so viel gelacht. Man konnte ihr nicht böse sein. Sie liebte das Lachen und den Schnee. Der Winter war ihre liebste Jahreszeit. Fielen die ersten Schneeflocken, rannte sie raus, in Socken und ohne Jacke. Oh, in meinem Heimatdorf gab es so viel Schnee! Soweit das Auge reichte. Alles war weiß. Wussten Sie, dass es 18 Zentimeter braucht, damit Eis ein Auto tragen kann? Ich auch nicht. Dazu muss es aber einige Tage kalt sein. Wärmt jedoch die Sonne das Eis nur ein bisschen an, kann die Eisschicht so dünn werden, dass jeder, der darüber läuft, einbricht.“

Er stockte, konnte nicht weitersprechen. Mehrmals setzte er an, William verhielt sich still.

„Alice … sie war noch so klein. Sie hätte nicht dort am See sein dürfen. Ich hatte es verboten! Es war nicht sicher auf dem Eis! Gefährlich ist es, bricht dir unter den Füßen weg!“

Die Verzweiflung war so groß, dass Wolfgang kaum noch sprechen konnte. Er hatte niemandem von seiner Tochter erzählt. Das Leiden sprach mit jedem Wort aus seiner Seele. Seine Eltern waren vor ein paar Jahren gestorben.

Sein Bruder wollte nichts mit ihm zu tun haben. Lars hatte sonst niemanden ausfindig machen können.

„Ist Alice im Eis eingebrochen?“, fragte William leise.

„Oh Alice … meine Alice! Mein Mädchen! Wieso habe ich nicht besser aufgepasst? Ich habe sie mit der Nanny weggeschickt! Ich! Weil ich den Samstag brauchte, um ein paar Sachen zu schnitzen. Ich habe sie weggeschickt und nie wieder gesehen! Das Eis ist gefährlich, habe ich gesagt. Haltet euch vom Eis fern! Das habe ich gesagt und sie sind zum See gefahren zum Schlittschuhlaufen. Auf dem Eis! Und dann … ist das Eis angetaut und meine Kleine ist eingebrochen! Es war zu dünn. Niemand hätte auf das Eis dürfen!“

Genau so stand es im Bericht. Das Kind war im Eis eingebrochen. Es war in das eisige Wasser gestürzt und erfroren. Die Strömung hatte es unter das Eis gezogen. Später fand sich Wasser in seinen Lungen. Die Nanny konnte es nicht aus dem Wasser ziehen. Dem Arzt gelang es nicht, Alice zu retten.

„Ich habe sie gesehen.“

„Wen haben Sie gesehen?“

„Alice. Sie lief immer mit Samira vor mir her. Dann hat sie sich umgedreht, mich angelächelt und sich den Finger vor den Mund gehalten. Ich bin schneller gelaufen, um sie in den Arm zu nehmen. Aber es war zu spät. Samira lief weiter und ließ Alice los. Ich wurde wütend, so wütend. Wie konnte sie meine Tochter schon wieder loslassen? Ich ... Ich habe sie gewürgt, hab die Panik in ihren Augen gesehen. So muss sich Alice gefühlt haben, als sie unter das Eis gerutscht ist! Sie wusste, dass sie sterben würde!

Ich war so wütend! Der Albtraum verfolgt mich schon lange. Immer wieder wache ich auf und würge Samira und Alice ist trotzdem fort. Träume sind so kalt und unbarmherzig wie der Winter!“

„Es war kein Traum“, sagte William leise. Der Mann hörte ihm kaum zu, die Worte drangen nur langsam in sein Bewusstsein. Er sah, wie es in dem Mann arbeitete.

„Es war ein Traum“, protestierte er schwach. „Böse Träume kommen immer wieder.“

William schüttelte den Kopf. Er zog aus seiner Jacke einen Umschlag. Vor ein paar Tagen hatte er Lars gebeten, ihm Fotos der Frauen zu kopieren. Es war ein Gefühl, als könne er sie brauchen. Ihr Lachen machte ihn jedes Mal traurig, wenn er sie sah. Auch Fotos aus der Leichenhalle, auf denen man die Würgemale am Hals sah, hatte er kopiert. Ohne ein Wort zu sagen, reichte William sie dem Mann. Der griff ungläubig nach den Bildern, seine Decke rutschte ein Stück herab.

„Nein. Nein, das kann nicht sein! Ich habe doch nur die Nanny gewürgt. Es war ein Traum!“

Der Mann schaute sich die Bilder mit zitternden Händen nacheinander an. Er ließ keines aus, flüsterte immer wieder „Nein“ vor sich hin, fast wie ein Mantra. William wurde kalt, er wollte sie ihm wegnehmen. Der Mann starrte auf ein Bild, es zeigte die zuletzt getötete Frau. Erst vor ein paar Tagen gefunden, bei einer Mülltonne.

„Es … es war kein Traum? Ich … habe ich diese Frauen erwürgt?“

„Ja, Herr Weber, das glaube ich. Deshalb muss ich Sie nun leider mitnehmen."

Wolfgang zitterte, nicht wegen der Kälte. Er schien das nicht glauben zu können. Sein Blick war entsetzt. William sah, wie er litt. Er realisierte gerade, dass es kein Traum war. Er hatte im realen Leben junge Frauen gewürgt und nicht im Traum Samira. William winkte in die Dunkelheit. Drei Männer näherten sich kaum hörbar. Sie hielten ihre Waffen hoch. Es war nicht nötig. Wolfgang hatte die Bilder fallen lassen und sein Gesicht in den Händen vergraben.

„Es tut mir so leid."

Sein Flüstern hatte William fast überhört. Florian trat neben die beiden und streckte ihm die Handschellen hin. Er stupste Wolfgang an. Der stand auf, schwankte ein wenig hin und her. Er ließ sich ohne Regung die Handschellen anlegen.

Der Mann ist vollkommen gebrochen, schoss es William durch den Kopf. Mitleid konnte er sich nicht erlauben, denn der Mann hatte mehrere junge Frauen erwürgt. Auch sie konnten ihr Leben nicht mehr leben, wie Alice, seine kleine Tochter. Der Wind wirbelte den Schnee auf, als William an den Rand des Flusses trat. Hinter den Wolken versteckte sich die Sonne. Ein Strahl schaffte es durch die dunkle Wolkendecke und ließ das Eis glitzern. Ihm war, als würde an dieser Stelle ein kleines Mädchen stehen. Es fuhr mit seinen Schlittschuhen über das Eis und winkte ihm zu. Er schüttelte den Kopf und schloss für einen Moment die Augen. Als er sie wieder öffnete, hatte eine Wolke den Sonnenstrahl verschluckt und das Mädchen war verschwunden.

„Kommst du?“, hörte er hinter sich die Stimme seines Partners. Ruhig und doch so gefährlich war der Anblick des gefrorenen Flusses. Er wandte sich ab und stapfte auf Florian zu. Der hatte die Bilder aufgehoben und gab sie William zurück. Der steckte sie ein und gemeinsam machten sie sich auf den Rückweg zum Auto. Er führte Wolfgang vor sich her, als die ersten Schneeflocken fielen. Sie verdeckten die Spuren der Männer im Schnee, so, als wäre nichts geschehen …

24. DEZEMBER

HEILIG ABEND

William lehnte an seinem Tisch und trank aus seiner Kaffeetasse. Langsam, ein Schluck nach dem anderen. Er starrte die Bilder der Frauen an, ihr Lachen. Er ließ seinen Blick über die Karte von Spullberg und seine Notizen streifen. Er seufzte und stellte die Tasse ab, mitten auf die Zeitung, die er aufgeschlagen liegen gelassen hatte.
Das Verhör hing ihm nach. Er hatte Wolfgang in den Raum gebracht, wo dieser am Tisch eingeschlafen war. Der Geruch von Kaffee hatte ihn geweckt. Lange hatten beide geschwiegen. Nur das schlurfende Geräusch war zu hören.

„War ich das?", hatte Wolfgang gefragt und auf die Bilder gezeigt. Wortlos hatte William sie vor ihm auf den Tisch gelegt. Er hatte jedes in die Hand genommen und angeschaut. Ihr Lächeln studiert. Ihre toten Körper.

„Ja. Sie haben alle fünf getötet und ich kann es beweisen."

William zog ein weiteres Foto aus dem Umschlag. Er hatte es bis zum Schluss aufbewahrt. Eine Aufnahme vom Hals der ersten toten Frau. Deutlich war die Narbe quer über dem Handabdruck zu sehen. Wolfgangs Hand zitterte, als er sie neben das Foto hielt. Die Ähnlichkeit war da.

„Ich habe mich beim Schnitzen geschnitten“, hatte Wolfgang leise gesagt. Es war kaum zu hören. Doch William hatte das vermutet. Er legte sein letztes Foto auf den Tisch. Von Fingernägeln, an denen Blut haftete. Die Hand des Mannes zuckte Richtung Gesicht. Quer über seine Wange verliefen Kratzer, die verheilten.

„Ich ... Ich habe sie umgebracht. Ich dachte, das war nur ein Traum. Niemals hätte ich jemandem etwas antun wollen. Aber meine Alice. Sie hat mich immer wieder verlassen und ich war so allein! Ich konnte sie doch nicht gehen lassen!“

„Alice ist tot. Sie sehen ihren Schatten, überall. Doch sie wird nie wieder mit Ihnen sprechen“, sagte William sanft. „Ich kann mir nicht vorstellen, wie es wäre, wenn eines meiner Kinder sterben würde. Aber ich würde keinem anderen das Gleiche antun.“

„In meinen Träumen bin ich ihr begegnet“, sagte er, ohne auf die Worte von William einzugehen. „Da bin ich durch den Schnee gewandert und habe sie gesehen, mit Samira. Sie hat sie wieder losgelassen. Ich musste sie bestrafen! Aber das war nur ein Traum!“

Florian gab ein Brummen von sich. Er hatte sich in die Ecke gestellt und still zugehört. Seine Arme waren vor der Brust verschränkt. Wolfgang schob die Bilder von sich und fing an zu schreien. Er könne sich nicht an die Taten erinnern. Es seien böse Träume, die nie passiert wären.

„Schhhhh.“

Mehr brauchte es nicht, um den Mann innehalten zu lassen. Der Hüne war näher an den Tisch getreten. Er legte den Finger an den Mund. Wolfgang liefen die

Tränen herab. Aus seiner Tasche zog er ein Taschentuch und hielt es dem Mann hin.

„Schlafwandeln Sie?“, fragte Florian plötzlich. Der Mann schnäuzte sich die Nase, bevor er antwortete: „Ja. Schon als Kind. Morgens fand mich meine Mutter oft mit dreckigen Füßen. Ich war draußen unterwegs. Das hörte erst auf, als sie mich im Zimmer einsperrte. Der Therapeut meinte, es könne unter Stress wieder passieren.“

„Ist es stressig bei Ihnen?“

„Die Baustelle muss vor Weihnachten fertig werden. Ist ein Geschenk, hat der Mann gesagt. Meine Frau und ich streiten, weil ich zu viel arbeite. Ich kann nicht schlafen, seit Tagen nicht. Und ich denke oft an Alice, meinen Engel. Ich vermisse sie so sehr. Sie ist jetzt seit 20 Jahren tot. Niemand weiß von ihr. Die Fotos sind alles, was ich noch von ihr habe!“

Wie ein Häufchen Elend saß der Mann da und sprach aus, was ihn seit Wochen belastete, ihn zerbrechen ließ. William ahnte, was passiert sein musste. Nachts, wenn er schlafen sollte, war sein Körper aufgewacht und hatte nach Alice gesucht. Draußen, im Schnee, in der Kälte. Gefunden hatte er die Frauen, die ihn an Samira erinnerten, die für ihn am Tod des Mädchens schuld war und die er im Rausch seiner Gefühle erwürgt hatte.
William schob die Gedanken beiseite. Er zog seine Tasse zu sich, um den Rest Kaffee zu trinken. Lars hatte ihm heute Morgen erzählt, dass der Mann tief und fest in der Zelle geschlafen hatte. So, als hätte er schon lange nicht mehr geschlafen. Sein Blick fiel auf die Zeitung. Er hatte sie von Zuhause mitgenommen zum Lesen. Er schlug sie auf. Die üblichen Nachrichten. Auf die Seite in der Mitte war er nicht gefasst. Hier waren sonst weihnachtliche

Grüße aus aller Welt gedruckt. In diesem Jahr sah sie anders aus. Groß stand über der linken Seite: „Wir trauern um diese jungen Frauen“. Ein kurzer Text folgte, groß waren die Bilder der Frauen abgedruckt. Jede lachte auf ihrem.

„Diese fünf Frauen wurden viel zu früh aus dem Leben gerissen, von einem Mann, der selbst sein Kind verloren hat. Er gab die Schuld einem Mädchen, das diesen hier äußerlich ähnelte. Wie von der Polizei bestätigt, wurden alle mit bloßer Hand erwürgt. Er hatte sie an öffentliche Orte gebracht, wo sie schnell gefunden wurden. Der Mann sitzt nun hinter Gittern. Im neuen Jahr wird er vor Gericht gestellt. Ebenso ist gesichert, dass er für weitere 14 Morde in Österreich angeklagt wird. Doch wir wollen die Frauen nicht vergessen und widmen ihnen heute diese Seite.“

Darunter las William den Namen des Autors. Tom Kuhn. Den hatte er nicht erwartet. So viel Empathie hatte er ihm nicht zugetraut. Ein Klopfen ließ ihn aufschauen.

„Herein!“

„Ich wollte mich verabschieden“, sagte Roland und streckte seinen Kopf herein. William winkte ihm. Erst dann kam er ganz in das Büro. Die Tür ließ er offen stehen.

„Es soll später wieder schneien und ich will vorher auf der Autobahn sein. Heute ist Weihnachten und mein Haus wartet.“

„Verstehe ich. Wie lange fahren Sie?“

„Knapp sechs Stunden. Aber bei dem Wetter könnten es auch zehn werden."

William nickte langsam. So etwas hatte er vermutet. „Es tut mir leid."

„Mir tut es leid." William sprach leise, aber bestimmt. Roland senkte den Kopf. Die Stille war unerträglich. Keiner wollte etwas sagen und doch gab es eine Sache, die William nicht losließ.

„Wann wussten Sie, dass es Wolfgang ist?", fragte er, um endlich die Antwort zu bekommen. Lange hatte er sich in den letzten Stunden den Kopf zerbrochen.

„Intuition."

Da war sie, die kurze Antwort, die er so hasste. Kurz und bündig. Doch das galt nicht. Nicht, nachdem er gestern Abend einen Anruf von Winkler bekommen hatte. Jemand hatte ihm erzählt, dass ein ausländischer Ermittler sich in den Fall einmischte. Als ahnte Roland, dass William die Antwort nicht ausreichte, seufzte er und erklärte seinen Standpunkt: „Ich hatte eine Ahnung. Die Liste mit den Namen, die Ihr junger Kollege erstellt hat, brachte eine alte Erinnerung hoch. Alice. Ich bat Jürgen, nach der alten Fallakte zu suchen und sie mir zukommen zu lassen. Keine halbe Stunde später hatte ich die Antwort, auf die ich lange suchte."

Er stoppte und fuhr dann leise weiter: „Ein Vater, der seine Tochter verloren hatte. Die jungen toten Frauen, die Samira so ähnlich sehen. Die Sterne, die er an den Tatorten zurückließ, waren für Alice. Das weiß ich jetzt. Wir fanden nicht immer einen Stern. Man ging davon aus, dass die Frauen draußen erfroren waren. Sie hatten alle getrunken. Ich folgte Lars auf den Weihnachtsmarkt, um mich selbst davon zu überzeugen und beobachtete den Stand, seinen Sohn und ihn. Er sah anders aus, älter, mehr graue Haare. Doch ich war mir sicher, dass er es war. Ich besorgte mir seine Adresse und observierte das Haus. Und dann schlich ich zur Mülltonne, um mir eine DNA-Probe zu holen, um es zu beweisen. Er ist der Mörder von so vielen jungen Frauen."

Ohne etwas zu sagen, hatte William zugehört.

„Sie haben mir nicht erzählt, wie sie ihn gefasst haben", sagte Roland leise, als er weiter schwieg.

„Ein Zeuge hat den weißen Van auf einem Parkplatz gefunden." William drehte seine Tasse im Kreis. „Nachdem wir den Zusammenhang mit dem toten Kind hergestellt hatten, war mir klar, dass der Mann nicht weit wegfahren würde. Und so war es. Er saß am Aussichtspunkt des Flussufers auf einer der drei Bänke. Ich näherte mich vorsichtig und sprach ein paar Worte mit ihm, bis er zusammenbrach. Dann konnte ich ihn festnehmen."

„Danke. Ich bin froh, dass Sie ihn verhaftet haben." Roland wirkte erleichtert. „Jetzt muss ich nur noch meinem Chef erklären, warum ich keinen Urlaub gemacht habe. Niemand wollte mir glauben, dass wir einen Serienmörder suchen. Aber dieses Muster. Ich konnte es nicht ignorieren!"

„Das biegen Sie schon hin!", meinte William aufmunternd. „Ich finde es stark, dass Sie nicht locker gelassen haben. Das bedeutet Mut. Ich bin Ihnen sehr dankbar. Wir hatten anfangs ja auch nicht gedacht, dass es Morde sein könnten. Bis Klaus den Handabdruck gefunden hat und mir nahegelegt hat, Ihnen zu vertrauen."

Roland fiel fast der Mund nach unten. „Vielen Dank!“, stotterte er. „Da muss ich mich bei ihm bedanken. Ich hatte eher mit einer Standpauke gerechnet, wegen unerlaubtem Betreten des Grundstücks.“ Ihm huschte ein Lächeln über die Lippen.

„Immerhin ist der Mann gefasst. Ich denke, da kann eine Ausnahme gemacht werden. Jedoch legte ich Ihnen nahe, so eine Aktion nicht zu wiederholen!“

„Das wird nicht wieder vorkommen!“ Roland atmete hörbar auf. „Jetzt muss ich nur noch meinen Chef überzeugen, sodass es keinen Ärger gibt.“

„Ich drücke Ihnen die Daumen“, sagte William und nahm einen Schluck aus seiner Kaffeetasse. Leer. Er schüttelte den Kopf und stellte sie wieder ab.

„Kann ich Sie um einen Gefallen bitten? Auch wenn mir das eigentlich nicht zusteht?“

„Was für einen Gefallen?“ William war misstrauisch. Das Gespräch mit Winkler saß ihm noch tief in den Knochen. Der hatte laut geschimpft, mit hochrotem Kopf und ihn alles geheißen.

„Ich will beim Prozess gegen den Täter dabei sein. Das brauche ich nach all diesen rastlosen Jahren. Niemand hat mir geglaubt und doch habe ich geholfen, einen Serienmörder zu fassen“, brachte Roland sein Anliegen vor.

„Versprechen kann ich nichts.“

„Das ist mir bewusst. Ich bitte Sie nur, mich zu informieren, wenn es zum Prozess kommt. Ob ich dann herkomme, steht auf einem anderen Blatt.“

William nickte. Seine Wut kühlte ab. Sich ungefragt einzumischen in eine fremde Ermittlung war eine Sache. Aber ohne seine Hilfe hätten sie ihn nicht so schnell gefasst. Es war ein Widerspruch, der William hin und her riss.

„In Ordnung. Sobald der Termin steht, rufe ich Sie an. Versprochen."

„Vielen Dank, Herr Herle. Das bedeutet mir viel."

William atmete tief ein und aus. Sein Kopf brummte, ihm fehlte der Koffeinschub. Er beschloss, sich eine neue Tasse Kaffee zu holen. Dabei schaute er aus dem Fenster. Der Schnee wirbelte kräftig und ließ die Autos im Hof unter einer dichten weißen Schicht verschwinden. Das Telefon klingelte. Lars war dran.

„Es gibt eine Warnung. Der Schnee fällt dichter, erste Autobahnen Richtung Süden sind gesperrt. Ich erreiche Herrn Fischer nicht. Er sollte heute nicht mehr fahren."

„Ich sage es ihm, er ist gerade in meinem Büro."

Lars bedankte sich und William gab die Info weiter. Roland seufzte tief und zuckte mit den Schultern. „Dann mache ich es mir halt im Hotel gemütlich."

„Wissen Sie was, wir räumen hier jetzt auf. Die ganzen Akten und Bilder und Karten", sagte William entschlossen und drehte sich zu Roland. „Wenn wir fertig sind, kommen Sie mit zu mir. Meine Frau macht heute Abend Raclette. Ich kann Sie an Weihnachten nicht allein im Hotel lassen."

Roland wirkte überrascht. „Oh, vielen Dank, das ist sehr freundlich von Ihnen. Aber das kann ich nicht annehmen."

„So ein Quatsch", wiegelte William ab. „Ich rufe sie an, wir räumen auf und dann gibt es ein gutes Abendessen und einen guten irischen Whiskey!"

Er wählte die Nummer von Zuhause. Seine Frau Monika meldete sich sofort. „Aber natürlich. Er ist herzlich eingeladen. Ich habe genug. Wann seid ihr da?", fragte sie.

William konnte ihr keine genaue Uhrzeit nennen. Er ließ den Blick schweifen. „Super. Gegen 15 Uhr, schätze ich." Er legte schnell auf und nickte Roland zu. „Passt. Sie sind eingeladen."

„Vielen Dank. Das bedeutet mir viel." Roland nickte und schob hinterher: „Ich räume schnell das Kabuff auf."

„Wenn Sie fertig sind, bringen Sie mir den Schlüssel zurück!"

Roland huschte ein Lächeln über die Lippen und er verließ den Raum. William atmete tief durch und holte die Schachtel mit den Pins heraus. Von der Pinnwand nahm er die Bilder, die Karten und seine kleinen Zettel. Er legte sie in die Akte und diese in einen Karton. Dazwischen fand er das Foto eines schwarzen Pullovers. Deutlich sah man, dass auf Brusthöhe etwas herausgerissen worden war. Wolfgangs Frau hatte ihn oben auf dem Wäschekorb liegen lassen, dort hatte Florian ihn gefunden und mitgenommen. Laut Labor stimmten die Fäden von dem Emblem, dass er bei der vierten Toten gefunden hatte, mit denen des Pullis überein. Ganz obenauf legte er das Bild von Alice. Ihr Lächeln glich dem eines Engels. Langsam verstand William, warum Wolfgang seine Tochter so geliebt hatte. Er hob den Deckel und ließ das Bild in der Kiste verschwinden. Draußen wirbelte der Schnee weiter, vom Wind verweht. William nahm eine seltsame Stimmung wahr. Ihm schien, als stünden unter dem Licht der Laterne die Frauen von den Fotos. Sie winkten ihm und verschwanden in der Dunkelheit ...

ENDE

DANKSAGUNG

Hätte mir jemand vor sieben Jahren (im Jahr 2014) erzählt, dass ich heuer meinen dritten Schwabenkrimi veröffentlichen würde, hätte ich ihm den Vogel gezeigt. Doch, ehrlich! Bis zu diesem Zeitpunkt hatte ich nur eine Handvoll Kurzgeschichten geschrieben. Der Vereinsausflug mit dem HHC Großbettlingen legte in diesem September den Grundstein für mein heutiges Autorenleben. Nach einer spontanen Lesung diskutierten die Spielerinnen und Spieler über mögliche Themen eines Buches, in denen der Verein eine tragende Rolle spielen würde. Wochen später, um Weihnachten, begann ich mit dem Schreiben meines ersten Schwabenkrimis „Stinkender Verdacht".

Es ist immer wieder verrückt, wie die Zeit vergeht. Während „Eisiger Verdacht" Wort um Wort gewachsen ist, lebte ich zwei Jahre in Heidelberg und habe tagsüber Fachartikel über Augenoptik geschrieben. Nun stehe ich wieder im Laden und verkaufe Brillen – ihr wisst schon, damit Ihr abends meine Geschichten lesen könnt. Darüber hinaus ließ ich neue Cover für meine Schwabenkrimis gestalten und was soll ich sagen? Ich liebe sie – denn Laura hat es geschafft, die Stimmung aus den jeweiligen Büchern einzufangen. Besser hätten sie nicht sein können!

Für mich ist der dritte Schwabenkrimi der Wichtigste. Nicht nur weil er in meiner zweiten Lieblingsjahreszeit, dem Winter, spielt, sondern weil er für mich ein Symbol meiner Willenskraft ist. Ich liebe die Stimmung vor Weihnachten, wenn es draußen dunkler wird und der

Schnee fällt. Lange war ich mir unsicher, ob ich es schaffe, auch dieses Buch zu beenden. Irgendwann stellte ich beim Schreiben fest, dass ich in einer Sackgasse gelandet war. Das hatte mich so mitgenommen, dass ich eine Schreibblockade entwickelt hatte und ich rund drei Monate kein einziges Wort schrieb. Mit frischer Energie (ein paar Tage Urlaub wirken Wunder!) warf ich die letzten Kapitel um und schrieb sie in eine andere Richtung. Der Rohentwurf formte sich unter der zweifachen Überarbeitung zu einem (fast) fertigen Buch. Meine Lektorin Patricia hat sich der Geschichte angenommen und hat ihr den Feinschliff verpasst, damit ihr sie heute so lesen konntet.

Danke an meine Familie, die immer hinter mir steht und zu Rate steht, wenn ich mich wieder mit allem verzettle. Meiner besten Freundin Nicky danke ich, dass sie immer da ist, wenn ich an mir zweifle und mich auf die rechte Bahn zurück schubst. Meinem Opa fürs Korrekturlesen und das Herausfiltern der letzten Rechtschreibfehler. Meiner Freundin Charlotte für ihr offenes Ohr und das sie nie aufgibt.

Ich danke meiner Lektorin Patricia Bartz von Herzen. Für die langjährige Freundschaft, für das Lektorieren meines dritten Krimis, die kleinen Randbemerkungen und das ich dir eine Reise durch ein „Winter Wonderland“ schenken konnte.

Ich danke meiner Cover-Designerin Laura Newmann für das stimmungsvolle Cover. Es drückt so wunderbar die Einsamkeit aus, die der Winter manchmal an sich hat. Ich liebe das Cover und ich konnte es kaum erwarten, es endlich in den Händen zu halten!

Dem HHC Großbettlingen danke ich für die Unterstützung, das freitägliche Spielen im Orchester und der Zusammenhalt, dem auch die Corona-Pandemie nichts anhaben konnte. Ich freue mich auf viele weitere musikalische Jahre und die nächste Probe!

Ohne Euch wäre ich heute nicht an dem Punkt in meinem Autorenleben. Ich habe drei Bücher veröffentlicht und bin verdammt stolz darauf!

Und allen anderen, die mein Leben einige Zeit begleitet haben, danke ich, denn sie haben mir gezeigt, wie ich niemals werden will …

Eure Ann-Katrin

Triggerwarnung

Auch wenn mein Buch im Krimi-Genre veröffentlicht wurde und es um Tod und Gewalt geht, halte ich bei „Eisiger Verdacht" für bestimmte Themen eine Warnung für sinnvoll. Die folgende Liste enthält **große Spoiler**! Das lässt sich leider nicht vermeiden. Sie erhebt keinen Anspruch auf Vollständigkeit, da diese bei dem hochkomplexen Thema Trigger nicht zu gewährleisten ist.

Kindstod
Wie wir im Laufe des Krimis erfahren, hat Wolfgang Weber seine Tochter verloren. Ihr Tod war ein Unfall, im Winter beim Eislaufen. Sie brach im Eis ein und ertrank im kalten Wasser. Er vermisst sie nach 20 Jahren immer noch genauso stark. An manchen Tagen hat er das Gefühl, sie im Schnee zu sehen.

Erwürgen
Die toten Frauen, die im Krimi aufgefunden werden, sind alle erwürgt worden. Mit bloßen Händen. Ein Handabdruck ist unter dem UV-Licht sichtbar. In zwei Kapiteln wird ausführlich beschrieben, wie Wolfgang die Frauen erwürgt.

Schlafwandeln
Wolfgang Weber schlafwandelt. Dabei ist er oft draußen im Schnee unterwegs. Erwacht er wieder, hat er keine Erinnerung an die Stunden. Wie ein schwarzes Loch kommt ihm das vor. In diesen Stunden ermordet er die Frauen.

Panik/Angst/Depressionen
Durch die Schlaflosigkeit manifestieren sich Depressionen, die von Panikattacken begleitet werden. Gerade der nahende Jahrestag zum Tod seiner Tochter werden sie schlimmer. Er kann nachts nicht schlafen und wandelt umher. Er hat Angst seine Tochter, die er im Schnee sieht, wieder zu verlieren. Dabei glaubt er, die Frauen seien die Nanny, die Schuld am Tod seiner Tochter hat. Vor lauter panischer Angst erwürgt er die Frauen, die ihn an die Nanny erinnern.

Kälte – Erfrieren
Der Krimi spielt in den Wochen vor Weihnachten und hat eine ordentliche Portion Schnee mitgebracht. In mehreren Kapiteln rutschen die Protagonisten auf dem Schnee aus und ziehen sich zum Teil Verletzungen zu. Darüber hinaus sieht es zunächst so aus, als wären die gefundenen Frauen in der Kälte erfroren, weil sie ohne Jacke und Schuhe draußen waren.

Wenn ein Thema fehlt, schreibt mir gern eine E-Mail oder Privatnachricht und ich ergänze es in der Liste.

STINKENDER VERDACHT

Schwabenkrimi Nr. 1

In einer dunklen Gasse nahe des Spullberger Bahnhofs im beschaulichen Schwabenländle wird die völlig zerstochene Leiche von Günter Schwab entdeckt. Hauptkommissar William Herle übernimmt die Ermittlungen.

Währenddessen gehen die Proteste gegen die von Bürgermeister Knapp geplante Biogasanlage am Tigersheimer Gatter in eine neue Runde, bei denen Walter und Norbert zurückgehalten werden müssen. Als schließlich seine Tochter Anna-Luisa in Gefahr gerät, muss er schnell kombinieren…

NASSER VERDACHT

Schwabenkrimi Nr.2

Unterirdische Höhlen faszinieren Menschen schon lange. Daher wundert es Holger nicht, als eines Tages Matthias Holzapfel vor seiner Gaststätte steht. Er will in die Höhlen unterhalb des Wildsees tauchen. Sie sind seit Jahren gesperrt und kaum erforscht.

Als der Sturm aufzieht, überschlägt sich alles. William Herle, der Hauptkommissar, hat alle Hände voll zu tun. Töchterchen Anna-Luisa wird von ihrem Ex-Freund verfolgt. Der Fund eines Skelettes lässt ihn in einen alten Fall eintauchen. Dieser beschäftigt William mehr, als er zugeben will ...

ISBN 978-3-7549-2658-1
9 783754 926581 00001
www.epubli.de